마이너 리그

은희경 장편소설

창비

마이너리그

마이너리그

작가의 말

나는 내가 남자에 대한 환상도 갖고 있지 않고 여자를 미화하지도 않는다고 생각한다. 이 소설은 남자들의 세계에 대한 탐문이 아니다. 그냥, 사람의 이야기이다. 사람의 삶이란 저 자신이 알게 모르게 사회 속에서 모양이 만들어지고 구부러지고 닳아가는 과정이라는 걸 말하고 싶었다. 내게 주어진 여성이라는 사회적 상황은 한때 나로 하여금 남성성에 대한 신랄함을 갖게 했다. 이제 나를 세상의 남성과 화해하게 만든 것은 삶의 마이너리티 안에서의 동료애가 아닌가 한다. 그러나 나는 아직도 불완전한 도중(道中)에 있다.

강철주 권지상 김광일 김명인 김병진 김상익 김선호 김성용 김승구 김영민 김영주 김완규 김용범 김일선 김재태 김종대 김준홍 김진태 나경원 노태우 문정우 박정희 박　종 서기흔 연동철 오시환 우국빈 유은택 윤석춘 윤해웅 은희웅 이동균 이등세 이병선 이상율 이영조

이우승 이정근 이종욱 이종현 이종환 장석철 장충의 전두환 전종진
정동우 정치오 조성철 조연동 차기호 최덕호 최병도 최재국 최태원
한현수 홍성주

위의 사람들은 나에게 이 소설을 쓸 수 있도록 해준 남자들이다. 과
장되고 희화화된 부분에 대해서는 이 자리를 빌려 양해를 구한다.
1998년 동아일보에 연재했던 중편을 이 장편으로 고치기까지 생각보
다 많은 시간이 걸렸다. 읽는 사람들에게 조금의 유쾌함이라도 주었
으면 한다.

2001년 4월

은희경

차례

의형제

어느 봄날이다. 한 지방도시의 남자고등학교 교실에서 막 3교시 수업이 끝났다. 차렷! 경롓! 검은 교복을 입은 학생들은 일제히 허리를 뻣뻣이 세우고 절도있게 경례를 한다. 그러나 선생이 교단을 내려서자마자 교실 안은 순식간에 전혀 다른 장소로 바뀌어버린다. 한 트럭분의 돼지새끼들을 풀어놓은 축사가 되는 것이다. 모두들 선 채로 앉은 채로 돌아다니는 채로 왁자지껄하다. 주번은 백묵을 뚝뚝 부러뜨려가면서 칠판 한가득 힘차게 판서를 해놓곤 하는 한문선생을 욕하며 칠판을 지운다. 분필가루가 꾹꾹 뭉쳐진 칠판지우개 두 개를 양손에 들고 조심조심 복도로 나가다가 담배를 피우러 급히 화장실로 가는 애들과 부딪치기도 한다. 교실 뒤쪽에선 서로 뭔가를 집어던지고 받느라 법석이다. 빗자루, 신발 한짝, 주전자 뚜껑 따위가 던져지는가 하면 걸상이나 혁대가 공중에서 왔다갔다하기도 한다. 어떤 학생들은 도시락을 먹어치우는 일이 너무 바빠서 그런 것들이 반찬통 속에 떨어져도 한옆으로 밀쳐놓고 급히 젓가락을 움직일 뿐이다.

그 교실 한가운데의 책상에서 갑자기 한 학생의 얼굴이 하얗게 질린다. 다소 길게 말려올라간 속눈썹이랄지 선이 섬세한 입술, 좁고 갸름한 흰 얼굴이 계집애처럼 곱상하다. 자세히 보면 눈 속에 쓸모없는 궁리만 가득 차 있고 입은 약간 벌어져 있음을 알 수 있다. 그는 다급한 목소리로 옆자리 짝에게 묻는다. 야, 너 물리숙제 했어? 그의 짝은 거무스름한 얼굴이 네모나고 유난히 목이 짧다. 짧은 목을 옆으로 트는가 싶더니 약간 쉰 듯한 굵은 목소리로 대꾸한다. 아니. 언제 숙제 내줬냐?

잠깐 동안 둘 사이에는 불안스러운 시선이 교차한다. 처음 학생이 꾀를 내놓는다. 몇문제 안되니까 두 칸에 걸치게 글씨를 크게 써갖고 답만 베낄까. 땡칠이는 숙제검사할 때 양이 얼마나 되나 그것만 보잖아. 공책 위쪽은 책으로 가리고 그 밑에다가 한 문제만 베껴놓아도 돼. 그러나 목이 짧은 짝은 그마저도 귀찮다. 야, 언제 그 짓을 하냐? 숙제검사 안할 때도 많은데. 우리만 안했겠냐? 한번 물어볼까? 둘은 동시에 앞자리 왼쪽 친구의 등판을, 한명은 가느다랗고 긴 손가락으로 쿡쿡 찌르고 한명은 두툼한 손으로 투덕투덕 치기 시작한다. 앞자리 왼쪽은 원래부터 동작이 느린 편인지 아니면 그래야 멋있다고 생각하는 것인지 등뒤에서 여러차례 먼지가 일어난 뒤에야 천천히 돌아본다. 이마가 넓고 눈썹이 짙어 사내다운 외모지만 도드라진 광대뼈와 치켜올라간 눈 탓에 그다지 복있어 보이지는 않는 얼굴이다. 뒷자리 둘이 그를 향해 동시에 묻는다. 물리숙제 해왔어? 앞자리 왼쪽은 말씨도 느리다. 어, 그거? 참, 안했다.

뒷자리 둘은 이제 앞자리 오른쪽의 등을 향해 시선을 옮긴다. 그는 무슨 전집 같은 두툼한 책을 읽고 있다. 책상을 향해 구부리고 있는 등의 교복이 팽팽하게 잡아당겨진 것이나 고개가 어정쩡하게 들려 있는 것에서 이미 심상찮은 긴장감 같은 게 느껴진다. 그는 처음 물리숙제란 말이 귀에 들려왔을 때부터 줄곧 그들 사이에 오가는 말을 듣고 있었음에 틀림없다. 과연 그는 천천히 허리를 펴더니 뒷자리 친구들이 묻기도 전에, 아니,라고 비교적 담담하게 대답한다.

아무튼 전부 다 숙제 안한 거, 맞지? 누군가 말한다. 그들 넷은 모두 속으로 안도의 한숨을 내쉰다.

수업시작을 알리는 차임벨이 울리자마자 '땡칠이'란 별명이 무색하지 않게 물리선생이 교실문을 드르륵 소리나게 연다. 그 다음에는 쿵, 소리가 뒤따른다. 곤장 또는 도리깨 같은 모양의 다목적 티(T)자를 내려놓는 소리다. 마치 창을 들고 수직을 서는 군졸처럼 언제나 티자를 들고 다니는 물리선생의 발걸음은 청각적으로도 세련되고 독창적이라고 할 수 있다. 저벅저벅, 두 박자가 아니라 티자를 내려놓는 소리까지 합해져서 저벅저벅 쿵, 세 박자가 되는 것이다.

경례를 받자마자 물리선생은 한손으로 고수머리를 쓰윽 쓸어올리더니 습관대로 입맛을 쩍 다시며 옥니를 드러낸다. 그리고는 마치 날카로운 이빨 사이로 침을 질질 흘리는 잔인한 사냥개가 으르렁대듯 낮게, 단 한마디를 내뱉는다. 숙제 안한 놈 일어나. 순간 디디티라도 뿌려놓았는지 교실 안은 벼룩 움직이는 소리조차 들리지 않는다. 모든 소리란 소리가 깡그리 사라져버린 듯한 고요 한가운데 대고 선생은 동굴 속의 음산한 메아리처럼 다시 한번 말한다. 한놈도 없나? 교실 안은 바닷속 같다.

그때 교실 한가운데가 마치 바다에 엎드려 있던 거북 등처럼 조금 꿈틀거린다 싶다. 이윽고 평면에서 솟아오른 이질적인 그 입방체가 모습을 드러낸다. 네 명의 학생이 소리없이 일어난다. 자기들의 경우를 통해 볼 때 반 아이들 태반이 숙제를 안했으리라고 믿었던 그 넷이다. 그들에게 어떤 운명이 기다리고 있을지 반 전체는 눈동자만 소리없이 움직이며 침을 꼴깍 삼킨다. 물리선생은 자못 흥미롭다는 듯 실눈을 뜨고 넷을 바라보더니 다른 학생들을 주욱 둘러본다. 또 없어? 어떤 새끼야, 못 일어나? 이번에는 찢어질 듯한 높은 목소리를 냄으로써 공포조성 다음에 오는 처벌단계가 과격하리라는 것을 예고한다.

더이상 일어나는 사람은 없다. 아무도. 가까스로 다리를 지탱하고 서 있는 넷의 얼굴이 점점 백지장처럼 하얘진다. 믿을 수 없게도 숙제를 안한 사람은 오직 그들 넷뿐이다.

'나는 왜 이렇게 늘 재수가 없을까.'

넷 중 하나가 생각한다. 그에게는 자기에게 억울한 일이 자주 생기는 까닭은 바로 지금처럼 늘 요행을 바라기 때문이라는 걸 인정할 만한 지각이 없다.

'자신의 처지를 약진의 발판으로 삼자!'

또 하나는 닥쳐온 시련에 호전적으로 맞서고 있다. 그가 문자를 써서 유식하게 말할 수 있는 경우는 그처럼 구구단 외에 유일하게 암기에 성공했던 '국민교육헌장'을 인용할 때뿐이다.

나머지 둘은 '표본조사를 믿는 것은 어리석은 짓이야. 통계나 확률이란 것은 보편성을 담보하고 있진 않거든. 이런 한심한 놈들과 함께 서 있다니 일문의 수치다'라는 문장을 생각해내거나 '내가 지금 왜 서 있는 거지? 다리 아프게'라고 생각하는 중이다.

물리선생은 천천히 그들에게 다가간다. 슬리퍼 소리와 티자를 이용하여 목발을 짚은 상이용사 혹은 다리 셋 달린 아귀를 연상시키는 무시무시한 효과음을 내면서. 그런 다음 모두가 예상했던 일이 시작된다. "심어!"라는 지시에 따라 그들은 묘목을 심듯 자기들의 머리통을 교실바닥에 거꾸로 처박은 채 두들겨맞았고, "짜!"라는 지시대로 대바구니를 짜는 방법으로 서로의 몸을 네모나게 엮은 다음 발길질을 받는다. 혹시라도 인간 바구니가 풀어지기라도 하는 경우에는 바구니를 망가뜨린 죄로 몇배의 매를 더 벌게 되므로 발길질을 당할 때마다 이리저리 쏠리고 이쪽저쪽으로 넘어지면서도 한사코 서로의 팔을 놓치지 않으려고 안간힘을 써야 한다. 그런 다음에는 교무실로 끌려가야 했고 다시 여러 스승들의 지지와 격려 속에서 사랑의 편달(鞭撻)은 계속된다.

그러는 동안에도 세월은 흐른 모양이다. 점심시간, 그리고 오후수업이 지나가고 와자지껄 떠들썩한 청소시간이 끝나는가 싶더니 폭격이라도 맞은 듯 갑자기 학교 안은 텅 비어버린다.

해가 뉘엿뉘엿 기울 무렵이 되었다. 하강식이 끝나 국기봉은 비어 있고 농구 골대 옆에서 놀고 있는 조무래기 몇명이 보일 뿐 학교는 서럽도록 조용하다. 서쪽 하늘에는 붉게 물들었던 구름이 점점 회색으로 변해가는 중이다. 자갈길을 따라 심어진 백양나무 가지들이 저물녘 바람에 조금씩 흔들린다. 딴세상 같다. 담장 밖의 자동차 소리 또한 아득하게 들린다. 지금 막 인생의 엄청난 시련을 겪어낸 사람에게는 그런 소리가 다 시시하고 속절없이 들리는 법이다.

그들은 절뚝거리는 걸음으로 교정을 나오고 있다. 운동장에 그림자를 길게 늘어뜨리며. 숙제를 안해 매맞은 학생이라기보다는 주재소에서 가혹한 고문을 받고 풀려난 독립투사 같은 비장함이 감돈다.

네 개의 그림자 중 맨 왼쪽에 있는 것이 하얀 얼굴의 배승주이다. 교복 속에 목까지 올라오는 흰 티셔츠를 받쳐입어 카톨릭 신부의 로만 칼라처럼 멋을 낸 것이 예사롭지 않다. 또한 그의 눈을 보면 여름 한낮 세숫대야에 담긴 물그림자가 처마밑에 반사되어 아른아른거리는 장면이 떠오른다. 여학생들을 사로잡는 것도 한국남자로서는 드물게 눈에 표정이 있기 때문일 것이다.

가장 기다랗고 옆으로 벌어진 그림자는 두환의 것이다. 교복 상의 속에 들어 있는 가슴팍이 나왕이나 미송 판자를 집어넣은 것처럼 단단해 보인다. 학교에 와서 하는 일이라고는 바지 뒷주머니에 손을 찌르고 복도에 내놓은 다리 한짝을 맹렬히 떠는 것밖에 없는데, 누군가 "야, 장두환! 다리 치워" 하면 "알았어" 하고 대답할 때말고는 종일 아무 말도 하지 않는다. 의사소통에는 주로 턱을 이용하고 가방 속에는 늘 무엇에 쓰는 것인지 알 길 없는 아령 한벌이 들어 있다.

가운데에서 걸어가고 있는 그림자는 가장 땅딸하다. 성은 조이고 이름은 국이다. 그는 누구에게나 조국! 이렇게 불린다. 국아! 하기엔 어딘지 배고프고 처량하게 들리고, 조국아! 하려다보면 조국이여!보다 못하다는 생각이 들기 때문에 모두들 차라리 약간 웃음을 섞어 조국!이라고 부르는 편을 택하는 것이다. 왜 중학교 때 쓰던 『완전정복』 표지에서 나뽈레옹의 초상을 오려 가지고 다니는지 물어보면 그는 큰 콧구멍을 몇번 벌름거린 다음 "보이스! 비 앰비셔스!"라고 우렁차게 대답한다. 그렇듯이 조국의 미래는 늘 세계를 향해 뻗어나간다.

그리고 오른쪽 끝에 있는 것이 바로 나, 김형준이다. 내 가방 속에는 토마스 울프의 『그대 다시는 고향에 가지 못하리』와 토마스 만의 『토니오 크뢰거』가 들어 있다. 아무리 생각해봐도 나에게는 나머지 셋과 어울릴 만한 천격이나 결점이 전혀 없다.

우리들 가운데 그대로 집에 돌아가고 싶지 않은 사람이 넷이다. 서로서로 상대의 주머니를 턴 결과, 집에서 거짓말이 가장 잘 먹히는 승주가 참고서값이라는 이름의 돈을 갖고 있다. 두환은 거물답게 몸에 돈 한푼 지니고 있지 않았고, 조국은 돈이 없는 대신 학교 앞 중국집이라면 자기의 네모난 얼굴이 바로 현금이라고 큰소리친다. 가장 억울한 것은 나다. 헌책방에 가기 위해서 두달에 걸쳐 모았던 지폐 석장이 책갈피에 끼워져 있었던 것이다. 그 돈을 강탈당하며 나는 성실하고 상식적인 사람이 목소리만 큰 머리통 수에 밀려서 피해를 입는 사회 일각의 분위기를 엿본다.

우리가 자리잡은 곳은 중국집의 제일 안쪽 방이다. 군만두와 자장면과 짬뽕국물, 그리고 배갈이 날라져온다. 두환을 빼고는 모두들 별로 마셔본 적 없는 배갈임에 틀림없지만 다들 익숙한 척 기꺼이 술잔을 입으로 가져간다. 젓가락으로 군만두를 집고 있던 나도 갈취당한 돈이 아까워 거기에 동참한다. 몸은 욱신거리고 기분은 패전 후 귀향하는 병사의 것이고, 무엇보다 중요한 사실은 모두 흥분해 있다는 점이다. 따라서 취하는 데 시간이 오래 걸릴 이유도 없다. 누군가 도저히 삼키지 못하고 뱉어버렸던 배갈에 성냥불도 붙여봤던 것 같다. 취해가면서 우리는 점점 말이 많아진다. 교육자라기보다 깡패나 간수에 가까운 선생들을 성토하고, 정의롭지 못한 상황을 목도하고도 비겁하게 외면했거나 혹은 공짜구경이라고 내심 좋아했던 반 친구들의 정신적 천박을 동정한다. 그러다보니 서로 마음이 맞고 '어쩐지 정이 가는 놈들이야'라고 생각하게 된다. 우리는 네 개의 팔을 엇갈려 엮은 다음 그 위에 배갈병을 올려놓고 돌아가며 나발을 부는 의식을 경건하게 치른다. 혈서를 쓰자는 주장도 있었지만 아무리 취중이라 해도 그것은 채택되지 않는다. 어찌됐든 그로써 의형제가 탄생했다.

물론 다음날 눈을 뜨자마자 우리는 크게 후회했다. 주먹 크기가 됐든 인물값이 됐든 머리통 체적이 됐든 간에 자신이 나머지 셋과는 전혀 수준이 맞지 않는다고 생각한다는 한가지 점에서만 우리는 형제처럼 닮아 있었다. 이 일의 시작이 숙제를 안해간 데에서 비롯되었다고 생각하는 사람은 아무도 없었다. 다만 누군가는 등교하는 순서대로 자리에 앉게 만든 담임선생을 원망했고 누군가는 숙제 베끼겠다니까 말린 게 누구야, 혹은 맨 처음에 배갈 시키자고 한 게 누구야, 하고 옆자리 짝을 비난했다. 또 누군가는 그날 오랜만에 학교에 나갔던 것을 후회했다. 그러나 의형제의 운명은 이미 피할 수 없게 우리를 압박해 왔다. 다음날부터 당장 반 아이들은 우리를 '만수산 4인방'이라는 호칭으로 묶어 불렀다. 물리선생의 가공할 티자와 폐타이어로 만든 검은 슬리퍼의 협공 아래, 한데 엮여서 고통스럽게 몸을 비트는 우리의 모습이 드렁칡 같았다는 것이다.

나로 말할 것 같으면 애초부터 교과서에 실린 글은 무조건 깔보는 지성을 갖고 있었다. 그중에서도 늘 옳고도 뻔한 소리만 읊어대는 시조를 특히 고리타분하게 여겼다. 그나마 '봉래산 제일봉에 낙락장송 되었다가 백설이 만건곤할 제 독야청청하리라'라고 읊는 「단심가」 정도면 내 인생에 비유해도 괜찮다고 생각하긴 했다. 흰눈이 펄펄 날릴 때 높이 산봉우리에 홀로 솟아 늠름하게 푸르름을 떨치고 있는 수려한 소나무 한그루 말이다. 그런데 난데없이 산기슭을 뺄뺄거리며 기어오르는 하찮은 드렁칡이라니 얼굴에 핏기가 싹 가시는 기분이었다.

우리들은 서로를 좋아하지도 않았고 마음 깊이 믿어본 적도 없었다. 그런데도 분명한 것은 서로의 인생이 얽혀버렸다는 사실이다. 세상에는 하찮은 인연이 끝까지 따라다니며 알게 모르게 그 사람의 인생을 잠식해 들어가는 경우가 많다. 그리고 우연한 순간의 일이 그 사람 인생의 한 상징이 되어버리는 일도 적지 않다. 드렁칡이 된 사연부터가 그렇듯이 우리의 인생은 죽죽 뻗어가기보다는 그럭저럭 꼬여들었다. 우리는 각자에게 주어진 인생 안에서 서열을 매기고 역할을 맡기고 죄과를 묻느라 수선을 떨었다. 남자의 인생과 사내들의 우주, 그 성취와 좌절에 대해 진지한 금언을 남기느라 목젖을 떨어댔으며 때로 소주잔 위에 눈물을 뿌리고 낯모르는 이의 부축을 받기도 했다. 누가 세계 최고 부자이며 최대의 바람둥이인가, 어느 나라 여자와 어느 나라 경치와 어느 나라 음식이 최고인가 아닌가 따위를 화제삼아 술을 마셨다. 끊임없이 투덜대면서도 어쨌거나 가족을 부양했고, 그런 틈틈이 겸연쩍어하면서도 모르는 척 자질구레한 죄를 저질렀다. 그러는 동안 우리 모두 공평하게 사십을 넘겼다. 만수산 드렁칡. 삶의 여정이란 것이 사실로도 칡처럼 하잘것없는 존재가 되어가는 과정이었음을 깨달을 만한 나이가 된 것이다.

그러나 내 인생만은 좀 다른 것이리라 생각했던 시절이 있었다.

숙부인

한동안 우리 넷은 어쩔 수 없이 붙어지내야만 했다. 담임선생이 우리 네 사람의 자리를 교실 한가운데로 고정시켰기 때문이다. 그날 우리가 교무실 입구의 한 귀퉁이를 차지하고 오가는 사람 모두에게 몇 시간 동안이나 반의 명예를 떨친 대가였다. 그후 펼쳐질 수난은 예고되어 있었다. 어떤 선생은 학생을 지목할 때 "야, 오늘이 며칠이냐? 16일? 그럼 16번 일어나! 다음은 26번" 식으로 하지 않고 "만수산 일어나!"라고 하여 넷을 한꺼번에 세워놓고 질문하기를 즐겼다. "방금까지 떠든 놈 누구야. 안 나와? 그럼 드렁칡, 너희가 대표로 맞아!" 하는 일도 심심찮게 있었는가 하면, "교가 제창! 자, 그럼 만수산이 먼저 시범을 보인다, 시작! 만수산 푸른 줄기 뻗어간 터에, 참 그 산이 아니던가……" 식으로 비아냥대는 일도 다반사였다. 환경미화 때 대형게시판의 네 귀퉁이를 잡아 벽에 붙인다든지 네 칸짜리 뜀틀을 옮긴다든지 아무튼 네 명이 필요한 일이다 싶으면 즉각 '만수산'이 동원되는 건 말하나마나였다. 그런 일들이 반복되자 우리 사이에는 서로 무시하고 싫어하면서도 어느틈에 서로를 필요로 할 수밖에 없는 미묘한 생존의 연대감이 생겨나고 말았다.

우리 중에 맨 먼저 교내써클인 국제펜팔부에 가입한 것은 조국이었다. 영어시간에 리딩을 시키면 영어문장 밑에 미리 연필로 적어놓은 한글 독음을 떠듬떠듬 읽는 조국이 펜팔반이라니 쉽게 납득이 되지 않았다. 그러나 그는 자신의 꿈이 세계로 뻗어나가 조국의 기상을 만방에 떨치는 것임을 거듭 강조했다. 외국애 한명과 편지를 주고받는 일이 무슨 세계정복을 향한 교두보 설치라도 되는 듯이 떠들어대는 걸로 보아 조국의 국제감각은 형편없이 낙후되어 있었다.

승주는 좀 다른 목적으로 펜팔부에 들었다. 여학교의 펜팔부원들을 만날 기대 때문이었다. 그의 생각으로 펜팔부라면 영어를 잘하는 똑똑한 여학생과 외국에 호기심이 많은 멋쟁이 여학생들로 만발한 꽃밭이리라 싶었다. 지금까지의 경험에 따르면 예쁜 여자애들은 으례, 이렇게 예쁘면 됐지 더이상 나한테 뭘 바라지? 하는 자세로 외모 외에는 다른 데 전혀 관심을 두지 않았고, 반면 똑똑한 여자애들은 그러니 공부밖에는 할 게 없지 하는 말이 저절로 나올 만큼만 생겼다. 그는 재색겸비라는 말을 별로 믿지 않았다. 그러나 힘닿는 데까지 찾아볼 만큼은 찾아봐야 한다는 게 그 방면에서만큼은 성실하기 짝이 없는 그의 이성관이었다.

두환과 펜팔은 정말로 어울리지 않았다. 칼이라면 모르되 펜에 관심이 있을 턱이 없었고 그가 아는 팔이라는 것은 주먹을 매달고 있는 신체기관일 뿐이었다. 그런데도 두환이 펜팔반에 든 것은 써클룸, 그러니까 방 때문이었다. 화장실에서 숨어 피우던 담배를 펜팔부 방에 앉아 눈치 안 보고 피울 수 있다는 조국의 말에 누환은 솔깃했다. 영어로 편지를 써야 한다고 생각하자 하도 어이가 없어 코털이 간지러웠지만 승주는 그 문제라면 걱정할 것 없다고 큰소리였다. 자신도 그렇게 할 작정인데 형준이, 즉 내가 다 알아서 할 거라는 얘기였다.

딴데 가서 알아봐. 나는 그들의 기대를 한마디로 저버렸다. 딱히 펜팔반이 싫어서는 아니었다. 그들이 무더기로 가입했기 때문이다. 남들이 다 하는 일을 하지 않음으로써 반항적 수재로서의 일면을 드러내는 것은, 사소한 선택에 임하는 나의 자세였다. 나는 이 기회에 그들이 내가 자기들과는 좀 다른 존재라는 사실을 확실히 깨달아주기를 바랐다.

그들이 기저귀 속에 방귀를 연발로 쏘아가며 낑낑 걸음마를 떼놓을 때 아기로서의 발달과제 해결에, 그리고 운동에도 별 관심이 없던 나는 내처 잠만 잤다. 뭔가를 빨면서 자는 게 습관이었는데 우연히 종이를 입에 대본 뒤로는 이상하게 그 냄새와 촉감에 끌려 마약처럼 끊을 수가 없게 되었다. 그 나이로서는 드물게도 일종의 책중독증이었다. 나는 언제나 책 귀퉁이를 빨다가 잠이 들곤 했다. 그처럼 자나깨나 책을 입에 대다보니 조금은 소화가 되었는지 네살 무렵에는 눈치로 한글 몇글자를 깨치게까지 되었다. 어느날 아버지가 읽고 있는 신문에 아는 글자가 있어서 큰 소리로 읽었는데, 마침 그것은 정치면이었다. 그후 내게는 네살에 신문 정치면을 읽은 신동이라는 무거운 짐이 지워졌다. 두돌이 지날 때까지도 걷지 못하는 나를 두고 '무슨 아기가 어찌나 게으른지 일어날 생각을 안해요, 좀 늦되나봐'라고 한숨 짓던 어머니의 걱정이 '애가 뭔지 특별한 구석이 있더라니까요, 도가 튼 노인처럼 누워서 늘 뭔가 생각만 하더라구요'라는 자랑거리로 바뀌어

효의 실천에도 일찍부터 한걸음 내디뎠음은 물론이다.

초등학교 때의 어느 명절로 기억된다. 명절 하루 전날 으레 친척들이 우리집으로 몰려드는 데에는 두 가지 이유가 있었다. 아버지가 장남이고 또 목욕탕 주인이었기 때문이다. 명절 전날 목욕탕은 뿌연 김이 솟아오르는 사이사이로 얼굴이 벌겋게 익은 사람들이 자리싸움 바가지싸움에다 문신자랑, 오래 목욕하기 기록갱신과 목청자랑으로 그야말로 알몸의 전장이었다. 그런데도 친척들은 그 틈을 비집고 들어가 반드시 공짜목욕을 하곤 했던 것이다. 마침 목욕을 마친 친척들이 모여앉아 텔레비전을 보는 자리에서 고등학생들이 푸는 '장학퀴즈'가 방영되고 있었다. 나는 문제 중 반 이상을 맞혔다. 어떤 면에서 보면 퀴즈란 역설적인 면이 있다. 가령 음악가라고 할 때 음악의 아버지 바흐와 악성 베토벤과 피아노의 시인 쇼팽밖에 모르는 초등학생이 그 몇배의 정보를 갖고 있는 어른보다 답을 훨씬 잘 맞힐 수 있다. 단순한 퀴즈는 대개 그 세 음악가 중에서 출제되기 때문이다. 게다가 그날은 객관식 문제가 유난히 많아 찍기에 좋았다. 문제를 맞히자 친척들은 내가 커갈수록 신동이 아닌 듯해 왜 그런가 했더니 수재라서 그랬던 모양이라고 감탄했다. 물론 천냥 빚도 아닌 목욕비 정도를 말로 못 갚으랴 하는 마음도 크게 작용했을 테지만 아버지와 어머니는 흐뭇하기만 했다.

나는 나 자신이 특별한 존재라고는 생각했지만 겸손했기 때문에 수재로 칭송받는 일에 적지 않은 곤혹을 느꼈다. 수재에게도 실수와 약점은 있는 법인데 그것이 탄로나서 남들에게 실망을 줄까봐 불안했던 것이다. 늘 책을 끼고 다녀서 책벌레라는 별명을 얻어내는 데는 일단 성공했다. 그러나 누구와도 깊이 얘기하는 것을 피했고 얘기를 한다

해도 명쾌하기보다는 복잡하고 애매한 수사를 쓰기 좋아했다. 진짜 책벌레나 진짜 똑똑한 놈들 앞에서는 지레 주눅이 들었고 그것을 숨기기 위해 굳게 입을 다물어야 했다. 대신 입가에는 무시하는 듯 거만하고 씨니컬한 주름을 만들었다. 일부러 신경질적인 표정을 짓고 다니는 것도 선병질에다 괴팍하게 보이기를 원했기 때문이다. 또한 남이 못 들어본 아프리카 오지의 나라, 남이 듣도 보도 못한 기다란 이름의 15세기 학자, 남이 듣고도 모르는 이상한 발음의 멸종 조류, 남이 들어봤을까말까한 소수부족 인디언들의 속담——그런 것들을 시시콜콜 알아냄으로써 나의 천재성에 대한 암시를 줄 수가 있었다. 그런 이유로 무조건 남과는 달라야 했다.

그러나 결국엔 나도 펜팔부에 가입하고 말았다. 소희 때문이었다.

해마다 봄이면 시내 공원에서 백일장 및 사생대회가 열렸다. 현수막이 걸리고 노점들이 펼쳐지고, 각학교 학생들이 삼삼오오 짝을 지어 나뭇가지가 늘어진 공원 여기저기를 돌아다니는 풍경은 마치 조그마한 축제를 연상하게 했다. 이젤을 놓고 그림을 그리거나 시집이 끼워진 공책을 앞가슴에 품고 나무에 기대서 생각에 잠긴 여학생들의 모습은 남학생들로 하여금 입상과 상관없이 참가에 의의를 두게 만들었다. 문학소녀나 화가를 꿈꾸는 여학생들은 빵집이나 극장골목 같은 데서 만날 수 있는 여자애들과는 질적으로 달랐으며 그런 대회는 학교에서 공인하는 선택된 학생들만의 잔치였던 것이다. 4월이라는 계절과 경치 또한 물오르는 나이의 고등학생들에게 나무랄 데 없는 정취와 흥분을 제공했다. 거기에서 초등학교 졸업 이후 처음으로 소희를 만난 것이었다.

소희는 아카시아 꽃그늘 아래 혼자 앉아 있었다. 연필 쥔 손으로 턱을 괸 채 멍하니 하늘을 올려다보고 있는 소희를 발견한 순간 나는 낭떠러지 끝에라도 선 듯 온몸이 굳고 숨이 멎었다.

여학생들의 교복은 동복과 하복 사이에 춘추복이라는 한단계가 더 있었다. 하얀 춘추복 입을 계절의 여학생들은 멀리서 보면 모두가 순결하고 예뻐 보였다. 남학생들이야 가을, 겨울, 봄 세 계절 내내 검은색 동복을 입었으므로 이름표의 모양과 색깔로만 학교를 구별할 수 있었지만 여학생들은 달랐다. 쎄일러복도 있었고 허리를 잘록하게 매서 아랫단의 주름을 강조한 옷도 있고 자주색이나 남색 끈으로 리본을 매기도 했다. 소희가 입은 것은 여학생 교복 중에 가장 고전이라 할 수 있는 단정한 흰 블라우스였다. 왼편 가슴에는 초록색 바탕에 은방울꽃 세 송이가 앙증맞게 새겨진 뱃지 아래 명문교를 상징하는 검은 선 한줄이 있었다. 까맣게 윤이 나는 머리카락은 단정하게 땋아 양쪽 귀 뒤로 내려뜨렸고 솜털이 보송보송한 귓불은 생각에 열중해서인지 약간 상기되어 마치 분홍색 장미꽃잎 같았다. 유리같이 희고 매끈한 이마, 눈동자의 검은 선이 또렷한 맑은 눈, 콧부리가 약간 들린 뾰족하고 귀여운 코, 또렷한 인중 아래 가는 붓으로 그린 듯 섬세한 입술. 소희는 초등학교 때 이미 수십통의 연애편지를 받은 아름다운 소녀였다. 그중에는 내가 대필한 것도 두 통이나 되었는데 나는 그때처럼 절박하고 신나고 약오르는 글쓰기를 해본 적이 없었다.

소희의 눈부시게 하얀 옷소매에서 뻗어나온, 역시 눈이 부신 흰 손가락이 8절지 시험지를 사각사각 채우기 시작했다. 나 역시 찔레덤불 뒤에 앉아서 하늘을 향해 눈을 부라리며 진지하게 작품구상을 하기도 하고 신중히 몇글자 끼적인 뒤 흠, 하고 고개를 끄덕이기도 하는 틈틈이 소희를 관찰하면서 시간을 보냈다. 소희가 완성된 글을 제출하러 일어났으므로 나는 엉덩이를 털고 일어나 엉거주춤 뒤를 따라가기 시작했다. 그러다가 잔뜩 물이 오른 실버들나무 앞에 이르렀을 때 그만 소희의 눈에 띄고 말았다. 소희는 뭔가 이상한 느낌이 들었는지 몇번인가 뒤돌아보다가 미처 피하지 못한 나와 두어 번 눈이 마주치고 나서야 비로소 생각났다는 듯 우뚝 발을 멈췄다.

"너 김형준 아니니?"

소희의 부드러운 목소리를 듣자 내 다리에서는 힘이 쑥 빠져나갔다. 목이 메어와 아무 말도 할 수 없었으며 짐짓 퉁명스럽게 잔뜩 찡그리는 표정을 짓지 않고는 얼굴의 경직을 숨길 수가 없었다. 그 다음부터는 그게 온전한 사람이었다고 할 수조차 없다. 소희가 다가와 반갑다는 인사를 한 것, 내가 안경을 써서 못 알아볼 뻔했다고 말한 것, 아직도 책을 많이 읽는 모양이라고 하기에 "글쎄" 하고 되디된 발음으로 가까스로 대꾸한 것, 겨우 그 정도밖에는 생각나지 않았다. 정신을 차려보니 소희는 사라지고 없었다. 꿈을 꾼 것 같았다.

그러나 꿈은 아니었다. 내 눈앞에는 소희의 머루알 같은 검은 눈이 아른거렸다. 입가에 파이던 조그마한 보조개와 교복 깃이 삼각주 모양으로 파인 곳 아래 도톰한 가슴의 곡선도 생생하게 남아 있었다. 또한 나는 눈이 매서워서 볼 것은 보고야 마는 사람이다. 소희가 들고 있던 공책 겉장에 씌어진 잉크글씨는 무엇보다도 또렷이 기억이 났다. J여고 2학년 펜팔부 양소희.

이따금 나는 생각한다. 나에게 결점이 있다면 한가지 정도이다. 나에 대해 정당한 평가를 받고 싶어하는 것, 남들 표현에 따르면 자랑을 참지 못하는 것이다. 다음날로 나는 4인방에게 펜팔부에 들겠다는 희소식을 전하면서 소희 이야기를 약간 들려주었다. 소희 쪽에서 먼저 나를 발견하고 반갑게 뛰어왔다든지 내게 펜팔부에 들라고 적극적으로 권했다든지 하는 대목이 첨가된 것은 각색자의 마땅한 권리라 하겠다.

가장 민감한 반응을 보인 사람은 말하나마나 승주였다. 갑자기 펜팔부를 제대로 운영해볼 때가 된 것 같다며 그 사업의 일환으로 소희네 펜팔부와의 교류를 제안했다. 무엇이든 추진하는 게 취미인 조국이 가만있을 리 만무했다. 당장 편지를 보내자고 서둘렀다. 하지만 우표를 붙이고 주소를 써서 공식적인 방법으로 여학교로 보낸 얼빠진 남학생의 편지는 모조리 그곳 생활주임선생의 손에서 갈가리 찢어지는 게 정해진 순서였다.

잔꾀많은 승주가 해결책을 내놓았다. 바로 뒷집에 소희와 같은 학교에 다니는 1학년 여학생이 살고 있다는 거였다. 자기 부탁이라면 그녀의 무다리는 절대 다리품을 아끼지 않으리라고 승주는 자신했다. 장독 안에서 된장을 퍼내는 척하며 담 너머로 자기를 흘깃거리는 모습을 한두 번 본 게 아니라는 것이다. 그리하여 승주에게 급히 중책이 맡겨졌다. 승주는 뒷집 여자애를 불러내서 그 학교 펜팔부에 전해줄 수 있냐며 편지를 건넸다. 뒷집 여자애는 얼굴을 붉힌 채 한참이나 제 손 안의 봉투를 내려다보며 입술을 깨물더니 아무 말 없이 휙 달려가버리더라고 했다. 그런데도 편지는 잘 전해준 것 같더라며, 여자애들 속마음은 정말 알 수가 없다니까, 하고 은근히 으쓱해하는 승주였다.

어쨌든 무다리 소녀의 도움으로 소희네 펜팔부와 만날 약속은 뜻밖에도 쉽게 정해졌다. 바로 두 주일 뒤였다. 그동안 조국과 승주는 첫만남의 자리에서 써먹을 영어 인사말 몇개라도 외우자고 써클룸에 모여앉아서는 기껏해야 여자애들은 언제 겨드랑이 털이 생기는가, 하루에 한반에서 몇명이나 생리를 하고 있을까 등등의 화제로 시간을 흘려보냈다.

관심이 없는 것은 두환뿐이었다. 두환은 만수산 4인방 따위와는 견줄 수 없는 중대사업, 즉 18동인 조직에 여념이 없었던 것이다.

작년에 열린 고교야구 지역예선 때였다. 가벼운 흥분 속에 전교생이 보무도 당당하게 응원을 갔다. 한데 우리 학교 야구부는 2회에 한꺼번에 5점을 내준 후 단 한점도 점수를 내지 못하고 7회에서 만루홈런을 맞고 말았다. 콜드게임이었다. 게임이 끝나고 경기장을 나오는 두 학교 학생들의 모습은 대조적일 수밖에 없었다. 이긴 쪽은 승리의 기쁨을 표현하는 데 자제할 필요를 전혀 느끼지 않았다. 진 쪽은 자기들 기분이 더럽다는 것을 상대에게 알려주고 싶어했다. 한쪽은 히히덕거렸고, 분을 삭이지 못한 다른 한쪽은 그들을 향해 사납게 눈을 부라렸다. 그들 모두의 몸속에는 걸핏하면 끓어오르기 일쑤인, 양보 없는 10대의 피가 흐르는 중이었다. 그런 긴장국면은 시대항 체육대회나 교련 실기대회가 있던 날 귀갓길에 일어나기 십상인 패싸움의 전조이기도 했다.

그런 유의 패싸움은 저수지에서 물수제비 뜨는 것과 비슷하다. 파문이 파문을 만드는 것이다. 맨 처음 수면 위로 차돌을 던지는 역할은 대개 경기에 진 학교의 조금 덩치 좋고 성질 사나운 아이들이 담당한다. 그들은 상대 학교의 아담한 아이들이 어깨를 살짝 건드리거나 발을 밟으면 곧바로 건방지다는 둥 기분 나쁘게 생겼다는 둥의 죄를 물어 몇대 때려준다. 그러면 주위에 있던 아이들이 반드시 가세하게 되고 투닥투닥 주먹이 오가면서 여기저기에 먼지의 동심원이 만들어지기 시작한다. 그러다가 호루라기 소리가 몇번 나고 우르르 뛰어가는 발소리가 정신없이 휘몰아친 다음, 어느 순간 먼지가 소롯이 가라앉고 소란은 흐지부지되어 있다.

그 다음 순서가 또 있다. 자기 학교 아이가 맞았다는 소식은 이내 ‘개인깡패’와는 노는 물이 다른, 제 딴에는 무시무시한 ‘단체깡패’들의 귀로 전달된다. 보통 ‘쎄븐’이니 ‘적토마’니 아니면 흙에다 또 흙을 더한 ‘황토흙’이니 ‘산울림’이니 하는 이름을 가진 그들은 상대의 학교 앞 어딘가에 잠복했다가 재수없는 아이 몇명을 붙들어서는 뼈에서 가루가 떨어진다 싶을 때까지 정의의 주먹을 휘두른다. 그 소식을 다시 전해들은 저쪽 단체깡패들은 이를 악무느라고 얼굴이 하얗게 질린다. 그렇게 되면 모든 무림에서 밥먹고 하는 직업적인 업무, 즉 복수가 시작된다. 두환이 하는 것도 바로 그 사업의 일종이었다.

두환네 패거리 중 하나가 우연히 「소림사 18동인」이라는 중국 무협영화를 본 모양이었다. 다른 무협영화와 달리 그 영화에서는 기합을 질러대고 자빠지고 구르고 날고 하는 낭자한 싸움장면이 눈길을 끄는 게 아니었다. 대신 온몸에 황금가루를 칠한 협객, 이른바 동인(銅人) 열여덟 명이 동상처럼 정렬된 채로 바람 속에서 홀연히 나타나 적들을 공포에 떨게 만들었다. 비장한 음악을 배경으로 긴 허리띠만을 일제히 바람에 나부끼며 무표정하게 서 있다가 조금의 흥분도 없이 일사불란한 무술을 펼치는 18인의 구리인간. 두환네는 그것을 모델로 조직을 재정비하기로 했다. 일단 숫자로 적을 제압해놓으면 심리전에서 유리하니 11전 9패의 전적을 가진 그들로서는 그처럼 좋은 지략이 없을 듯했다. 그 말을 곧이들을 얼빠진 고등학생 열여덟 명을 모으기란 쉽지 않은 일이었으므로 두환은 하는 일 없이 마음만이라도 몹시 분주했다.

두환은 소희네 펜팔부와의 첫만남에도 끼지 않았다. 계절의 여왕이라더니 5월 날씨란 바로 이런 것이구나 싶게 화창한 날이었다. 조국과 승주, 그리고 나 셋이 약속장소로 나갔다. 승주는 나팔바지로 맞춰 입은 교련복을 펄럭이며 기타를 메고 등장했고 조국은 사복을 입어 더욱 아저씨 같은 듬직한 모습이었다. 소희를 만날 생각에 긴장한데다 전날 밤 제대로 자지 못해 내 얼굴은 바짝 얼어 있었지만 그것을 창백하고 수척한 지성의 모습으로 본다면 못 볼 것도 없었다. 약속장소는 카톨릭쎈터였다. 카톨릭재단에서 청소년 문화사업의 일환으로 운영하는 곳이었으므로 남녀학생들이 만나고 있어도 선생들이 귀때기를 붙잡고 끌어내지 않는, 시내에서는 거의 유일한 장소였다. 빵집 같은 데서 적발이 되면 정학은 보통이고 '몇학년 몇반 아무개가 여학생하고 소보로빵과 모찌를 나눠먹던 중 학생주임에게 뺨을 맞고 개처럼 낑낑대며 끌려나왔다'고 교내방송으로 전교에 그 사실이 알려져 창피를 당하게 마련이었다. 그러므로 시내의 남녀학생들은 무슨무슨 써클활동을 구실로 카톨릭쎈터에 모여들었다. 우리 역시 펜팔부라는 공식조직을 내세워서 당당히 펜팔부의 이름으로 조그만 회의실 하나를 구했던 것이다.

소희네 펜팔부 쪽에서 나온 여학생들은 네 명이었는데 몹시 거만했다. 속으로는 수줍다거나 서툴러서 그럴 수도 있겠지만 어쨌든 자청해서 남학생을 만나러 온 자리에서까지 거만한 태도를 취해야만 자기학교의 교훈이기도 한 '정결과 부덕'을 실천하는 거라고 생각하는 모양이었다. 그러나 그중에서 거만해도 될 만큼 예쁜 여학생은 소희뿐이었다. 당연히 조국과 승주의 눈알은 한군데로 모아졌다. 나는 먼저 하하 웃으며 설쳐대는 조국을 경계의 눈으로 주목하기 시작했다. 처음 10여분 동안 조국은 눈치없는 활달함과 목소리 큰 것만으로 분위기를 주도해갔다. 다들 얼굴이 예뻐서 펜팔부인지 무용부인지 모르겠다는 둥 너스레를 떨었고 자기의 인생관이 '보이스 비 앰비셔스'라고 겁없이 영어를 입에 담는가 하면 호쾌하게 콜라를 권하기도 했다. "저, 존경하는 인물이 누구예요?"라고 어렸을 때 위인전깨나 읽었을 법한 주근깨 많은 여학생이 안경 너머로 물었다. 조국은 망설이지 않고 탐험가 난센이라고 시원스레 대답했다. 그것은 내가 답안을 만들어준 예상문제였다. 난센? 못 들어본 이름인데 어느 나라 사람이에요? 여학생이 되묻자 조국은 마치 부저를 누르듯이 탁자 밑의 내 발등을 꾹 밟았다.

"프리툐프 난센은 노르웨이의 해양학자이고 미술가입니다. 후퇴할 베이스를 남겨놓지 않고 그린란드를 동서로 횡단해서 사람들을 놀라게 했어요. 전쟁포로 석방, 난민구호 같은 업적으로 1922년에 노벨평화상을 받았죠."

나는 퀴즈 프로그램 사회자처럼 유창하게 설명했다. 탁자 아래에서 나도 모르게 두 손을 꽉 맞잡았던 탓에 손바닥에 땀이 배어 있었지만 그런대로 흡족했다. 이제부터 여학생들이 나를 존경의 눈길로 쳐다볼 게 뻔하니 초연한 표정을 지을 차례려니 싶었다. 물론 전날 밤 백과사전에서 몇번이나 읽어 외워둔 대목이었다. 그밖에도 나는, 최초의 손목시계는 1581년 엘리자베스 1세에게 선사되었는데 바늘이 하나뿐이었다는 둥, 1945년 시카고의 프로모터인 밀튼 레이놀즈가 생산한 볼펜은 물속에서 글이 써진다는 소문 때문에 일주일에 2만 5천개가 팔렸다는 둥 숫자가 명시되는 잡다한 상식을 몇가지 더 외워두었다.

그러나 그것을 써먹을 기회는 쉽게 오지 않았다. 시간이 지날수록 여학생 모두로부터 시선을 받는 것은 활달하고 편안한 인간미의 조국도, 창백한 지성을 자랑하는 나도 아니었다. 그저 잘생겼을 뿐인 승주였다. 승주의 책가방 속 어딘가에는 한국기생충박멸협회라는 글자가 찍힌 채변봉투와 빨간 색연필로 빗금이 죽죽 그어진 20점짜리 시험지가 들어 있을 것이다. 승주의 차림새가 저처럼 깔끔한 것은 바지를 다려놓지 않았다고 어머니에게 신경질을 부리고 현주누나의 샴푸와 스킨로션을 훔쳐 바르는 일에 적어도 한두 시간은 허비했기 때문이다. 그러나 그런 걸 생각할 수 있는 여자애들은 하나도 없었다. 천재들은 여자를 믿지 않는다, 이 말이 떠올랐다. 여자들에게 인기가 없는 걸 보니 당신은 천재로군요,라는 칭찬을 들었던 외국 소설가의 일화도 생각났다. 여자라는 존재에 대한 나의 경멸이 완성되는 순간이었다.

처음에 승주는 말도 별로 하지 않고 짐짓 우수어린 눈빛으로 의자 깊숙이 몸을 묻고 앉아 있을 뿐이었다. 한두 번 고개를 들어 허공을 응시하다가 다음 순간 스르르 팔짱을 끼면서 속눈썹을 내리깔았다. 그러다가도 여학생이 말을 시작하면 그 하나하나를 향해서, 마치 싸리문 앞을 비껴 지나가는 휜눈발처럼 무심하고도 서늘한 시선을 짧게 끊어 던지곤 했다. 또 그다지 중요하지 않은 대목에 "왜요?"라든가 "그래서요?"라고 쓸데없는 질문을 한마디씩 툭 던져보기도 했는데 그때마다 여학생들은 다투어 성의껏 긴 대답을 하는 것이었다. 최근에 할부로 구입한 정음사 간 다섯권짜리 철학책 중 한권이라며 키에르케고르라는 글자가 보이도록 그 연노랑색 책을 무릎 위에 올려놓고 있던 한 여학생만이 입을 다물고 아니꼽다는 듯 승주를 쏘아보았다. 그것 역시 승주의 관심을 끌려는 색다른 전략임을 눈치채기에 어렵지 않았다.

"자, 이제부터는 친목도모를 위해 씽얼롱 레크레이션 시간을 갖겠습니다.”

　조국의 진지한 식순안내에 이어 승주가 몸을 일으키더니 케이스 안에서 기타를 꺼냈다. 그렇지 않아도 벽에 기대어 있는 기타의 임자가 누굴지 궁금해하던 여학생들 쪽에서는 ‘역시!’ 하는 탄성이 터져나왔다. 다소 전문적으로 보이도록 이마에 주름을 몇개 만들고 기타에 귀를 바짝 댄 채 줄을 맞추는 승주의 방향으로 여학생들의 몸이 일제히 기울어 있었다. 나는 입속으로 하나, 둘까지 센 다음, 셋에서 온갖 힘과 용기를 짜내어 처음으로 소희 쪽으로 고개를 돌렸다. 소희는 물론 나를 쳐다보고 있지 않았다. 귓불이 발갛게 물든 소희의 시선이 가 있는 곳 역시 승주였다. 막 노래가 시작되려고 할 때 얼굴로 열이 치솟아 도저히 표정관리를 할 자신이 없어진 나는 참지 못하고 일어섰다. 어디 가냐?라고 물어주는 것은 조국뿐이었다. 화장실! 나는 일부러 크게 대답했지만 승주의 노랫소리에 그대로 묻혀버렸다.

　화장실은 복도 끝에 있었다. 나는 복도 양쪽에 있는 몇개의 방을 지나쳐 걸어갔다. 그중 한개의 방에서 말소리가 새어나왔다. 조금 열린 문 너머로 칠판이 보였고 ‘제3회 독서토론, 실존주의와 휴머니즘’이라는 글씨가 눈에 들어왔다. 둘러앉은 머리통들을 보니 모두가 남학생들이었다. 덩치 큰 학생이 문 쪽을 등지고 서서 열변을 토하고 있었다. 실존주의가 휴머니즘이라는 싸르트르의 주장은 작품에 잘 형상화되어 있습니다. 그것은 『구토』에서 로깡땡이 마로니에나무를 보고 구토를 느끼는 장면과 상통합니다. 그리고 『더러운 손』을 보면 정치적 억압에 굴복하지 않는 자유에 대한 의지가 잘 표현돼 있는데요. 그때 맞은편 학생이 손을 들었다. 잠깐만요. 하지만 싸르트르의 희곡 『더러운 손』은 철학보다는 정치색이 짙지 않은가요? 싸르트르가 공산주의 운동에 참여한 데 대해서는 어떻게 생각하는지요? 그럼 공산주의가 휴머니즘이란 말인가요? 공산주의란 말이 나오자 순간 그쪽 방안의 분위기가 경직되는 듯했다. 나도 그처럼 무서운 말을 입에 담는 장본인의 얼굴이 궁금해져 잠깐 걸음을 멈추고 문틈을 흘낏 엿보았다.

질문을 던진 학생은 바로 우리 학교 학도호국단 연대장이었다. 연대장에게 다그침을 받은 학생은 몹시 당황했는지 말을 더듬었다. 저는 공산주의를 좋다고 말하는 게 아니라…… 연대장은 단호한 어조로 상대의 말을 끊었다. 확실히 알지 못하는 것은 발표하지 않는 게 좋겠습니다. 이 자리는 순수하게 독서토론을 위한 자리이므로 정치에 대해 말하는 것은 학생의 본분에 어긋납니다. 이 시간에도 북한은 전쟁준비에 열을 올리고 있습니다. 월남패망을 보더라도 우리는 전쟁의 교훈을 망각해서는 안될 것입니다. 대한민국 국민이라면 경제개발이 이만큼 성공한 것이 유신정책 덕분이란 걸 모르는 사람이 없을 테니까요. 연대장의 말이 끝나자 잠시 침묵이 흘렀는데 아마 그것은 그렇고말고 하는 동의의 뜻 같았다. 나는 다시 화장실로 걸음을 옮겼다. 순간 새로운 목소리가 들려왔다. 우리는 독서토론을 하는 것이지 반공공부를 하는 게 아닙니다. 그리고 학생이라고 정치에 무관심해야 합니까. 학도호국단장에게 묻겠습니다. 정부에서는 왜 학생들의 투표로 간부를 뽑는 학생회를 없애고 일방적으로 학도호국단 간부를 임명하는 겁니까. 연대장이 놀란 얼굴로 벌떡 일어서는데 순간 나와 눈이 마주친 것 같았으므로 나는 얼른 그 문앞을 지나쳤다.

변기 앞에 서서 혁대를 풀었다. 실존주의, 휴머니즘, 월남패망, 유신정책, 변기 위에 그려진 가위——그중 무엇에 주눅이 들었는지 오줌발은 시원찮았다. 아마 우리나라가 처한 정치현실이나 세계정세에 대해 지성인으로서 깊이 고뇌하기 시작했기 때문일 것이다. 내가 중학교에 들어갈 무렵 세계는 양극화시대에서 다원화시대로 바뀌고 있었다. 사회시험에 나온 문제라서 기억이 난다. 월남패망? 그것은 「사랑의 스잔나」를 보러 극장에 갔다가 대한뉴스에서 보았던 지도와 함께 떠오르는 단어이다. 음산한 음악을 배경으로 월남 지도가 점점 붉은 색으로 물들어가다가 완전히 핏빛으로 뒤덮이고 마지막에 '멸공!'이라는 비스듬하고 깨어진 입체글자가 화면을 가득 채웠던 것이다. 10월유신은 10월에 했을 테니 아마 중학교 2학년 가을의 일이었던 것 같다. 무슨 수업시간이었는지 기억나지 않지만 나는 군대에 위문편지를 쓰고 있었다. 남학생들이 쓰는 위문편지라니 군인들이 반길 리도 없으련만 반 전체가 단체로 그런 것을 끼적이는 중이었다. 선생이 주의를 주었던 기억이 난다. 이곳 소식을 전한답시고 유신이니 계엄령이니 그런 것은 쓰지 말도록. 누군가, 왜요? 하고 물었다가 교단 앞으로 불려나가 주먹을 받았다. 왜요?라는 의문을 품는 자체가 불순분자의 책동이었다.

내가 볼일을 마치고 다시 복도를 지나쳐갈 때 보니 연대장이 있던 방은 문이 굳게 닫혀 있고 조용했다. 이제부터는 문을 닫고 여학생들 꼬드길 얘기나 하고 있는지도 모른다.

우리 일행이 있는 방에서는 문을 열자마자 실존주의 및 세계정세와는 전혀 관계없는 태평스러운 노랫소리가 울려퍼졌다. 기타를 치는 승주는 물론이고 꽁지 빠진 종달새 자매들처럼 입을 뻐끔거리고 있는 여학생들, 그 여학생들을 흘끔거리며 열심히 '저 별은 나의 별, 저 별은 너의 별'을 따라 부르고 있는 조국을 보자 불현듯 한심한 생각이 들었다. 내가 저들과 다른 종류의 인간이라는 사실만이 내 자존심을 지켜주었다. 불만과 비관이란 세상에 대해 제대로 판단할 능력이 있는 지성인에게는 필연적으로 생기게 마련인 덕목이었다. 만약 소희가 한번이라도 내게 눈길을 주었다면 세상에 대해 다시 생각해볼 수도 있었겠지만 아무튼 그런 일은 일어나지 않았다. 조국은 여러차례 방 밖으로 나갔다 들어왔지만 화장실에 가는 것은 아니었다. 여학생들을 피해 방귀를 뀌려는 거였다.

그날의 만남 이후 예상했던 일이 시작되었다. 우리 셋 사이에 의미심장한 긴장과 견제가 감돌았던 이유는 뻔했다. 모두 다 같은 것을 원하게 되었기 때문이다. 개 정말 괜찮더라, 안 그래? 그럼 그럼. 다른 애들은 다들 시녀 같지 않데? 물론 물론. 이처럼 사이좋게 의견일치를 보고 나서 곧바로 쟁탈전으로 돌입하는 아주 흔한 경우였다.

"이 모임이 시작된 것은 나 때문이잖아. 모임성격을 흐리지 마."

나는 은근히 기득권을 주장했다.

"내 이상형이라니까. 어떻게 되나 너희들은 가만히 두고보기나 해."

이렇게 말하는 조국은 내심 '용감한 자만이 미인을 차지한다'는 격언만 믿고 큰소리치는 게 틀림없었다.

승주는 쓸데없는 너스레 따위는 떨지 않았다. 여유있는 코웃음을 칠 뿐이었는데 그런 때조차도 늦가을 오후의 햇살 같은 특유의 눈웃음이 딸려나왔다. 그 모습을 보니 이건 이길 수 없는 게임이란 생각이 들었다. 소심한 사람이어서 포기가 빠르다고 생각하면 오해다. 나는 다만 승산 없는 일을 붙들고 늘어지기에는 지나치게 용의주도하고 합리적인 성격일 따름이었다.

조국이 포기하는 데는 나보다 훨씬 시간이 걸렸다. 여학생 문제를 두고 승주와 겨루는 것이 오직 시간낭비임을 조국이라고 모르지 않았을 테지만 그런데도 자칭 사나이들의 세계에서는 기어이 해보는 데까지는 해보는 그런 무식한 고집이 대단찮은 승부를 값지게 만들어주게 되어 있었다. 무조건 내 거라고 선언한다고 해서 자기 소유가 되지는 않음을 겨우 깨달은 조국은 "너야 발에 차이는 게 계집애들이잖아"라며 아량을 기대해보기도 했다. 그러나 승주는 "계집애는 무슨, 돌멩이들이었지. 소희는 지금까지 만났던 여자애들과는 달라. 이번엔 정말 특별하단 말야" 하면서 절대 물러설 눈치가 아니었다. 논리학에서 말하는 '우물에 독 뿌리기' 작전은 몰랐지만 붕어빵을 땅에 떨어뜨린 뒤 싸게 사는 방법은 알았기에 조국은 "운명적 사랑 좋아하네. 딸딸이 칠 때 그림이 좀 잘 잡힌다 그거지"라고 반격해보았다. 승주는 상대조차 하지 않았다. 약이 오른 조국은 수업시간의 잡담치고는 약간 큰 목소리로 말했다.

"내 원, 더러워서. 개가 무슨 정경부인이라도 되냐?"

"정경부인이 아니라 숙부인이다! 정신 좀 차려, 인마!"

이 말은 「조침문」인지 「한중록」인지를 강독하던 국어선생이 다가와서 그 둘의 머리통을 책으로 갈기며 내지르는 소리였다.

어쨌든 조국의 태도도 점점 포기하는 쪽으로 바뀌었다. 전에 없이 승주가 진지함을 보이니 타고난 신체조건이 갖춰진데다 동기까지 충분한 선수를 이길 재간이 없었을 것이다. 할 수 없이 조국은 '있는 놈들이 더해' 하는 눈길로 승주를 한번 노려보았다. 그리고 소희를 가리켜 '구원의 여인' 운운하는 승주에게 "일원이 모자라서 십원짜리도 못 되는 모양이로구나, 안됐다"라고 비꼰 다음, 승주의 운동화 바로 옆에 침을 찍 뱉음으로써 항복을 선언했다.

승주와 소희가 빠른 속도로 가까워진 것은 정해진 순서였다.

승주는 소희와 만난 일을 신나게 떠벌려댔다. 영화를 보러 갈 때는
하얀 깃이 달리고 단추가 많은 분홍색 원피스를 입고 나왔고, 백일장
대회가 열렸던 그 공원에서 만났을 때는 자전거를 타고 왔더라고 했
다. 소희에게는 '소라'라는 필명도 있었다. 그 이름으로 라디오 심야
프로에 보낸 짧은 글이 방송을 탄 적이 있었는데 그후 펜레터도 몇통
받았지만 시시해서 답장을 하진 않았다고 했다. 또 얼마 전까지 배우
던 피아노를 그만두고 요즘은 명문 남학교의 수학선생에게 그룹과외
를 받고 있었다. 과외를 하는 날은 밤마다 자신이 집까지 바래다준다
고 승주는 자랑했다. 골목의 전봇대 밑에서 입을 맞췄다는 얘기는 보
나마나 거짓말이었다. 소희가 생일선물로 어머니에게서 올인원이라
는 속옷을 받았다는 것까지는 모르겠지만 브래지어와 팬티는 언제나
똑같이 꽃무늬 있는 것만 입는다는 것 또한 아무리 생각해도 승주의
빈약한 상상에서 나온 게 틀림없었다.

우리는 펜팔부 써클룸에 모였다 하면 소희의 근황에 대한 중계방송
을 들을 수 있었다. 확실히 승주는 그 일을 즐겼다. 나라면 사랑하는
여자에 관한 한 머릿속에 있는 기억조차 나눠갖기 싫겠지만 승주는
자기의 독점을 널리 과시하고 싶어했다. 미숙아인 승주에게는 소희가
자기의 것이라는 것 못지않게 자신이 소희를 차지하는 멋진 사람이라
는 자랑도 중요했던 것이다. 굳이 퇴역소령의 미망인인 홀어머니에
누나 하나뿐인 가족사항을 들먹이지 않고도 알 수 있듯이 승주는 여
러가지 면에서 유아적이었다. 우리들에게 소희의 기억을 나눠주는 데
아무런 긴장도 갖지 않는 건 내가 보기에 대단히 부주의한 태도였다.
소희의 이야기가 들릴 때만은 두환도 우리 쪽으로 몸을 기울인 채 다
리를 떨었다.

무슨 팔자인지 나는 초등학생 때처럼 또다시 소희에게 보내는 편지를 대필하는 신세가 되었다. 그 대신 소희가 승주에게 보내온 편지를 읽을 권한이 주어졌다. 소희의 편지는 짧고 단정했다. 그러나 그 안에는 주체할 수 없는 어떤 뜨거움이 꿈틀거리고 있었다. 소희는 부모나 담임선생이 생각하듯이 장차의 현모양처로서 영특하고 얌전한 모범생만은 아니었다. 제 방 책상에 앉아 스탠드등의 불빛 아래 시집을 읽고, 그것이 싫증나면 피아노를 치다가 불현듯 열린 창문으로 별을 올려다보며 손으로 제 가슴을 꼬옥 끌어안는 그런 순정소설 속의 소녀도 아니었다.

소희는 초등학교 5학년 때 나와 같은 반이었다. 그해 가을이던가 대통령이 온다고 온 학교에 난리가 났다. 가뭄이 너무 심해 시찰차 오는 대통령의 헬기가 우리 학교 운동장에 내린다는 것이다. 대통령이 교실 안으로 들어올 리 만무하건만 학교 안팎으로 야단스런 대청소가 이루어진 뒤 수업이 시작되었다. 그러나 아이들이고 선생님이고 할 것 없이 속속 도착하는 승용차와 그 안에서 내려 교장선생의 영접을 받는 손님들에게 온통 정신이 팔려 있었다. 소희는 청소에도 참여하지 않고 일찌감치 학교 밖으로 나갔다. 그날 대통령에게 꽃다발을 건넬 화동으로 뽑혀서 엄마를 따라 미장원에 가는 것이었다. 양갈래머리를 꼬불꼬불 지져서 늘어뜨리고 색동한복을 차려입은 소희는 전교생과 손님들이 지켜보는 가운데 꽃다발을 전한 뒤 대통령과 악수했다. 우리들의 마음에 아로새겨진 것은 대통령보다 소희였다. 대통령은 급히 떠났지만 소희는 늘 곁에 머물며 그날의 기억을 되살려내는 존재였기 때문이다. 며칠 후까지도 선생들은 소희에게 "그게 어떤 손인데, 설마 안 씻었겠지?"라고 농담을 했는데 소희의 표정은 새침했다. 별일 아닌 걸로 호들갑을 떠는 주변 사람들에게 싸늘한 시선을 던질 줄 아는 소희는 벌써부터 자기를 특별하게 보이는 법을 알고 있는 듯했다. 또한 거기에 현혹되는 사람들을 깔볼 줄도 아는 듯했는데 그런 특권은 평범한 사람이 노력한다고 얻을 수 있는 성질의 것이 아니었다. 소희가 바라보는 곳은 더 멀고 아득한 곳이었다.

'나는 알고 싶어. 아무도 가르쳐주지 않는 것들. 어쩌면 진실이란 거기에 있는지도 모른다는 생각이 들어. 내가 배우는 것들, 그것이 세상의 전부라면 너무 뻔하고 지루해. 보이지 않는 것, 그 너머의 것들, 알 수 없는 것들과 금지된 것들, 그런 속에서 진실을 찾는 게 바로 인생이 아닐까.'

'나를 기다리고 있는 미래를 생각하면 가슴이 답답해져. 대학에 진학하고 취직하고 혹은 결혼을 하고, 그러다가 자식 낳고 늙어가다가 어느날 죽겠지. 그렇게 정해진 궤도를 벗어날 수는 없을 거야. 그 생각을 하면 갑자기 미칠 듯이 답답해. 때로 이불을 뒤집어쓴 채 그 속에서 소리내어 울기도 하거든. 나는 나를 둘러싼 가족, 친구들, 그 모든 것의 위선에 질식할 것만 같아. 남의 눈에 보이는 사랑과 행복이란 것이 얼마나 위선에 가득 차 있는지 너는 모를 거야. 요즘 늘 내 머릿속을 차지하고 있는 단어는 바로 환멸이야.'

'내가 꾸는 꿈은 다 이상하게 안타까운 내용뿐이야. 친구를 만나러 갔는데 이미 가버리고 없다든가 사거리를 건너는데 갑자기 길이 끊어져버린다든가. 편지를 받았는데 너무 흐려서 읽을 수 없었던 적도 있고 절대 병뚜껑이 열리지 않는 꿈도 꾸었어. 또 어떤 때는 시험지를 받아 풀려고 하는데 아무리 찾아도 연필이 없는 거야. 꿈에서 깨어나면 언제나 새벽이고 나는 또 꿈을 꿀까 무서워 다시 잠들지 않으려고 일부러 많은 생각을 해. 그렇게 가만히 누워 있으면 갑자기 어딘가 낯선 곳으로 가고 싶어져. 그럴 때는 벌떡 자리에서 일어나 옷을 갈아입고는 그대로 너의 집앞까지 자전거를 타고 가고 싶은 충동을 느껴.'

소희의 편지를 읽다가 나는 깊은 밤 무거운 머리를 창유리에 기대고 서서 창밖을 내려다보기 일쑤였다. 어딘가에 나처럼 잠들지 못하는 사람의 방에서 불빛이 새어나오면 그 빛을 향하여 깊은 한숨을 내쉬곤 했다. 소희가 사랑할 대상은 승주 따위가 아니었다. 내가 아는 한 그 사람은 세상에 단 하나 있었는데 물론 나였다. 나는 세상에 대한 환멸을 아는 사람들끼리 진정한 정신적 교감을 이루자고 쓰고 싶었다. 그러나 씨라노처럼 비탄을 누르는 한편으로 문장백과사전을 이리저리 뒤져가며 밤새 승주의 이름으로 미사여구로 가득 찬 답장을 써댔다.

교유

누군가 학교에 신문을 가져왔다. 1면에 '憲法비방, 改廢선전 禁止'라고 가로제목이 크게 씌어 있었다. 세로제목은 '國家安全 公共질서 수호 緊急조치 9號 선포'였다. 신문은 교실 안에서 이손 저손으로 옮겨다녔다. 조국은 신문을 들고 "비방, 선전, 질서수호, 모든, 관여, 해야, 내용, 하면, 도……" 식으로 거기 씌어진 한글만을 큰 소리로 읽더니 무슨 뜻이냐는 듯 내 쪽을 바라보았다. 나 역시 신문 왼편에 익히 잘 아는 대통령의 얼굴 옆에 씌어진 '모든 국력 총집결해야'는 읽었지만 '북괴 남침하면 殲滅'에서 한자가 막혀버렸다. 담임이 들어왔으므로 나는 사태를 다 안다는 듯 분위기에 맞는 심각한 표정을 짓고 자리에 앉았다.

담임이 설명했다. 여러분이 알아둬야 할 것이 있다. 저 그러니까 말야, 유언비어를 퍼뜨리면 영장 없이 그 자리에서 체포한다. 위반내용을 보도하면 신문도 정간이나 폐간하고…… 아이들은 평소 깡패나 선임하사 같던 담임이 조심스럽고 뭔가를 애써 돌려 말하는 듯한 말투를 쓰자 어리둥절한 표정이 되었다. 담임도 그걸 눈치챘는지 원래 하던 대로 갑자기 목청을 높였다. 학생들은 정치에 관심을 갖지 말고 공부만 열심히 하란 말이다, 알았어? 예! 우리들은 시원스레 대답했다. 정치라면 사회과목인 정경에서 '경'의 앞글자에 해당한다는 것 정도밖에 모르는 학생이 대부분이었으므로 정치에 관심을 갖지 말라는 것만은 자신있게 약속할 수 있었다.

그런데 다음날 조국이 교무실로 불려갔다. 써클 간부들을 따로 불러 할말이 있다는 거였다. 표면적인 이유가 그랬지만 물리선생이 나서는 걸 보니 혹시 4인방에게 또 무슨 환란과 억압이 닥쳐오는 것이나 아닌지 우리들은 긴장했다. 그러나 교무실에서 돌아온 조국은 아무것도 아니더라며 그것이 되레 의심스럽더라는 눈치였다. 선생들은 혹시 데모에 대해 들어본 적 있냐, 관심을 갖고 있다면 지금부터는 그런 관심을 버려야 온 국민이 다함께 잘살 수 있다, 그런 말만 되풀이하더라는 것이다. 온 국민이 잘사는 일에 조국이 관심있을 리 없다. 조국의 관심은 국내정세가 아니라 이미 세계로 뻗어 있었다. 데모? 데모가 뭐야? 승주가 묻자 조국은 "그런 건 묻지도 말라던데. 물어보기만 해도 유언비어 퍼뜨리는 거래. 무조건 징역이라니까" 하고 대수롭잖은 표정을 지었다. 승주가 의심스럽다는 듯 눈동자를 옆으로 굴렸다. 무조건 징역이라니, 그럼 혹시 두환이 요즘 벌이는 일이 데모 같은 거 아닐까?

두환은 나흘이나 결석을 했다. 하루를 더 넘기면 무단결석으로 정학을 받을지도 모른다. 다행히 닷새째에 두환은 학교에 모습을 나타냈다. 그날 우리는 중국집에 모여앉았다. 전에 없이 각자 자발적으로 주머니까지 털었던 이유는 우정에서가 아니라 두환의 입에서 나올 이야기에 기대가 컸기 때문이다. 두환이 그 무거운 입을 한번 열었다 하면 3백명 정도의 깡패들이 죽고 그 앞에서 30명 정도의 애첩들이 발가 벗고 난동부리는 얘기들로, 전혀 납득은 안 가지만 무식한 만큼 배포 크고 노골적인 이야기가 나왔다. 나흘 동안 무슨 일이 있었는지 궁금했다.

"왜 그렇게 결석을 오래 했는데? 무슨 일 있었냐?"

학교에서 물었을 때 두환은 간단히 대답했었다.

"집안일이야."

그 말이 더욱 우리의 흥미를 돋웠다.

그의 형은 '배차장파'인지 '월드컵파'인지 하는 조직의 똘마니였다. 형의 볼록한 엉덩이에는 오케이 목장의 소들처럼 인두로 지져서 소속 파의 이름을 새겨넣은 글씨가 있다고 했다. 사나이들만의 세계에 대한 깊은 이해와 감동 없이는 도저히 들을 수 없는 그 사연을 두환에게 들은 그대로 옮기면 다음과 같다.

형은 두 차례의 유급을 거쳐 고등학교를 겨우겨우 졸업한 뒤 방구들을 끼고 뒹굴고 있었다. 어머니에게 허구한 날 밥구더기니 걸레등신이니 하는 욕을 들었고, 그 소리 듣기 싫어 밖으로 나온다 한들 갈 곳이라곤 구멍가게밖에 없었다. 그런데 일껏 소주를 팔아주는데도 가게주인은 한심한 놈이라고 혀를 차기 일쑤였고 눈을 한번 부라린 뒤 다시 집에 들어와 라디오라도 들을라치면 막내 여동생이 와서 냉큼 뺏어가곤 했다. 끼니때가 되어도 밥을 달라고 소리치기 전에 미리 차려주는 법이 없었으며 하도 심심해서 방에 굴러다니는 신문쪽이라도 읽자니 골치만 지끈거릴 뿐이었다. 걷어찰 강아지도 없었고 밖에 나갈 차비도 없었다. 형은 인생이 우중충하다고 생각했다. 어느날 선배가 찾아왔다. 고등학생 때 겉멋으로 두어 번 싸움질에 끼였을 때 알게 된 선배였다. 선배는 형의 몰골을 보더니 '괜찮은 놈'을 그런 식으로 대접하는 세상에 비분강개하여 방바닥을 쳤다.

형은 당장 정든 방구들과 아쉬운 작별인사를 나누고 어머니 없는 틈을 타서 선배를 따라갔다. 그후 형의 처지로서는 호사스러울 정도의 숙식을 제공받았다. 처음 받아보는 인간대접에 형의 눈시울은 뜨거워졌다. 형은 투견이 사육되는 이치를 몰랐던 것이다. 고기를 먹고 늘어지도록 자고 운동을 하는 게 일과인 형은 '몸 만들기'란 말도 몰랐다. 형은 이렇게 공짜로 놀고 먹을 수는 없다고 말해보았다. 그러나 선배는 '피곤한데 푹 쉬기나 하라'는 거였다. 놀고 먹는 게 약간 피곤하긴 하더라고 대꾸할 뻔한 형은 얌전히 고개를 끄덕였다. 선배는 가끔 이 모든 은혜를 주는 사람이 '큰형님'이라는 말만 했다.

그날도 선배가 찾아왔는데 어쩐지 얼굴색이 좋지 않았다. 무슨 일 있어요? 아니. 선배는 조용히 고개를 저었다. 아니긴요, 말씀해주세요! 형이 엉덩이를 들썩이며 재촉하는 통에 이윽고 선배가 입을 열었다. 내가 아니라, 큰형님이…… 뭐라구요? '큰형님'이란 말만 들어도 형의 두 눈에서는 뜨거운 눈물이 줄줄 흘렀다. 별건 아니고, 좀 귀찮게 하는 놈들이 있어서. 어떤 놈인지 말씀만 하십쇼! 형의 주먹이 원수를 알아본 영검처럼 부르르 떨었다. 네가 나설 것은 없고. 큰형님도 너를 아껴서 이런 일에 끼여드는 건 원하지 않으신다. 큰형님이요? 으흑!

이런저런 경위로 형은 큰형님이 제거하려는 상대파 거물을 등뒤에서 칼로 찔렀고 15년형을 받아 감옥에 있다는 사연이었다. 물론 형기를 마치면 나이트클럽 경영 따위의 안정된 직업과 조직의 존경심으로 여생이 보장된다. 젊음을 감옥에다 송두리째 쑤셔박았지만 대가를 보장받았으니 형은 주먹들 세계에서는 보기 드문 행운아요 몇 안되는 성공파에 속했다.

"너희 형은 그럼 지금 감방에 있나?"

"아니. 우리 형이 아니고 형 친구 얘기야. 그 형 지금쯤 고생 많을 거다."

두환이 말하는 '집안'이란 주민등록상의 집안이 아니었다. 요즘은 18동인이 다 집안인 모양으로, 결석을 하게 된 것도 다 그 집안일 때문이었다.

열일곱 명은 모았는데 한 명을 구하지 못한 채로 대결날짜가 다가오고 있다는 두환의 말을 듣고 나는 깜짝 놀랐다. 그 많은 바보들을 어디에서 구했을까. 그러나 두환의 표정은 심각하여, 한 명이 모자라다는 말을 마친 뒤 이글이글한 눈으로 줄곧 조국에게서 눈을 떼지 않고 바라보고 있었다. 나와 승주의 눈동자 역시 나란히 조국 쪽으로 향했다. 조국이 좀 땅딸하긴 하지만 머리통은 있으니 머릿수 채우는 일이야 못할 것도 없지 않은가. 여론에 밀린 조국은 세 시간 정도 방귀를 참은 듯한 창백한 얼굴로 고개를 떨군 채 비장하게 침묵하더니 마침내 결심한 듯 작은 목소리로 말했다. 그 대신 뒷줄에 서도록 하지. 조국은 뭔지 더 하고 싶은 말이 있는 듯한 표정이었고 두환도 바야흐로 위기에 처해 새로 네모난 피를 수혈하게 된 데 대해 수락연설을 하고 싶은 눈치였는데 승주가 불쑥 배갈잔을 치켜들며 큰 소리로 말했다. 자, 자, 18동인의 집안일을 위해서, 건배!

운명의 대결장소는 교외로 빠지는 외진 삼거리의 다리밑이었다. 날짜는 교련 실기대회날과 같았다. 거기 대해 승주가 이의를 제기했다.

교련 실기대회는 시내의 모든 고등학생들이 종합경기장에 집결하는 날이다. 그 행사를 위해 해마다 시내의 고등학생들은 매일매일 어두워질 때까지 교련복과 체육복을 벗을 틈도 없이 학교 운동장에서 살아야 했다. 여학생들은 압박붕대 사용이니 삼각끈 매기 같은 훈련이 끝나면 카드쎅션과 제식훈련을 연습하느라 뙤약볕 아래 픽픽 쓰러졌다. 남학생들 역시 제식훈련은 물론이고 총검술 16개동작, 각개전투와 국군 도수체조 연습을 함으로써 정치에 전혀 관심없는 학생으로서의 본분을 다해야 했다. 게다가 교련행사이니 머리 쓸 일은 없으리라 방심해서도 안되었다. 군번처럼 모두가 각자 고유한 학도호국단 번호를 갖고 있었는데 두 자리씩 끊어서 지역의 고유번호, 학교의 고유번호를 따로따로 외워야 했다. 장학관은 반드시 머리가 좋지 않아 보이는 학생을 골라 그런 것을 질문하게 되어 있었다. 어떤 아이들에게는 그 일이 열병 분열보다 훨씬 어려웠다.

그렇게 해서 한두 달 준비한 행사가 모두 막을 내린 뒤 널따란 경기장 가득 휴짓조각이 굴러다닐 때면 황혼을 맞이하는 학생들 사이에는 이상한 기운이 감돌았다. 어떤 학생들은 긴장에서 풀려난 해방감 및 그 허탈함을 가라앉히지 못하는가 하면 어떤 학생들은 하루종일 공산당을 섬멸한 용맹한 내가 다른 어떤 것에 굴할 수 있으랴 호승심이 높아진다. 밤늦게까지 무리를 지어 다니고 또 그러다보면 술을 먹고 그 끝에 싸움이 벌어지기 십상이었다. 그러다보니 선생들도 쉴 틈이 없었다. 황급히 교련대회에서 입었던 자주국방의 전투복을 불량품 색출과 사회안정을 쟁취하기 위한 또다른 전투복으로 갈아입고서 '싸우면서 일하고 일하면서 싸우자'는 노래를 부르며 다시 시내에 사냥개처럼 깔리는 것이다. 1년 전인가 농구선수 신동파가 와서 경기를 벌였던

날에도 응원전 끝에 흥분한 학생들 사이에 그 비슷한 일이 벌어져서
우리 학교에서만 세 명이 정학당했다. 두환이 선생들에게 일부러 목
을 내놓거나 이 기회에 모조리 죽여버릴 마음이 아니라면 하필 그런
날을 택할 이유가 없는 것이다.

두환은 그것이야말로 상대의 허점을 공략하는 새로운 전술이라며
자랑스럽게 설명했다. 삼거리의 다리밑이라면 꽤 외진 장소임에는 틀
림없었다. 선생들이 시내를 훑는 동안 자기들은 공기 좋은 곳에서 물
소리를 들으며 할일을 하겠다는 거였다.

"아마 다음날 학교에 가면, 승리의 표시로 학교 담벼락에 18동인이
라는 글자가 크게 씌어 있을 거다."

마지막 동인을 구해서인지 두환의 목소리는 유난히 호방했다. 그러
나 두환은 날짜를 잘못 알고 있었다. 함께 헤아려보니 그 날짜는 교련
실기대회날이 아니라 바로 그 다음날이었다. 두환의 하는 일이 치밀
하지 못하다는 게 하나씩 드러날 때마다 얼굴이 굳어지던 조국은 드
디어는 참지 못하고 떨리는 방귀소리를 내고 말았다. 그 소리를 듣자
마자 막 주인이 들어와 전등 스위치를 올린 방안의 바퀴벌레들처럼
우리들이 사방으로 쫙 흩어진 것은 눈 깜짝할 새였다.

조국의 방귀는 전교생이 벌벌 떠는 실력을 갖추고 있었다. 특히 그
냄새로 말하면 중증 축농증으로 밝혀진 세 명을 빼고는 누구를 붙잡
고 물어봐도 같은 대답이 나올 것이다. 냄새와 음향의 조화 또한 절묘
했다. 국어선생이 '분수처럼 흩어지는 푸른 종소리'라는 시구가 '공감
각(共感覺)'을 표현한다고 가르치면서 조국의 방귀를 예로 들었을 정
도였다. 조국이 제 입으로 미리 "화생방 경보! 화생방 경보!"라고 외
치기 전에 그가 신나게 떠들어대다가 갑자기 멍한 표정으로 말을 멈

춘다거나 엉덩이를 움찔한다거나 눈알이 가운데로 모이는 것만 봐도 우리는 위급상황을 알아채고 급히 도망쳤다. 1학년 초 그의 정체가 널리 알려지지 않았을 때는 "동지! 어서 이 자리를 피하시오!"라는 조국의 경고를 무슨 뜻인지 못 알아듣고 장동휘 흉내인 줄만 알고 재미있어하다가 코에 폭격을 맞아 완전히 문드러지고 말았다는 얘기도 있는데 과장만은 아니었다. 그러니까 다시 말해 조국에게 비밀병기가 없는 것만은 아니었다.

그런데도 조국은 결국 18동인 집결장소에 나타나지 않았다. 조국은 시간을 잘못 알았다고 주장했다. 그러면서 처음부터 날짜니 시간이니를 헷갈리게 만든 건 두환이라며 잘못을 전가했다. 이 세상 변명 가운데 시간을 잘못 알았다는 말처럼 일반적이면서 군색한 것도 없다. 제 깐에는 머리를 짜낸다는 것이 하필이면 그것만 빼고 다 믿겠다고 생각하는 바로 그 이유를 꼭 집어 댈 수밖에 없는 게 조국이 가진 정직성의 비밀이었다. 그의 말에 의하면 자신이 18동인 집결지에 닿았을 때는 이미 죽은 개미새끼 한마리 보이지 않고 지나간 싸움의 격렬함을 증명하듯 싸늘한 바람 한줄기만 먼지에 싸여 떠 있더라는 것이다. 그래서 할일이 없어져 소희와 승주가 있을 만한 곳을 찾아 오거리의 분식쎈터에 들어갔다는 게 조국의 주장이었다.

일부러인 듯 시무룩하게 분식쎈터에 들어선 조국에게 승주는 세 번이나 물었다.

"정말 아무도 없더란 말이지?"

"그렇다니까. 그나저나 두환이가 나 없이 일을 어떻게 치러냈을까 모르겠어……"

말을 하면서 조국은 소희의 앞자리에 앉은 여학생을 힐끗힐끗 쳐다보았다. 주근깨 많은 그 여학생은 소희 친구인 정님이었다. 조국은 짐짓 한숨을 꼬리 길게 내쉬며 정님의 옆자리에 앉았다.

왜 그런지 모르지만 예쁜 여학생 옆에는 꼭 못생긴 친구가 하나 붙어다닌다. 예쁜 쪽은 상냥한데 못생긴 쪽이 언제나 더 거만하고 까다롭게 마련이다. 놀러 갈래? 하고 예쁜 쪽에 물었는데 웃기지 마,라는 대답은 못생긴 쪽에서 냉큼 나온다. 정님도 그런 축이었다. 그런데도 조국은 그날 밉살스러운 정님의 앙살을 예의 호방한 성격으로 받아주면서 큰 목소리로 유쾌하게 떠들어댔다. 임무를 완수한 것도 아니었지만 어쨌든 거사가 끝나 어지간히 후련했는지 유난히도 말이 많았다고 한다. 그렇게 조국과 정님은 소희와 승주 못지않게 다정한 짝이 되어 남의 시선일랑 아랑곳없이 한시간쯤 노닥거렸다고 전해진다. 그들은 이제 막 새로 들어와서 앉은 우락부락한 남학생 셋이 자기들에게 따가운 눈총을 던지고 있다는 것을 전혀 눈치채지 못했다. 남학생 셋은 곧바로 시비 가리기 자세를 취했다. 젓가락이 내던져졌다.

"야! 다꽝 좀 조용히 먹자, 응?"

"기집애 끼고 놀려면 왜 만두집 오나, 짱깨집으로 꺼질 일이지."

그들이 소리와 탁자를 동시에 치자 여학생들이 순간 긴장했다. 그때 조국이 제 깐에는 작은 목소리로, 저런 양아치들 신경쓸 거 없어, 라고 말한 게 큰 실수였다. 그 말은 그쪽 자리의 귓구멍 큰 남학생에게 들리고 말았다.

뭔가가 깨지는 소리가 났다. 그쪽에서 물잔을 바닥에 내동댕이친 것이다. 선전포고인 셈이었다. 늦은 시각이라서 그들말고 손님은 한 테이블에밖에 없었다. 그 손님들이 일어나 황급히 빠져나가버리자 분식쎈터 분위기는 팽팽하게 당겨져 실내가 더 넓어진 것 같았다. 승주

와 조국은 더이상 아래턱이 떨리지 않도록 어금니를 꼭 무는 것밖에
달리 할일이 없었다. 경황중에 승주가 옆눈으로 흘낏 보니 소희는 겁
을 먹거나 말리려는 마음은커녕 단단히 팔짱을 낀 채 어서 혼내주라
고 재촉하는 듯한 눈빛으로 쳐다보고 있었다.

저쪽 패거리들에게도 눈은 있었던 모양이라 그중 하나가 소희에게
다가오는가 싶더니 다짜고짜 팔목을 붙잡았다. 왜 이래요? 뿌리치는
소희의 목소리는 앙칼졌다. 그럭저럭 뭉개다보면 잘못을 빌 기회가
오려니 하고 생각했던 조국과 승주에게는 이제 선택의 여지가 없었
다. 둘은 두 눈을 꾹 감았다. 그러고는 소리나는 쪽을 향해 그대로 돌
진했다. 조국은 두환에게 귀동냥으로 들은 싸움법을 떠올리려 해보았
다. 힘이 달리면 상대의 약점을 공략해라. 사타구니를 걷어차거나 젖
꼭지를 할퀴는 것이다. 귀를 잡고 물어뜯는 것도 괜찮다. 돌아서는 척
하면서 뒷발로 올려차라. 머릿속으로 그런 생각을 하는 동안 조국은
세차게 맞고 걷어차이고 있었다. 승주 또한 이곳만은 안된다는 듯 자
기의 밑천인 얼굴을 양손으로 감싸쥔 채 무차별 주먹세례를 받고 있
었다.

그때 분식쎈터에 새로운 손님이 하나 들어왔다. 마지막 손님이라고
도 할 수 있겠는데 바로 두환이었다. 두환은 서서히 다가왔다. 그곳에
서 벌어진 싸움에는 관심이 없고 다만 누구를 찾으러 온 사람처럼 두
리번거리며 느릿느릿 걸었다고 한다. 소희 얼굴을 오랫동안 보기 위해
그랬다는 소수의 주장도 있다. 어쨌든 코앞에 가서야 멱살을 잡힌 채
대롱거리는 조국과 승주를 발견하고 두환은 여러가지로 놀라는 눈치
였다. 특히 상대가 세 명이나 되는 데 당황한 것만은 틀림없었다.

뜻밖의 우정출연에 승주와 조국 또한 놀라기는 마찬가지였다. 시비

를 걸던 덩치 셋은 다른 이유로 더욱 크게 놀랐다. 두환의 얼굴에 흐르는 피를 보았기 때문이다. 두환의 옷은 찢어졌고 흙투성이였다. 두환이 한발 앞으로 다가가기만 했는데도 덩치들은 승주와 조국을 슬그머니 내려놓았다. 그런 다음 단지 옷에 피같이 더러운 게 묻으면 엄마에게 야단맞을까봐 그럴 뿐이라는 듯 짐짓 여유있게 제 어깨를 몇번 털더니, 순식간에 도망가버렸다.

두환은 그런 일 따위에는 관심없다는 표정으로 텅 빈 분식쎈터 안을 휙 둘러보았다. 18동인 중 살아남은 자들의 2차 집결지가 바로 그 분식쎈터였던 것이다. 아무도 없다는 걸 확인하자 한순간 두환은 그렇다면 살아남은 장수가 나뿐이란 말이냐, 하는 비장한 표정을 짓더니 곧이어 분식쎈터의 유리문을 열어젖히고는 묵묵히 어둠속으로 사라졌다. 두환은 아무 일도 하지 않았고 아무 말도 하지 않았다. 다만 몇걸음 걷다가 나갔을 뿐이다. 그런데도 소희는 두환이 사라진 어둠속을 한참이나 쳐다보고 서 있더라고 했다.

당연한 일이겠지만 두환네 18동인은 형편없이 깨졌다. 말이 18동인이지 실제로 대결장소에 나온 것은 여덟 명밖에 되지 않았다. 또 자전거 체인이니 손도끼니 각목이니를 어떻게 구해서 손에 들었다고는 해도 쓰는 법을 알 턱이 없었다. 그들의 우상인 이소룡의 영향으로 쌍절곤을 든 애들이 몇 있었지만 어설프게 휘둘러서 제 머리통에 갖다 꽂는 실력이었다. 한 명이 맨 앞에 가부좌를 하고 앉아 있다가 적이 다가오려고 하면 병을 깨서 자해를 한다, 마구 피를 몸에 처바른다, 그러면 이미 이긴 싸움이다, 하는 식으로 어딘가에서 주워들은 지략까지 등장했지만 지원자가 없어서 실패로 돌아갔다. 도무지 이해가 가지 않는 말이긴 한데 그 일로 인해서 두환네는 중앙조직과 산하조직이 다 와해될 위기라고 했다. 그래서인지 그후로 두환은 다시 한가하게 교실 통로에 다리를 내놓고 떨어댔다.

　여름방학이 되었다. 나는 4인방에서 멀어져 혼자 지내게 되자 속이 다 후련했다. 진정한 나로 되돌아온 기분이었다. 혼자 자전거를 끌고 공원에 나가 찬물로 얼굴만 씻고 돌아오는가 하면 최대한 느리게 혹은 빠르게 천변로를 달리기도 했다. 어느날은 공원 매점 옆에 자전거를 묶어놓고 산꼭대기까지 올라갔으며 충혼탑 근처에서 발아래 펼쳐진 도시를 내려다보며 한참을 앉아 있기도 했다. 이제부터는 쓸데없는 잡념 없이 철학이나 문학에 몰두할 수 있다는 게 다행스러웠다.
　한여름이라 저녁을 먹은 뒤까지도 날이 훤했다. 이따금 나는 마루 밑에서 운동화를 꺼내 신고 헌책방들이 늘어선 거리로 나갔다. 시내 한복판에 있는 헌책방들은 하나씩 둘씩 제과점이나 다방, 옷집으로 바뀌어가는 중이었다. 몇개 남은 헌책방에서는 알전구를 가게 앞에 매달았으므로 겹겹이 쌓인 헌책들 위로 희미한 빛이 떨어지고 있었다. 나는 찾는 책도 없으면서 알전구 아래 서서 혹시 자필 싸인이나 낙서 같은 게 없나 책들을 이리저리 들춰보며 시간을 보냈다.
　전체 소집일과 반별 소집일을 합쳐 등교일이 닷새가 넘었지만 한번도 학교에 나가지 않았다. 새마을운동이 한창인 어느 농촌마을에 가서 단체로 봉사활동을 해야 하는 날에도 빠졌다. 그 대신 문예반 최병도가 불러내서 함께 시화전에 갔다. 시화전에는 우리 지방에서 활동하는 기성시인들의 작품이 전시되는데 특별히 문예지 공모에 입상한 고등학생 하나도 끼여 있다고 했다. 옆구리에 『문학사상』이란 잡지를 끼고 나타난 최병도는 다른 작품에는 관심이 없었다. 제목이 '思'라고 쓰인 그 고등학생의 작품 앞에서 연신 고개를 끄덕이며 질투심을 감추려 애썼다. 최병도는 그 남학생을 한 재야인사의 초청강연회에서 한번 본 적이 있다고 했다. 강연이 시작되기 전 그는 교복차림으로 연단에 올라오더니 강사의 간단한 약력 소개와 환영인사를 한 다음 준비된 원고를 꺼내 비장하고 격앙된 목소리로 자신의 장시를 낭송했다. 청중들을 압도하는 그 고등학생의 모습은 최병도에게 큰 충격을 주었다. 최병도는 그 고등학생이 주도하는 정치색 짙은 스터디그룹이 있다는 말도 들었다. 명문고를 수석으로 들어간 그는 얼마든지 갈 수 있는 서울대 법대를 마다하고 신학대에 진학할 거라는 소문도 들려왔다.

최병도와 나는 전시회장에서 나와 가까이 있는 서점으로 들어갔다. 서점에 들어간 순간 나와 최병도는 동시에 얼굴이 굳었다. 한 남학생과 여학생이 나란히 서 있었다. 한눈에도 남학생은 여학생에게 무슨 말인가를 전하려 애쓰고 여학생은 듣고 싶지 않은 눈치였다. 여학생은 책을 사러 들어왔던 듯 계산을 마치고 나가려 했다. 남학생은 그냥 여학생을 따라 들어온 모양으로 여학생이 나가자 급히 뒤따라갔다. 남학생은 검은 얼굴에 키가 작고 여드름투성이인데 거기 비하면 여학생은 꽃집 마당에 자신있게 내놓은 하와이해당화 같았다. 당연한 일이었다. 여학생은 소희였던 것이다. 그들이 나가자 최병도가 그 남학생이 바로 자신이 얘기했던 소년재사이자 약관의 시인, 운동가라고 말해주었다. 최병도는 감탄한 듯 고개를 절레절레 저었다. 역시 여자 보는 눈도 높지 않냐. 그렇네. 내가 대답했다.

그 여름 내 인생은 정말 조용했다. 아버지의 목욕탕이 여름철 수리에 들어가 일하던 사람들은 휴가를 떠났다. 내가 초등학생 때 아버지의 목욕탕에서는 왕겨를 연료로 썼기 때문에 하루종일 커다란 풀무를 돌리는 일꾼이 있었다. 그 무렵에는 휴가라는 게 거의 없었다. 기름을 때게 되면서 세월과 함께 많은 것이 달라졌다. 일꾼들이 떠나고 골목 안에서 들려오던 목욕탕 손님들의 목소리도 끊긴 조용한 날들. 나는 한낮이 되면 시멘트블록이 깔린 마당에 호스로 물을 뿌려놓고 마루의 선풍기 앞에 누워 아이스바를 씹어먹었다. 이따금 그런 생각을 하기도 했다. 사람들은 자기에게 보이는 것을 중심으로 그저 하루하루를 살아간다. 그러다 어느 한순간 멈추고 돌아보니 그렇게 의식없이 보내버린 시간이 쌓여서 바로 자기 인생이 되었다는 걸 깨닫는다. 그때 그는 이렇게 말할지도 모른다. 뭐라고? 나는 좋은 인생이 오기를 바라고 이렇게 살아가고 있는데, 아직 인생다운 인생을 살아보지도 못했는데, 그런데 내가 무턱대고 살아왔던 그것이 바로 내 인생이었다고?

가을학기의 시작과 함께 나는 고독한 철학자에서 다시 2318번으로 불리는 학교의 구성원으로 복귀했다. 학기중의 학생에게는 개인의 인생이 있을 수 없다.

가을이 가는 것을 그냥 보고만 있을 수 없는 승주와 조국은 소희네 펜팔부와의 야유회를 추진하고 있었다. 중간고사가 끝나는 날 미리 만나서 일정을 상의한다고 했다. 이번에는 두환도 적극적으로 관심을 갖는 눈치였다. 나만 혼자 머릿속이 산란하고 우울했다.

그것은 꿈 때문이었다. 솔직히 말해 나는 며칠째 계속 소희의 꿈을 꾸고 있었다. 소희는 옷을 하나도 걸치지 않은 채 내 방문을 열곤 했다. 그것만이면 황홀하고 군침 고이는 꿈이다. 그러나 매번 몸의 윤곽이 잘 보일 만큼 가까이 다가오는 그 순간 잠이 깨버리기 때문에 사실은 미칠 듯이 아깝고 고통스러운 꿈이었다. 팬티 속을 더듬어보면 반드시 비릿하게 젖어 있었다. 심란한 일이 아닐 수 없다.

중2때였던 것 같다. 어느날 소변을 보다가 내 알뿌리 쪽에서 자라난 가느다란 거웃 한개를 발견했다. 소금알같이 우툴두툴한 표면조직을 뚫고 고개를 내민 그것은 2,3밀리미터 정도밖에 되지 않았고 아직 색깔도 나타나지 않은 가느다란 털이었다. 나는 그 신통한 것을 무척 소중히하며 수시로 관찰했다. 그새 좀 자랐는지 또 두께와 색깔 면에서는 어떤 진전이 있는지 수업시간중에도 문득문득 궁금해지곤 했다. 어루만지는 일도 잦았다. 그 무렵 처음으로 몽정을 했다. 새벽인데 반쯤은 깨고 반쯤은 잠들어 있는 선잠 상태였다. 꿈을 꾸었던 듯도 싶다. 근질근질하면서 왠지 이상한 기분이 느껴져 자꾸만 뒤척이고 있는데 순간 몸에서 뭔가가 쑥 빠져나오는 것이었다. 도무지 설명할 수 없는 황당하고 황홀한 느낌이었다. 손은 사타구니 속에 들어가 있었고 손가락 새가 축축했다. 기분이 좋기도 하고 울고 싶기도 했으며 속이 역하면서도 아른아른 몽롱한 것이 흡사 조미료를 한 숟갈 퍼먹은 느낌 같았다.

한동안 내 머릿속에는 오직 그 생각뿐이었다. 어쩌라고 그렇게 만들어놓았는지 남자의 일생에서 가장 성욕이 왕성한 때가 바로 10대이다. 대고 담을 봉지도 없으면서 몸밖으로 철철 넘칠 만큼 많은 호르몬을 만들도록 되어 있다. 그래놓고 마치 우유 먹이는 산모의 몸에서 젖을 짜내버리듯 그 아까운 것을 아무데에나 폐기처분해야 한다니 자연법칙과 사회제도 사이의 이율배반이 아닐 수 없다. 그와 관련된 생리작용과 상상이 공부시간이라고 그칠 리 없고 화장실이라고 가릴 리도 없는데 말이다. 시도때도없다는 말이 바로 그런 뜻일 것이다.

그 무렵은 매일 하는 것은 물론이요 하루에도 보통 다섯 번이라거니 여섯 번이라거니, 수음을 둘러싼 허풍이 우리들 사이의 주요한 화제가 되는 때이기도 했다. 아이들은 허풍인 줄 뻔히 알면서도 그런 데서라도 정보를 얻어야 하기 때문에 열심히 귀를 기울인다. 기본은 좀 알아놓아야 그걸 기초로 상상을 해도 할 것 아닌가. 어떤 아이는 세칭 '둑너머'로 불리는 기차역 앞 창녀촌에 갔더니 친구 누나와 꼭 닮은 여자가 다짜고짜 손으로 그곳을 잡으며 "어머, 귀여워라" 혹은 "그래도 속은 꽉찼네" 하며 쓰다듬는 데에서 그만 첫번째 일을 치르고 말았다는 둥 어쨌다는 둥 거품을 문다. 실제로 그런 경험을 한 아이들은 절대 입밖에 내지 않는다는 것쯤 아이들 모두가 알고 있다. 내가 본 중에 가장 멋진 화장실 낙서가 바로 거기에 대한 진실을 말해주고 있었다. 온갖 조잡하고 지저분한 글씨와 엑스와이 그림이 어지럽게 펼쳐진 밑에 단 한마디로 그 모두를 일갈한 위대한 낙서——'먹은 자는 말이 없다.' 하지만 거짓말인 줄 알고 듣는데도 실감이 나는 것이 바로 그런 이야기가 가진 거역할 수 없는 환상이었다.

고등학생이 되어 교실 안에 노골적인 책이 돌아다니기 시작하면서 나는 도리어 그 방면에 흥미를 잃었다. 잃었다기보다 드러내지 않기로 했다는 게 사실에 가깝겠지만 어쨌든 육체에 호감을 가지지 않음으로써 정신이 강조될 거라고 생각했던 것이다. 그러나 내가 고결한 정신 속에 맞아들인 소희는 내 육체를 통해 존재를 나타냈다. 소희의 꿈에서 깨어날 때마다 나는 나의 지성과 순정을 의심했다. 그것은 깨끗하지 않은 기분이었다.

중간고사의 마지막 과목은 수학이었다. 쓸 게 별로 없었으므로 일찌감치 시험지를 제출한 조국과 승주, 두환은 무척 바쁜 티를 냈다.

시간이 많이 남아 있는데도 여학생들과의 약속장소로 가기 위해 부지런히 서두르는 모습이었다. 그들의 입가가 연신 실룩이는 것도 그렇고 승주 나팔바지의 날선 주름도 그렇고 그날따라 모든 게 유난히 마땅찮고 꼴보기 싫었다. 머리가 아프다는 핑계를 대고 나는 혼자 집으로 돌아와버렸다. 사실은 소희 얼굴을 마주보기가 두려웠던 것이다.

집으로 들어서는 골목 어귀에서 이웃 학교 다니는 동네 친구와 마주쳤다. 그가 말을 걸어왔다.

"어? 너, 왜 이렇게 일찍 와? 조퇴했냐?"

"중간고사 봐서 일찍 끝났어. 너는?"

"오늘 영화 단체관람하거든. 깜빡 잊고 극장값을 안 가져와서 집에 왔다 가는 거야. 「쿼바디스」라는데 같이 갈래?"

"안 가. 「내 이름은 튜니티」라면 몰라도."

기분이 기분인지라 내 대답은 퉁명스러웠다. 하지만 영화라는 말에 은근히 솔깃하지 않을 수 없었다. 단체관람이면 극장비가 반값이었다. 또 가뜩이나 만나보기 힘든 소희를 일부러 피해버린 데 대해 슬슬 후회가 들기 시작했으므로 그걸 잊기 위해서는 다른 인간 속에 섞일 필요가 있었다. 말하자면 군중 속의 고독을 선택했다고나 할까. 그러나 그런 고차원적인 실존적 철학을 이해할 리 없는 무식한 세상은 내 고독의 권리마저 보장해주지 않았다.

휘날리는 태극기의 흑백화면과 더불어 대한뉴스가 시작된 지 얼마 지나지 않았을 때였다. 어둠속에서 내 뒷덜미를 붙잡는 억센 손아귀가 있었다. 우리 학교 교관이었다. 붉은 비닐의자에 느긋하게 내려놓아졌던 내 엉덩이가 허공으로 들렸다. 선생님보다 대위님이라고 불리기를 좋아하는 그 교련선생에 의해 나는 복도로 끌려나왔다. 그는 전교생이 거의 다 맛본 적 있는 울퉁불퉁한 주먹에 잔뜩 힘을 실어서 내 머리통을 쥐어박고 냅다 뺨을 갈겼다. 그러고는 불붙은 듯 뜨거운 뺨을 손으로 감싸쥔 채 눈조차 깜박이지 못하고 있는 내 왼쪽 가슴을 향해 쇠갈고리 같은 손을 뻗더니 우왁스럽게 명찰을 뜯어냈다.

그 일로 나는 정학을 맞을 뻔했다. 조국이 아니었다면 말이다.

조국은 그 영화가 다음주에는 우리 학교에서 단체관람하기로 예정되었다는 말을 듣고 이 사건에 의문을 품었다. 수업시간에 '땡땡이'를 친 것도 아니고 입장불가 영화도 아니고 여학생과 함께도 아니었다. 교관이 나가 수고스럽게 단속을 할 이유라고는 없었다. 조국은 돈문제일 거라는 쪽으로 수사의 초점을 모으고 수사망을 좁혀들어가기 시작했다. 단체관람을 하면 입장한 머리통 수만큼 이익금의 일부가 학교로 떨어지게 돼 있다는 건 웬만한 애들이 다 아는 사실이었다. 선생들 생각에 우리 학교 학생의 머리통은 우리 학교 교무실의 이익을 위해서만 쓰여져야 했다. 우리 학교 학생의 머리통이 다른 학교 교무실의 회식비를 보태주는 사태를 막기 위해 교관이 파견되었으리라는 건 굳이 조국이 수고스럽게 수사를 하지 않아도 누구나 짐작할 수 있는 일이었다.

그러나 그 나이에 누구나 갖고 있는 정도의 정의감과 우정, 그리고 잘난 체를 참지 못한 조국은 이 의혹에 대해 여기저기 떠들고 돌아다녔다. 그것이 선생들 귀에 들어가지 않을 리 없었다. 교무실에서는 의견이 둘로 나뉘졌다. 조국을 데려다 곤장을 쳐서 입을 봉해버리자는 강경파가 있었고 여론을 의식해서 일단 덮어두었다가 참형의 명분이 설 만한 큰 죄목이 생겼을 때 완전히 베어버리자는 매우 온건한 파가 맞섰는데 대세가 온건파 쪽으로 기울었다. 두 파 모두 조국을 비롯한

우리 4인방이 대과를 저지르기까지 오래 기다리지 않아도 되리라는
데 이견이 없었기 때문이다. 어쨌든 극장사건은 일단 덮어두기로 결
정이 났다.

나 이외에도 명찰을 뜯긴 아이들은 열 명 남짓이었다. 정학을 면한
그애들은 만수산 4인방에게 "내 이번 일로 큰 은혜를 입었소이다"라
며 추커세웠다. 조국은 우쭐했다. 대단히 정의롭고도 어려운 일을 해
낸 사람처럼 "저는 불의를 보면 참지 못하는 거친 버릇이 있습니다만"
하고 겸손해했다. 그러나 조국 자신이 생각하듯 그 일이 교내를 떠들
썩하게 만든 일대 사건으로서 온 학교가 들고 일어나 새로운 영웅의
탄생을 기뻐한 것은 아니었다. 관심을 갖는 것은 만수산 4인방과 명찰
을 뜯긴 애들, 그리고 체면이 깎인 선생들뿐이었다.

선생들이 어디 걸리기만 해봐라 하고 벼른다는 사실을 조국은 꿈에
도 몰랐다. 공명심은 사람의 주의력을 떨어뜨린다. 또한 조국은 단순
해서 후환이라면 지나칠 정도로 두려워하지 않았다. 그것을 의식하고
경계할 만큼 사려깊은 것은 나뿐이었다. 나로서는 선생들이 학생들을
편달할 기회를 놓친다는 건 납득이 되지 않았던 것이다. 그러나 나머
지 4인방은 내 말을 귀담아듣기는커녕 그런 점을 지적할 때마다 내가
지나치게 의심이 많고 세상일을 안되는 방향으로만 생각한다고 몰아
세웠다. 내가 비관론자라는 건 부인하지 않는다. 쇼펜하우어도 그랬
고 니체도 그랬으니 말이다. 쇼펜하우어는 은행가 아버지 덕분에 평
생 돈걱정 없이 염세주의 철학만 했다. 염세주의란 귀족적 성향일 수
도 있고 어쨌든 내가 갖추고 있어도 좋을 만한 조건인 것이다.

소희네 펜팔부와 소풍 가는 날은 날씨마저 좋았다. 우리는 기차역
에서 만났다. 기차로 40분 정도 가면 이웃 시에 강변 유원지가 있었던

것이다.

　제철을 만난 유원지는 무척이나 북적댔다. 우리는 다른 행락객들을 피해 안쪽으로 들어갔다. 강변에 길게 늘어선 나무를 따라 걷고 있자니 수면에 반짝이는 햇살이 한층 가을 기분을 느끼게 했다.

　승주를 둘러싼 여학생들의 은근한 각축은 이번에도 여전했다. 소희와 승주가 특별한 사이라는 걸 전혀 모르는 눈치였다. 승주가 기타 반주에 맞춰 팝송을 부르자, 언제나 쓸데없는 질문을 함으로써 자신의 수준과 속마음을 노출시키고야 마는 정님이 혹시 보컬그룹을 할 마음이 없냐고 물었다. 승주는 그렇잖아도 주위에서 제의가 많이 들어온다고 대답했다. 어쩜! 여학생들은 「진짜 진짜 좋아해」의 임예진처럼 손뼉까지 치며 감탄했다. 나는 여자들이 늙으나 젊으나 예쁘나 미우나 똑똑하나 멍청하나 왜 모두 한결같이 노래 잘하는 남자라면 그토록 넋을 잃는지 도무지 이해가 되지 않았다. 언젠가 남진이 순회공연을 왔을 때 그날 저녁 온 동네에 여자를 구경하기가 어려웠다. 목욕탕 일꾼들의 끼니를 대기 위해 우리집에는 늘 식모누나가 있었는데 그들의 공통점은 하나같이 가요가 나오는 쇼 프로그램을 밥보다 더 좋아한다는 점이었다. 고등학교 때 음악선생을 짝사랑했다는, 승주의 누나인 대학생 현주누나도 예외는 아니었다. 아름다운 숙녀들이 달빛 아래 쎄레나데를 부르는 거렁뱅이 떠돌이에게 반하는 서양의 옛날 이야기는 또 얼마나 많은가. 심지어 덤덤하고 드세기만 한 우리 어머니까지도 앞머리를 파마한 청년 때의 아버지가 기타를 치며 '쌔드 무비'를 부르는 모습에 반해서 여고를 중퇴했던 것이다. 그런 것만 보더라도 여자들은 남자와 달리 기본적으로 비합리적이고 감상적인 동물이라는 게 내 생각이었다.

우리 학교에서도 교내 보컬그룹이 공연을 한 적이 있었다. 악보를 구하기 힘든 시절이었으므로 그애들은 베이스기타나 드럼의 연주를 외우기 위해서 별표 전축에 백판을 걸어놓고 스무번 서른번씩 되풀이 들어가며 연습을 했다. 폴 매카트니도 악보를 읽지 못했다는 말이 있지만 그런 천재가 아닌 다음에야 귀에 들리는 대로 따라하는 게 완전한 연주가 될 수는 없었다. 그런 실력을 갖고 무대 위에서 노래하는 모습 또한 어설프고 우스꽝스럽기 짝이 없었다. 규율에 얽매인 빡빡 머리에 검은 교복 차림으로 뻣뻣이 서서 다리 한짝만을 요란스럽게 흔들어댈 뿐이었다. 그런 차림을 하고서 반항정신으로 가득한 록음악을 연주하는 모습이라니. 그래도 여학생들은 열광했다. 왜 그럴까? 내가 시들하게 묻자 조국이 명쾌하게 대답했다. 일단 멋있으니까!

조국은 무슨 일이든 하기만 하면 다 이루어지는 줄 알았으므로 무작정 나서고 보는 형이었다. 그 일이 황당하면 할수록 그런 것이 바로 사나이 배짱이라고 흐뭇해하는 어리석음까지 갖추었다. 교내 보컬그룹의 공연이 있은 뒤로 그는 몇번인가 우리도 보컬그룹을 하나 만들자고 제안했다. 우리가 악기 하나씩 배우고 승주를 가운데 세우면 되잖아, 그룹 이름은 만수산 어때,라며 또 한번 황당한 배짱자랑을 했다. 승주가 보컬 제의를 받았다는 것은 그 일을 두고 하는 말이었다. 조국에게 현실을 일깨워줄 수 있는 것은 이번에도 역시 나뿐이었다. 팝송을 불러야 할 텐데 영어 자신있어? '소파'를 언제나 '쇼파'라고 발음하는 조국은, 팝송? 왜 못해?라며 곧바로 한 소절을 불렀다. 옷 벗구 짜아리에 누우워! 톰 존스의 '프라우드 메리' 첫 소절인 렙터 굿 자압 인 더 씨티(left a good job in the city)를 그렇게 부르는 거였다. 그 노래는 신청엽서를 읽는 라디오 디제이를 피곤하게 만드는 곡이기도 했다. 이 노래를 부른 가수는 톰 존슨이 아니라 톰 존스입니다. 그리고 다음부터는 프라이드 메리라고 쓰지 말고 프라우드 메리라고 써서 보내주세요. 영화 많이 보는 애들이 알랑 들롱을 절대 명배우로 꼽지 않듯이 팝송깨나 듣는 애들은 톰 존스를 좋아하지 않았다. 롤링 스톤즈나 박스탑스, 레드 제플린 등을 들먹이며 티를 냈다. 고등학생 때까지만 해도 스스로를 잘났다고 생각하기는 그리 어렵지 않은 법이다.

문자 그대로 가을하늘이 높기만 했다. 그러나 소희는 그 자리가 그다지 즐겁지 않은 듯했다. 승주가 여학생들에게 둘러싸여 있는 것을 무표정하게 바라보는가 하면 고개를 돌려 눈을 가느다랗게 뜨고 잔잔한 수면 너머 멀리에 시선을 두기도 했다. 뭔가 골똘히 생각하는 것처럼도 보였지만 그 자리가 지루해 못 견디겠다는 표정 같기도 했다. 여러번 머리핀을 빼서 다시 꽂는 것을 나는 옆눈으로 다 보고 있었다. 한번은 머리핀을 떨어뜨렸는데 두환이 집어주자 빙긋 웃으며 눈길을 건넸다.

소희가 승주에게 보낸 편지 중에는 이런 것도 있었다.

'단 한사람을 영원히 사랑한다는 일이 가능할까. 나는 상대가 나를 위해 모든 것을 버려야만 진짜 사랑이라고 믿을 수 있을 것 같아. 그리고 그런 사람에게 나의 모든 것을 주고 싶어. 단 한순간 불탄 뒤에 꺼져버린다고 해도 후회하지 않을 거야.'

점심을 먹은 뒤 조국과 승주는 여학생들과 어울려서 보트를 빌려 탔다. 조국은 정님과 함께 키득거렸고 승주는 자신을 둘러싼 여학생들의 기대에 걸맞은 성의를 다해 인기관리를 하고 있었다. 그동안 나는 책을 펴들고 나무에 기대앉아서, 내가 혼자 있는 이유는 뱃멀미가

겁나서가 아니고 남들과 쉽게 어울리지 못하는 냉소적 성격 때문이라
고 보아주기를 기대하고 있었다. 소희 역시 혼자서 강가의 목책에 기
대고 서서 강물을 바라보고 있었다. 이따금 친구들이 탄 배를 향해 손
을 흔들기도 했다. 그러나 소희는 흰구름처럼 가볍고 지루해 보였다.
두환의 표정은 잘 읽을 수 없었다. 보이는 것과 보이지 않는 것의 단
절된 이중주, 보트가 지나갈 때 수면에 어리는 작은 파문들, 어디선가
이미 살찐 말이 또 살찌는 소리, 눈길의 섞임, 웃음소리와 미묘한 침
묵, 그것이 그날 내가 관찰한 야유회의 전반적인 풍경이었다.

　돌아오는 기차 안은 몹시 붐볐다. 오전에 목적지를 향해 떠날 때와
는 분위기가 사뭇 달랐다. 승객들 대부분 옷이 구겨졌고 주의력이 떨
어지고 공공예절을 무시했다. 바닥에는 병과 휴짓조각이 밟혔고 간혹
취한 사람도 굴러다녔다. 철도청 못지않게 교육청도 탈선에 신경을
곤두세우는 행락철이었으므로 우리는 기차에서 내릴 때 불심검문에
대비해야 했다. 여학생들과는 전혀 모르는 사이인 것처럼 일정한 간
격을 두고 개찰구를 빠져나간 뒤 가까운 분식쎈터에서 다시 모일 계
획이었다. 우리는 신중히 걸음을 옮기기 시작했다. 그런데 계꾼으로
보이는 아줌마들 틈에 잠입해 개찰구를 빠져나가던 정님이 갑자기 뛰
는 게 눈에 들어왔다. 이어서 나머지 여학생들과, 그리고 정님에게 손
목을 잡힌 소희도 같이 뛰어가고 있었다. 여학생들의 모습은 얼마 안
가 눈앞에서 완전히 사라져버렸다. 2차를 기대했던 우리는 서운한 가
운데 한편으로 몹시 어리둥절한 기분이었다.

　의문은 다음날 바로 풀렸다. 정님이 뛴 것은 우리가 우려한 대로 생
활지도선생을 발견했기 때문이다. 그냥 인사를 하고 지나갔으면 정님
의 생김새나 뭐나 남의 시선 끌 일이 하나 없었을 것을 펄쩍 뛰어 도

망치는 바람에 의심을 샀다. 역시 얄미운 짓은 예쁜 여자애를 따라온 못생긴 애들이 저지르게 마련이다. 생활지도선생은 다음날 소희 일행을 교무실에 불러다놓고 갈래머리를 몇번 잡아당긴 끝에 모든 자백을 받아냈다. 그런 다음 친절하게도 '순진한 본교 여학생'들을 꾀어낸 '귀교의 불량학생'을 처벌하는 데 참고로 하라며 우리 학교에 4인방의 명단을 제공해주었던 것이다.

우리 넷이 두름에 꿰인 굴비처럼 쪼르르 엮여서 불려오자 교무실의 분위기는 시종 훈훈했다.

또 저놈들이야? 이번엔 그냥 두면 직무유기겠지? 그러엄, 풍기문란죄를 범하셨다는데 그거 덮어주려다가는 긴급조치 위반하게? 물리선생, 교련선생, 국어선생, 지리선생, 담임선생——우리들과 인연이 없는 선생은 단 한사람도 없었다. 승주는 성적이 거의 바닥이었으므로 당연히 모든 선생들에게 부정적인 이미지로 얼굴이 팔려 있었다. 조국은 지리선생과 특히 사이가 나빴다. 어느 수업시간에 조국으로서는 흔치 않은, 수업내용과 관련된 선생과의 논쟁이 있었다. 영국의 정세에 관한 의견차 때문이었다. 대영제국의 면모가 쇠퇴하여 점점 영국의 국력이 기울어가고 있다고 가르치려는 선생을 조국이 가로막고 나선 것이 출발이었다. 조국은 영국은 절대 해가 지지 않는 나라라는 주장을 굽히지 않았다. 나중에 아주 쉽게 밝혀졌지만 그것은 순전히 교과서의 잘못이었다. 다른 아이들의 교과서에는 '번영을 유지하려는 영국'이라고 되어 있는 제목이 형의 헌책을 물려받은 조국의 교과서에는 '해가 지지 않는 영국'이라고 되어 있었던 것이다. 조국의 머리통은 당연히 눈물이 찔끔 날 만큼 세게 쥐어박혔다. 그 일로 조국은 교과서를 믿지 않게 되었으므로 당연히 공부할 게 별로 없었다.

선생들에게 찍히기로는 두환도 지지 않았다. 항상 '왜 쳐다봐? 뭐가 아니꼬워?'라고 말하는 듯 눈이 위로 찢어진 두환의 위협적인 인상에 대해 평소 기분 나쁘게 생각하지 않는 선생은 하나도 없었다. 건드리자니 그 행색이나 분위기가 어딘지 께름칙하고 그냥 두자니 영 눈에 거슬리는 존재가 바로 두환이었다. 이래저래 교무실은 그야말로 지뢰밭이었다. 선생들은 지난번 극장사건을 덮어줄 때 오래 기다리지 않아도 곧 제대로 처벌할 기회가 오리라던 자기들의 기대가 맞아떨어져 특히 기분좋은 듯했다. 우리 넷에게는 사이좋게 정학이 떨어졌다.

사전에 따르면 정학이란 '한때 학교를 그만두게 하는 처벌'이다. 집에서 놀기만 하면 된다는 기쁜 뜻으로 오해할 소지가 있다. 그러나 학생들에게 그처럼 신나는 일을 거저 해준다면 우리들의 학교라고 말할 수 없다. 우리는 집에서 늘어지게 늦잠을 자고 일어나서 '지금부터 학교를 그만두게 하는 처벌을 받아야지' 하는 게 아니었다. 매일 꼬박꼬박 학교에 나가 '학교를 그만두게 하는 처벌'을 받아야만 했다. 도서관으로 등교를 한 다음 하루종일 반성문을 쓰는 것이 바로 '학교를 그만두게 하는 처벌'의 내용이었던 것이다. 그것은 끼니마다 콩밥을 먹지 못하고 사식도 들여올 수 없을 뿐이지 수형생활과 다를 바가 없었다. 조금만 떠들어도 그곳 서무가 간수처럼 눈을 부라리며 우리의 이름 밑에 이미 빼곡히 들어찬 바를 정(正)자에 가차없이 한 획을 보탰다. 저녁이면 선생들이 교대로 와서 그 획수만큼 편달을 했음은 물론이다.

조국과 승주는 그런 와중에도 명랑함을 잃지 않았다고 말하고 싶지만 그렇게 표현하기에는 지나치게 속없이 희희낙락했다. 두환은 다리 떠는 재미로 그럭저럭 시간을 보내는 것 같았다. 이번 일을 통해서 선생들이 부당하게 학칙을 린치, 즉 개인처벌의 수단으로 이용한다거나 또는 우리나라 교육제도가 개인의 자율성을 억압한다고 진지하게 문제의식을 갖는 것은 역시 나 혼자였다. 나는 인권을 존중하지 않는 학원 분위기는 바로 자유와 인권을 유린하는 전체적인 사회 및 정치 분위기에도 책임이 있는 것 아니냐며 동의를 구해보았다. 그러자 모두들 무슨 해괴한 소리냐는 듯 멍한 표정을 지었다.

그래놓고 자기들끼리 주고받는 얘기가 이런 식이었다. 야, 우리가 정학받을 만한 잘못을 했다고 생각하냐? 선생들은 큰사고 치는 애들은 손도 못 대면서 치사하게 우리처럼 착실한 애들만 못살게 굴지. 누가 아니래, 솔직히 카톨릭쎈터에서 놀면 학생자치활동이고 경치 좋은 강가에서 놀면 탈선행위라니 말이 돼? 교회 같은 데서 인솔자 하나 끼면 여자애들하고 놀러 가도 괜찮고 우리끼리 가면 걸리고, 그거 순 자기들 있는 데서만 잘하면 된다는 뜻 아냐? 그럼 우리 다음에는 어디로 갈래? 그거 상의하려면 여자애들부터 만나야지이. 그들에게 조금 전 내 말이 바로 자기들이 하는 말을 문장으로 정리한 것이라고 말해줘봤자 알아들을 리가 없었다.

그들은 실컷 히히덕거린 다음에는 다시 서무의 눈치를 보아가며 볼펜을 쥐었다. 너무 큰 죄를 졌습니다, 한번만 용서해주시면 앞으로는 이런 잘못을 절대 저지르지 않겠으며 그 은혜는 평생 잊지 않겠습니다,라며 반성문을 써내려가는 거였다. 그러다보니 그 지루했던 정학 기간도 그럭저럭 끝나가고 있었다. 군대와 감옥에서 기쁜 일이란 시간 가는 것밖에 없다는 형의 말이 역시 맞다고 두환이 한마디했다.

정학이 풀리는 마지막날에는 보호자가 학교로 나와야 했다. 우리 중에 정학이라는 불상사를 솔직히 집에 알린 '착실한' 애들은 아무도 없었다. 승주는 기타를 가르쳐주겠다는 조건으로 현주누나를 꼬여서 데려왔다. 내 쪽 보호자로 온 것은 때마침 집에 들렀던 휴가병 팔촌형이었고 조국의 보호자는 대담하게도 단골 중국집의 주방아저씨였다. 두환의 어머니는 화장품 외판일이 바빠서 아예 걸음을 하지 못했는데 정학이 풀리거나 말거나 관심도 없었다.

보호자라고 나타난 얼굴들을 보고 담임선생의 입은 다물어지지 않았다. 우리를 못살게 구는 일이라면 빠질 수 없는 터라 매를 거들러 왔던 물리선생의 입이 벌어진 것은 조금 다른 이유에서였다. 물리선생은 예쁜 현주누나한테 눈길을 떼지 못했고 얼굴이 새빨개졌다. 무사히 면담이 끝난 뒤 보호자 역으로 사용되었던 일회용품 형과 누나는 이내 돌려보내졌다.

학교를 나온 우리는 주방아저씨를 앞세우고 중국집으로 갔다. 그곳에서 소희와 정님이 기다리고 있었다. 남부럽지 않은, 다시 말해 광복절 특사를 받고 출소한 국사범 부럽지 않은 분위기였다. 그때 이상한 행동을 한 것은 두환이었다. 두환은 성큼성큼 망설임없이 소희의 옆자리에 가서 앉았다. 놀랍게도 소희 또한 그런 두환에게 흰 장미꽃잎이 날리는 듯한 미소를 지어 보내는 게 아닌가. 승주는 눈꺼풀을 몇번 급하게 깜박였지만 이내 아무것도 아니라는 듯 태연한 표정으로 고개를 돌렸다. 소희의 속셈을 뻔히 안다는 듯한 여유있는 태도였다. 플레이보이들의 약점은 바로 거기에 있었다. 여자 마음을 다 안다고 속단하는 것 말이다. 내가 소희를 관찰한 바로는 소희 같은 여자들은 남자들이 자기를 쉽게 정복되지 않고 어딘가 신비감이 있는 대상으로서 긴장해주기를 바란다. 자기를 속속들이 다 아는 듯이 행동하는 남자들을 싫어한다. 그렇기 때문에 나처럼 지적이고 섬세한 상대가 필요한 것이다. 맨 나중에 들어온 조국은 중국집 실내에 작은 긴장이 감돈다는 것을 알아차리지 못했다. 소희 옆에 앉은 두환을 보더니 전통적이고 네모난 얼굴에 눈만은 동그랗게 뜨고 말했다. 네가 왜 거기 앉아? 옆으로 비켜야지. 두환은 아무렇지도 않게, 그래? 하면서 엉덩이를 들더니 승주에게 소희의 옆자리를 내주었다.

출분

정학이 풀리고 얼마 되지 않아 우리는 또다른 비상체제에 돌입해야 했다. 써클룸이 없어질 위기가 닥친 것이었다.

4인방 탄생의 원인제공자이기도 한 물리선생이 '불량품들 아지뜨인 펜팔부를 없애고 그 방을 터서 옆방에 있는 과학부 실험실을 넓혀야 한다'고 건의했다는 것은 벌써 몇달 전부터 떠돌던 소문이었다. 그런데 우리가 정학까지 맞고 보니 교칙범법자 집단에게 펜팔부를 맡길 바에야 폐쇄하는 편이 낫다는 의견이 교무실에서 돌아다닌다는 거였다. 그나마 펜팔부가 유지되는 것은 11월의 개교기념 행사가 남아 있기 때문이었다. 개교기념 행사 가운데에는 전시회가 큰 부분을 차지했는데 시화전, 서예전과 함께 해외펜팔 전시회는 매년 인기를 끌어왔다. 그 행사를 제대로 치르는지 보고 결정하자는 게 교무실의 중론인 모양이었다.

펜팔부 지도교사인 세계사선생은 힘이 돼주기는커녕 펜팔부를 우스꽝스럽게 만드는 데 한몫했다. 얼굴이 창백하고 늘 더러운 셔츠만 입는 그는 어떤 남미대사관에 자신이 그곳 왕족의 후손이라는 편지를 끈질기게 보내는 바람에 정신병력이 알려져서 다음 학기면 면직된다는 소문이 파다했다. 기존의 펜팔부원들이 거의 탈퇴해버렸기 때문에 이미 오래 전부터 펜팔부의 주축은 4인방이었다. 우리는 오직 4인방만의 힘으로 전시회를 성공시켜야 할 국면에 도달한 것이다.

전시회를 성공시키려면 무엇보다 전시물, 즉 외국에서 온 편지가 많아야만 했다. 그러나 이름만 국제펜팔부였지 실제로 외국과 편지교류가 이루어진 적은 거의 없었다. 물론 나를 빼고는 하나같이 알고 있는 영어단어를 모두 쓰라고 해도 열 줄을 넘기기 어려운 면면임은 말할 필요도 없다. 펜팔부의 운명은 실제로는 나 한사람에게 달려 있다고 해도 좋았다.

처음에는 나도 펜팔부살리기 운동에 동참할 마음이었다. 그러므로 오직 답장을 수집할 목적으로 필경사처럼 부지런히 『영문 펜팔교본』을 베꼈고 이런저런 외국 주소를 구해서 편지를 보냈다.

——안녕? 나는 한국에 사는 아무개야. 우리 가족은 부모님과 동생, 스마트하고 핸썸한 소년인 나, 그리고 귀여운 강아지 메리란다. 부모님은 인자하시고 가정은 화목해. 선생님들도 모두 훌륭하시고 나는 행복하게 학교에 다니고 있단다. 한국은 나날이 부강하고 경제가 발전해서 벌써 선진국에 한걸음 들어섰어 등등.

조국은 협조를 구하는 차원에서 모범답안으로 작성한 내 편지와 외국 주소를 반 아이들에게 나눠주기도 했다. 누가 됐든 답장을 받기만 하면 되는 일이었다. 심심한 애들 몇은 어떻게 하면 답장을 받을지 저희들끼리 궁리했다. 고궁 앞에서 찍은 사진에다 '어느날 우리집 정원을 거닐며'라고 사진설명을 써서 동봉하겠다고 하는가 하면 "걔네들이 비행기 타고 확인하러 올 것도 아니잖아. 멋있게 아버지가 정치가라거나 예술가라고 할까? 아니 아예 대통령이라고 해버려? 청와대에 우리하고 동갑짜리 영식이란 애가 살긴 살잖아" 하는 애도 있었다. 조국은 그애 이름이 영식이가 아닌 지만이라고 우겼지만 어떤 게 맞는지에 대해서는 결론을 내지 못한 모양이었다. 언젠가 외국에서 벌어진 운동경기에서 북한에 관한 신문기사 중 '패배(敗北)'라는 글자를 북한이 졌다는 뜻의 '패북'이라고 끝까지 우겼던 조국은 이번에는 솔직히 자신이 없어 돈을 걸지는 않았다고 용의주도함을 자랑했다.

펜팔교본을 보고 그대로 베끼면서도 틀리는 게 조국이었다. 가령 '첫번째'라는 뜻인 '1st'를 응용하여 '두번째'를 '2st'라고 쓰는 식이었다. 그는 '2nd'라는 쓰임은 몰랐지만 어쨌든 편지 속에서 손짓발짓하는 통에 외국으로부터 온 답장을 처음으로 받았다. 덕분에 영어선생이 "외국어란 잘 몰라도 일단 부딪쳐야 는다"는 설명을 할 때마다 모범사례로 등장하게 되었다. 같은 일을 두고 물리선생은 "무식한 놈이 더 용감한 법"이라고 달리 표현했다.

어쨌든 편지는 세계 각국으로 보내졌고 더러는 답장을 받기도 했다. 그러나 아무리 잘해봤자 두 번이 고작이었다. 자기소개의 단계를 넘어서면 그 이상은 뭘 어떻게 써야 할지 영작이 막막했기 때문이다. 개인적인 얘기로 들어가면 교본도 별 도움이 되지 않았다.

전시할 편지가 많지 않은 것은 그만두고라도 전시회장을 꾸밀 만한 비용조차 없었다. 학교측에서 전시회 보조금을 주는 것은 지도선생이 교무실 안에서 콧김깨나 뿜는 문예반과 서예반, 미술반뿐이었다. 거미줄로 방귀 엮듯이 어찌저찌해서 전시장을 갖춘다 해도 그 꼬락서니가 어떨지는 너무나 뻔했다. 창피당하기에 모자람이 없는 완벽한 조건이었다. 마침 그때를 전후해서 각 써클로 개교기념 행사에 대한 전반적인 계획이 전달되었는데 펜팔부의 전시회는 괄호 안에 미정이라고 적혀 있었다. 나는 공개적으로 망신을 당하느니 차라리 학교의 허가가 떨어지지 않은 게 다행일지도 모른다고 생각하게 되었다. 생각해보면 단지 소희와 인연이 닿기를 바라고 가입한 펜팔부였다. 이제와서 없어진다고 해도 나로서 크게 아쉬울 것은 없었다.

그러나 조국은 미정이라고 적힌 그 계획서를 보고 몹시 흥분했다.

"이것은 이 조국의 자존심이 걸린 문제야! 조국의 명예를 기필코 수호해야 한다!"

라고 외치며 때아닌 애국심을 자극했다.

"무슨 좋은 수가 없을까."

승주도 포기하고 싶진 않은 듯했다. 소희네 펜팔부 여학생들에게 구경 오라고 큰소리를 칠 대로 쳐놓았던 것이다.

두환은 담배만 몇대 피우고는 어느틈에 가고 없었다.

"학교에서 장소를 안 내줘도 좋아. 우리끼리 짱깨집이나 분식쎈터를 빌려서 보란 듯이 전시회장을 만드는 거야."

"그래, 야외전축 하나 갖다놓고. 승주 네가 생음악도 좀 틀어가면서 말야."

"입장료 받아도 되겠다."

"맞아. 아예 장사를 할까? 티켓을 만들어서 미리 팔자구. 그럼 장소 빌리는 비용 빠지고 좀 남을 것 같은데?"

"그걸로 펜팔부 기금을 만드는 건 어때. 그리고 전시한 편지를 묶어서 책으로 내는 거야. 전국 고등학교에 몽땅 돌리고 교지마다 광고를 실으면 잘 팔리지 않을까?"

"무슨 대회 같은 게 있을걸? 고등학생들 문집 만들고 그런 거 경연 대회 말야. 거기에 나가 상 받으면 매스컴도 탈 테고."

"야아, 잘하면 다음 전시회 때는 외국에 사는 펜팔친구들 초대도 할 수 있는 거 아냐?"

조국과 승주는 오로지 황당한 일을 궁리할 때에만 잔머리가 돌아가고 죽이 맞았다.

"분명 개망신에다가 잘하면 퇴학이겠다."

나는 이렇게 말하고는 써클룸을 나와버렸다. 아무리 생각해봐도 전시회는 성사되기 어려웠다. 미지수가 세 개인 2차방정식처럼 숫제 문제 자체가 성립되지 않는 문제였다. 일찌감치 발뺌을 하는 게 나을 것 같았다. 나는 운동장을 걸어나오며 돌멩이 하나를 발로 찼다. 이기적이라거나 냉정한 놈이라는 말을 듣는 것은 상관없었다. 그런 말은 주로 뛰어난 수재의 인간성을 폄하할 때 쓰이는 표현이니까. 어쩌면 되레 이 일을 계기로 4인방이라는 우스꽝스러운 꾸러미로부터 벗어나와 나만의 품위를 되찾아야 할지도 모른다.

그러나 이상하게도 기분이 영 홀가분해지지 않았다. 4인방이니 만수산이니 그런 말이 지긋지긋하게 싫은 것은 사실이었다. 그런데도 자주 얼굴을 보고 부딪치고 얽혀 지낸 시간이라는 지점에는 무시할 수 없는 어떤 힘 같은 게 생성되는 모양이었다. 청소년기에 친구를 잘 사귀어야 한다는 말은 백번 옳은 말이다. 친구들에게서 영향을 많이 받는 예민한 시기라서 그런 것도 있겠지만, 아무리 한심한 놈들과도 함께 지내다보면 결국은 정이 생겨버릴 만큼 순진한 나이이기 때문이다. 그러니 나의 순수함을 탓할 수는 없는 일이었다. 나도 모르게 깊은 한숨을 내쉰 뒤 나는 탄식하듯 낮게 읊조리기 시작했다. 이런들 어떠하리, 저런들 어떠하리, 만수산 드렁칡이 얽혀진들 어떠하리, 우리도 이같이 얽혀서 천년만년 살고지고. 그러고 나니 세속을 등지고 표표히 떠나는 귀양 선비 같은 기분이 들었으므로 발을 멈추고 책가방을 옆구리에 낀 채 한참 동안 석양을 바라보았다.

조국은 자신을 가리켜 '발로 뛰는 타입'이라고 말하곤 했다. 다른 사람들은 발 아닌 무엇으로 뛰는지 어쨌든 다른 사람보다는 늘 소식이 빨랐다. 다음날 학교에 가자마자 내게로 다가오는 조국의 표정은 흥분되어 있었다. 중요한 정보를 입수했다는 것이다. 체신부 주최로 열리는 외국우표수집 경연대회 소식이었다. 대회에서 입상하면 그야말로 펜팔부의 위상은 나는 새를 한쪽 콧김으로 불어서 떨어뜨릴 정도가 될 것이었다. 물론 우리 펜팔부가 가진 우표로는 참가하는 것조차 창피한 일이었다. 그리하여 대대적인 우표 수색작전이 벌어졌다.

승주의 뒷집과 아랫집, 옆집 등 동네 여학생들이 영문 모르고 동원되었다. 결정적인 도움을 준 것은 물론 소희네 펜팔부에 있는 여학생 팬들이었다. 그 우표들은 승주의 솜씨로 스크랩을 거쳐 조국의 이름으로 체신부에 출품되었다. 조국의 이름으로 한 일이라서 그랬는지 그는 고등부 3등상을 차지했다.

조국이 단상에 올라가 상을 받게 될 운동장 조회날이 되었다. 조국은 새벽 댓바람 속을 뚫고 지나치게 일찍 등교해버렸다. 그 바람에 달리 할일이 없어서 그랬는지 두번째로 온 애가 들어서자 교실 안은 방귀연기가 자욱하게 깔려 있었다. 그날따라 아이들은 재미있는 화제라도 있는 듯 삼삼오오 모여서 떠들어댔다. 조국은 모르고 있었지만 전날 살인마 김대두가 검거되었던 것이다. 머리 큰 조국의 별명 중 하나가 대두였기 때문에 아이들은 이따금 웃으며 조국 쪽을 힐끔거렸다. 자기가 상을 받음으로써 반 전체가 즐거워졌다고 오해한 조국은 새삼스러이 우정을 느꼈다.

조회가 시작되고 얼마 안 가 조국의 이름이 불렸다. 조국은 단상에 올라가 교장선생으로부터 상장을 받았다. 그런 다음 교장선생의 앞에 놓인 마이크를 향해 한걸음 다가가 그것을 붙잡더니 시키지도 않은 소감을 큰 소리로 밝혔다. 감사합니다. 이 영광을 펜팔전시회에 되살려 세계 만방에 조국의 명예를 드높이겠습니다.

그후 조국은 단신으로 교장실에 찾아가 전시회 문제를 담판지었다고 하는데 신빙성이 없다. 외부대회에 나가 상을 받아왔으니 어차피 펜팔부 전시회를 취소시키기는 어렵게 되어 있었다. 최대의 걸림돌인 물리선생도 이번에는 조용했다. 거기에는 이유가 있었다.

우리가 볼 때 너무나 당연한 '악인의 최후'였지만 물리선생은 노총각이었다. 예쁜 현주누나를 보고서 어떤 심리적 신체적 반응을 일으켰을지 그 또한 말하나마나였다. 그것은 정학이 풀린 뒤에 따르는 의례적인 가정방문 때 유독 승주의 집에만 담임선생을 동행한 사실을 봐도 알 수 있었다. 승주의 사전공작으로 그날 어머니는 외출하고 현주누나만 집을 지키고 있었다. 현주누나가 내온 커피에 설탕을 넣는 물리선생의 손은 마치 영하 28도에 러닝셔츠만 입고 폭풍경보가 내린 바닷가를 산책하는 사람처럼 와들와들 떨렸다. 숟가락은 왼쪽으로 평행이동하는데 설탕은 오른쪽으로 흔들리고, 그 설탕을 잡기 위해 숟가락이 따라가면 설탕이 다시 왼쪽으로 몰려가는 식으로 허공에서 따로 놀았다. 그런데도 고개를 푹 숙이고 한사코 그 일만 꾸역꾸역 되풀이하며 앉아 있다보니 물리선생의 잔받침 위에는 흰 설탕가루가 수북

했다.

감정이 그쯤 기울다보면 선생이고 학생이고 생각하는 것은 비슷했다. 생명 다음으로 소중히 여긴다던 체면도 다 소용없었다. 승주를 불러 편지를 전해줄 수 있냐고 묻는 물리선생은 이미 티자라는 불법무기를 소지한 위험인물이 아니었다. 극장사건이며 야유회사건이 터졌을 때마다 하체의 주요부분만 빼고 온통 청바지가 찢어진 채로 날뛰던 두 얼굴의 사나이 헐크 같은 괴력의 짐승도 아니었다. 어색함과 수줍음, 그리고 간절함을 지닌 정상적인 청년으로 변신해 있었다. 자기의 편지가 승주를 통해 현주누나에게 고스란히 전해질 거라고 믿다니 어떻게 해서 갑자기 그렇게 되었는지 몰라도 순진하기조차 했다.

그가 승주를 불러 조심스러운 목소리로 자기의 편지에 대한 현주누나의 반응을 물을 때 승주는 제법 적절한 대답을 했다. 애매하긴 하되 아주 희망이 없지는 않게 말이다. 그렇게 해서 물리선생은 계속 그 다음 편지를 쓰게 되는 것이었다. 그 편지들은 승주에게 전해지는 대로 족족 펜팔부의 사물함 안에 차곡차곡 쌓였다. 내용이 개봉되는 것은 물론이고 우리 사이에 한바탕 웃음이 터진 뒤 내가 빨간펜으로 군데군데 맞춤법 교정을 보는 게 순서였다. 조국의 말에 따르면 그 편지들은 전시회 때 가장 좋은 위치를 차지하여 특별우대를 받을 것이라고 했다.

조국은 조국의 이름으로 못하는 일이 없었다. 후원금까지 얻어냈다. 중국집 주방장 아저씨를 스폰서로 잡은 것이다.

"어차피 포스터는 만들 거 아냐? 그 밑에다가 칠성각이라고 이름만 써주는 건데 뭐 어때?"

포스터 꼴이 얼마나 웃기겠냐고 투덜대는 나에게 조국은 "근데 말야. 짜장면의 왕자, 그 글씨까지 넣어주겠다고 했더니 그럼 돈 더 내는 거 아니냐고 거절하더라. 그 아저씨가 통밥은 빠해"라고 너스레를 떨었다. 어찌된 일인지 우리는 이른바 협찬금이라는 그 돈을 구경도 못했다. 전시회가 끝나는 날 한턱 쓰는 걸로 끝내자는 주방장 아저씨의 수완에 조국이 넘어간 게 분명했다. 그 협상을 하는 날 공짜 짬뽕이라도 한그릇 먹었으리라는 혐의도 없지 않았다. 어쨌든 전시회 준비에 드는 비용은 많은 부분 승주의 주머니 안에서 강제로 털려나왔는데, 승주 어머니가 예비역소령의 미망인으로서 원호청에서 받은 연금의 일부였다.

요즘 승주는 소희에 대해 자주 불평을 늘어놓았다. 계집애들은 한번 잘해주기 시작하면 콧대가 높아져서 끝에 가서는 꼭 피곤하게 만든다고 투덜댔다. 그러나 속으로는 소희가 새침해졌다고 무척 조바심을 내는 눈치였다. 그는 전시회에서 또 한번 여학생들의 인기에 둘러싸인 자신의 멋진 모습을 과시하면 소희의 마음을 완전히 장악할 수 있으리라고 생각하는 듯했다. 꼭 막내에다 외아들이라서 그런 건 아니겠지만 승주는 게으르고 늘 핑계가 많은데다 귀찮은 일이라면 이리저리 빠져나가기 일쑤였다. 새로운 물건을 좋아하고 호기심이 많아 엉뚱한 아이디어를 내기도 했지만 머릿속에서 구상만 할 뿐 행동이 따라가지 않았다. 어쩌나 자기 자신을 아끼는지 반성 같은 건 전혀 하지 않았고 결과가 나쁜 것은 무조건 남의 잘못으로 돌렸다. 그런데도 전시회 준비만은 제법 열심이었다. 여자애들의 관심을 끄는 건 어쩌면 승주가 유일하게 자신감을 갖고 있는 분야의 일일 것이다. 그런 승주를 보면, 행동하지 않는 사람은 게을러서가 아니고 사실은 자신이 없기 때문인지도 모른다는 생각이 들었다.

잔재주가 있는 편이라 승주는 그림을 제법 그렸다. 포스터 그리는 일은 그의 몫이었다. 전시할 편지가 많지 않았지만 그 역시 승주가 요령껏 간격을 벌려 배치하고, 『컷 사전』을 뒤져 사이사이 굴렁쇠를 밀고 가는 꼬마나 나뭇가지에 앉은 참새 일곱 마리 따위를 베껴 넣어서 꾸며보기로 했다. 컷 옆에 적을 명언 명구는 내가 책에서 발췌해오기로 했고, 개교기념일 팜플렛에 실릴 펜팔부장 조국의 인사말을 쓰는 일 역시 내 차지였다.

그것보다 우선 해야 할 일은 홍보였다. 조국은 눈에 보이는 담이란 담에 모조리 포스터를 붙이려다가 홍보물에는 반드시 직인을 받아야 하고 아무데나 붙이면 집시법 위반이라는 걸 알자 그런 법이 어딨냐고 어리둥절했다. 그 방면에 전혀 관심없이 살아온 조국은 이름부터가 애국주의자이자 극우파인 자신에게도 정치적 억압이 닥칠 수 있다는 데 당황했던 것이다. 어쨌든 몇장 안되는 포스터는 주로 교회나 성당의 게시판에 붙여졌다. 우표 수색 때 활약했던 여학생들이 이번에도 적극 나섰고 자기들 학교에 가서도 소문을 내주었다.

모든 걸 건성으로 지나치는 것 같던 두환이 그제야 한마디했다.

"그래서 조직이 좋다는 거야."

언제나 주장도 안하고 참견도 안하는 방관적인 태도였지만 그렇다고 두환이 펜팔부에서 아무 역할도 하지 않는 것은 아니었다. '상징적 존재'라고나 할까. 다른 부 아이들은 아무리 아니꼬워도 우리를 섣불리 대하지 못했던 것이다. 정학이 풀리던 날 중국집에서 있었던 일촉즉발의 대치상황 이후 승주는 툭하면 두환에게 트집을 잡는 눈치였다. 두환은 그런 승주를 일일이 상대하지 않고 묵묵히 바라보기만 했다. 그러더니 한번은 아주 인상적인 어록을 남겼다.

“남자는 아무데나 나서고 걸치지 않는 거다. 걸어야 할 때가 오면, 그때는 모든 걸 걸지.”

두환 때문에 전시회가 위기를 맞은 적도 있었다. 두환네 18동인과 대결을 벌였던 패거리들이 전시회에 일차왕림한다는 소식이 들려왔던 것이다. 조직을 몰고 와서 전시회장을 쑥대밭으로 만든다거나 구경 온 여학생들의 행실을 나무라며 이름을 적어갈 필기구까지 갖추고 있다고도 했다. 행사를 앞두고 이래저래 분위기는 고조되어갔다.

전시회 준비를 끝마치고 우리는 감격했다. 우리가 볼 때 전시물은 물론이고 물주전자, 화분, 방명록까지 모든 게 그처럼 완벽할 수가 없었다. 만수산 4인방이 결국 해낸 것이다.

전시회가 열리기 전날 저녁을 나는 평생 잊을 수 없을 것이다.

내일의 거사를 위해 푹 쉬어두기로 마음먹은 나는 일찌감치 저녁을 먹고 방바닥에 드러누워 있었다. 멍하니 천장을 올려다보고 있는데 주변은 조용하고 머릿속이 텅 비어 어쩐지 몽롱한 기분이 들었다. 일종의 환각상태 같기도 했다. 아버지의 목욕탕이 한길을 향해 있다면 그 뒤편에 있는 안채는 골목 쪽으로 대문이 나 있었다. 문간방인 내 방의 쪽창도 골목 쪽이었다. 불현듯 창밖에서 마치 꿈결처럼 아득하게 나를 부르는 듯한 소리가 들려왔다. 몸을 일으켜 창을 열어보니 11월의 어슴푸레한 저녁공기 속에 소희가 서 있는 거였다. 초저녁부터 무슨 꿈인가, 잠깐 누워 있는 사이를 못 참고 잠이 들었던 것인가, 한순간 나는 선잠에서 깬 아이처럼 입을 벌리고 창가에 가만히 서 있었다.

그때 갑자기 골목 외등에 불이 들어왔다. 조명을 받은 무대 위의 배우처럼 소희의 얼굴에 짙은 음영이 생겼다. 그것은 무척 낯선 얼굴이었다. 뭔가에 홀린 듯한 기분이었다.

대문을 열고 나가자 소희는 담에 자전거를 기대놓고 나를 기다리고 있었다. 내가 나오는 것을 보고는 몸을 틀어 담 쪽으로 한발짝 뒤로 물러났는데 그 순간 자전거 핸들을 건드렸는지 찌리링, 하고 짧은 경적이 울렸다. 그 소리는 이상하게 내 마음을 불안하게 만들었다.

소희는 나를 향해 조그맣게 웃어 보이더니, 난생 처음 나를 향해 던져지는 그 미소에 바짝 얼어버린 내가 정신을 수습하기도 전에 담담하게 말했다. 나 내일 떠나. 나는 안경 속에서 눈을 꿈벅였다. 왜? 어디로? 그런 말을 해야 한다는 생각조차 떠오르지 않았다. 잠깐 동안 침묵이 흘렀다. 고개를 숙인 채 발부리로 서너 번 담장을 가볍게 차면서 소희가 이렇게 덧붙였다.

"이 세상엔 그대로 묻혀버리는 비밀이 많겠지. 그렇지만 누군가 한 사람은 내 진실을 알고 있어줬으면 했어……"

그렇게 가까운 거리에서 소희를 보기는 처음인 것 같았다. 소희의 분홍색 스웨터는 외등의 불빛 아래에서 약간 더 진한 붉은색으로 보였다. 얼굴에는 짙은 그림자가 드리워져 표정이 잘 보이지 않았다. 나는 겨우 입을 열었다.

"그 진실이 뭔데?"

"난 평생 변치 않는 사랑이 있다고 믿어. 그런 걸 얻을 수 있다면 다른 건 두렵지 않아."

나는 벌벌 떨기 시작했다. 그제야 옷 속으로 파고드는 늦가을 찬바람이 느껴졌던 건지도 모른다.

"네가 그걸 좀 기억해주었으면 해서, 그 말을 하려고 왔어."

그 대목에서 소희의 목소리는 가늘게 떨렸다. 말투는 단호했지만 그것은 남이 기억해주기를 바라는 진실이라기보다는 자기 자신만이라도 믿을 수밖에 없는 어떤 거짓처럼 공허하게 들렸다. 한마디 한마디 더할수록 소희의 말은 도통 알아들을 수가 없었다. 나를 좋아해서 찾아온 게 아니라는 사실만은 분명했다. 나는 평소의 냉철한 태도를 되찾으려고 애를 썼다.

"그 한 사람이 왜 하필 나지?"

"왜냐면, 너는 내 친구니까."

"………"

더이상 대꾸할 말도 물어볼 말도 생각나지 않았다.

소희와 나는 잠깐 동안 갓을 씌운 외등의 불빛 아래에 아무 말 없이 마주서 있었다. 막다른 골목이라서 지나가는 사람은 아무도 없었다. 시간만 아주 조금씩 우리 곁을 지나 자리를 이동하고 있었다. 점점 어둠이 두터워졌고 그림자도 짙어졌다.

소희가 출발하기 전에 했던 말과 표정은 평생 내 가슴 깊은 곳에 자리잡았다. 이윽고 할말을 다 했다는 듯 담에 기대놓았던 자전거를 일으켜세운 소희는 핸들을 끌려다 말고 갑자기 나를 돌아보며, 지금까지 편지 쓴 거 너지? 하고 말했던 것이다. 그러고는 달빛처럼 하얗게 웃었는데, 그처럼 불안하고 그처럼 아름다운 것이 어떻게 세상에 존재할 수 있는지 지금도 나는 믿어지지 않는다.

그때 소희가 한 말을 나는 아직도 이해하지 못하고 있다. 그렇게 애매하고 어색한 말을 소희 자신이라고 알았을까.

아주 가끔 세상은 엄정하고 공의로운 척한다. 우리는 전시회가 성황을 이루리라고 믿었지만 그 정도로 만만하게 속일 수 있는 세상이 아닌 모양이었다.

당연한 일이지만 여덟 개나 되는 전시회 중에 펜팔전시회가 제일

조잡하고 엉성했다. 구경꾼들이 몰리는 곳은 따로 있었다. 서예반에는 전국대회에서 국무총리상을 받아 학교의 명예를 빛낸 작품이 걸려 있었다. 미술반에는 학교발전기금을 잘 내는 육성회장의 아들이 있었는데 교장선생을 비롯한 여러 선생들이 그 육성회장을 수행하고 전시회장을 다녀갔다. 시화전 또한 지방신문에서 나와 사진까지 찍어 갔다. 그 신문의 칼럼을 자주 쓰고 지방의 시조시인으로서 명성이 있는 고전선생이 찬조작품을 냈기 때문이었다.

우리의 펜팔전시회에는 구경꾼이 뜸했지만 조국과 승주는 그다지 개의하지 않는 기색이었다. 우리 깐에는 잘한 거 아니냐며 만족해했다. 물리선생의 편지가 일부 학생들 사이에 인기를 끈 것은 사실이었다. 영문 편지 속에 왜 한글 편지가 끼여 있는지 궁금해서 다가갔던 구경꾼들은 유치한 구절마다 빨간펜으로 익살스럽게 토를 달아놓은 문구를 소리내어 따라 읽었고 피식피식 웃기 시작했다. 그런 다음 '선생님 찬조작품'이라는 제목에 궁금증을 품었던 몇몇에 의해 그 편지가 우리 학교 선생의 연서라는 사실이 밝혀지는 순간 정신없이 키득거리곤 했던 것이다. 소문을 듣고 찾아온 아이들도 꽤 있어서 구경꾼의 발길은 간간이 이어졌다. 그들은 한결같이 그 연서의 필자를 궁금해했다. 조국과 승주는 사생활 보호차원에서 그것만은 말할 수 없다고 거드름을 피우면서도 마냥 흐뭇한 눈치였다. 그들은 물리선생이 전시회에 올 리가 없으므로 어리석게도 비밀이 지켜질 거라고 믿었다.

그러나 시간이 지날수록 우리는 허망함 같은 걸 느꼈고 절여진 푸성귀처럼 시들해졌다. 내일 떠난다던 소희의 말을 줄곧 생각하느라 건성으로 전시회장을 지키고 있던 나는 특히 기분이 가라앉아 있었나. 점심시간이 지나자 비로소 조국이 고개를 갸우뚱했다.

"두환이가 왜 안 보이지?"

"자나보지 뭐."

승주가 관심없다는 듯 대꾸했다. 그렇지 않아도 하얀 승주의 얼굴은 창백했고 입술이 말라 있었다. 그에게는 두환이 문제가 아니었다. 여학생들은 다녀갈 만큼 다녀갔는데 정작 소희가 나타나지 않고 있는 것이다.

오후 두시쯤 되자 행사는 막판으로 접어들었다. 마지막 순서인 단축 마라톤의 시작을 알리느라고 운동장의 마이크에서 집합! 집합! 하는 교련선생의 목소리가 연신 울려퍼지고 있었다.

붓자국 같은 실금이나 조그만 얼룩 하나 없이 새파란 11월 하늘이었다. 그 아래 열일곱살에서 열아홉살까지의 남학생 천이백명이 한자리에 모여 뛸 준비를 하고 있는 것이다. 다들 체육복이나 반바지 차림이었고 위는 러닝셔츠 아니면 티셔츠였다. 콧김도 씩씩하게 맨손체조를 하는가 하면 어떤 애는 이런 걸 왜 하냐고 불평했으며, 또 누군가는 부신 해를 향해 히죽 웃었다. 시작하자마자 기권할 거라더니 목덜미에 핏줄을 세워가며 운동화끈을 단단히 매는 아이도 있었고 안 보는 척하면서 남의 준비운동을 슬쩍슬쩍 본떠 하는 아이도 있었다. 그러는 동안에도 시간은 흘러갔으며 하늘은 여일하고 무심했다. 햇살은 수없이 많은 소년들의 어깨 위에서 귀찮다는 듯 천천히 일렁였다.

교장선생이 신호총을 쏘았다. 비행기 같은 데서 내려다봤다면 학생들의 무리는 아주 천천히 움직이는 듯이 보였을 것이다. 멀리서 보면 모든 사물은 정형적이고 한가롭다. 그러나 가까이 가보면 거리감이 담지하고 있는 환영에 속았음을 깨닫게 된다. 누구에게나 자기의 눈앞에 있는 현실이란 것은 한가하지 않은 법이다. 뛰는 학생들도 마찬가지였다. 총소리를 듣자마자 많은 아이들은 마치 자신이 그 총에서 발사된 총알이라도 되는 듯이 빠르게 튕겨나갔다. 불평을 했든 딴전을 피웠든 모두 다 시키는 대로 반사적으로 앞으로 튀어나가도록 되어 있었다. 그들에게 떠밀려서 내 몸도 앞으로 나아갔고, 뛰기 시작했다. 학교 앞을 나서면 곧바로 언덕빼기였다. 내가 다른 애들과 어깨를 부딪쳐가며 교문을 통과해 나왔을 때는 벌써 많은 아이들이 숨을 몰아쉬며 언덕을 넘어가고 있었다. 모두들 앞만 보고 온힘을 다해 달리고 있었다. 맨몸뚱이들이 서로 부딪치며 식인종의 도시락처럼 모락모락 입김을 내보냈다. 대열 한가운데에서 나는 갑자기 눈물이라도 솟을 것 같은 이상한 비애를 느꼈다.

언덕빼기를 넘어서자 아스팔트 4차선이 나타났다. 흰 모자를 쓰고 호루라기를 입에 문 선생들이 도로 군데군데에 서 있었다. 돼지 수를 셀 때처럼 학생들의 팔뚝에 퍼런 도장을 찍어주기 위해서였다. 도장이 없으면 무효였다.

약간 떨어진 길 안쪽에 숨을 고르는 척하며 옆으로 새기 위해 기회를 엿보고 있는 조국과 승주의 모습이 눈에 들어왔다. 나를 발견하더니 손을 흔들며 골목 쪽을 가리켜 보였다. 우리는 함께 뛰는 척하다가 뒷길로 들어갔다. 거기에서 조국의 집까지는 10분밖에 걸리지 않는 거리였다.

조국의 집에는 아무도 없었다. 늦가을 오후 감나무 잎이 떨어져 있는 마당은 고즈넉하다 못해 약간 쓸쓸했다. 군사우편 한통이 빨랫줄에서 떨어진 흰 손수건처럼 장독대에 날아와 있었다. 조국의 큰형 조선이 보낸 편지였다. 우물가에는 등받이 없는 기다란 나무의자와 역기가 놓여 있었고 그 옆의 벽돌담 틈에 끼어 있는 작은 사각거울이 햇

빛을 받아 반짝였다. 조국의 둘째형 조직은 아침마다 냉수마찰을 하고 나무의자에 누워 역기운동을 했다. 그런 다음 벽돌담의 틈에서 거울을 빼내 자신의 모습을 한참 동안 완상한다더니 그 말 그대로였다.

우리는 번갈아 펌프질을 하여 한사람씩 세수한 다음 장지문을 열고 마루로 올라갔다. 반들반들한 포마이카 탁자 위에 검은 전화통과 유리재떨이가 놓여 있었다. 그 옆에는 재봉틀이 극장 커튼처럼 금색 술이 달린 자줏빛 우단덮개를 뒤집어쓰고 소처럼 얌전히 서 있었다.

조국이 형들과 함께 쓰는 방은 어둑신했고 문을 열자마자 퀴퀴한 냄새가 콧속으로 스몄다. 특히 겨울철이 되면 발을 거의 씻지 않는다고 고백한 조국의 말이 기억났다. 어쩌다 어머니 성화에 못 이겨 목욕탕에 가기 전에만 하는 수 없이 발을 씻었다. 몸을 씻으러 가는 목욕탕인데 굳이 발을 미리 씻는 데는 그럴 만한 사정이 있었다. 발에 하도 까만 때가 두텁게 입혀져서 그 발로 목욕탕 안에 들어가기 창피해서였다. 큰형은 조국보다 한술 더 떠서 목욕탕 안까지 양말을 신고 들어간다고 했다. 양말을 벗으면 하얀 발이 나타나는 게 아니라 또다른 검은 양말이 나타나기 때문이었다. 조선형은 목욕탕에 들어가자마자 얼른 구석으로 가서 발등에 물을 끼얹어 그 양말 모양의 때를 제거한 뒤 하얀 맨발이 되어 탕 중심부에 나타나곤 했다.

그 방면에 전문가가 된 조국의 어머니는 벗어놓은 형태만으로 누구의 양말인지를 구별할 수 있었다. 조국과 큰형이 벗어놓은 양말은 우선 번들거림이 심했고 또한 양말목이 옆으로 눕지 않고 빳빳하게 서서 마치 그 안에 마네킹 발이라도 들어 있는 것처럼 제 모양을 유지했다. 벗지 않은 채로 하도 오래 신는 바람에 양말에 '각이 선다'는 거였다. 깔끔을 떠는 둘째형 조직은 가정형편을 원망하며 걸핏하면 친구 집에서 자고 오기 일쑤였다.

　조국은 부엌으로 가더니 포도주가 든 2리터들이 주전자를 가져왔
다. 아버지가 농협에 다니는 것과 무슨 관련이 있는지는 몰라도 그의
집에서는 깐포도 통조림을 만들고 남은 포도껍질로 몇독씩 술을 담그
곤 했다. 우리는 그 술을 두 주전자나 마셨다. 우리를 방해하는 것은
아무것도 없었다. 마음껏 담배를 피웠고 목청껏 노래도 불렀다. 같은
시각 다른 애들은 땀흘리며 마라톤을 하고 있을 것이다. 술기운이 오
르자 우리의 마음속에는 알 수 없는 불안과 회한이 자리를 넓혀갔다.
한번 보고 두번 보고, 자꾸만 보고 싶네! 그 누구의 애인인지, 정말로
궁금하네! 조국은 악에 받친 듯 점점 노랫소리를 높였고 승주의 얼굴
에는 그답지 않은 공허함이 깊숙이 드리워져 있었다.

　마라톤이 끝날 시각에 맞춰 나는 조국의 집을 나왔다. 승주는 조국
의 배웅을 받으며 곧바로 집으로 돌아가고 나 혼자서 학교로 가는 시
내버스를 탔다. 학교에 닿기 전 한 정류장 전에서 내린 나는 아직도
뛰고 있는 아이들 사이로 슬그머니 끼여들었다. 수상자들과 선두그룹
은 이미 한시간 전에 교문을 통과해 들어갔을 것이다. 대세에 아무 영
향도 주지 못하는 꼴찌들의 완주에 관심을 갖는 사람은 아무도 없었
다. 그런데도 그애들은 '성적이 중요한 게 아니다, 각자 최선을 다하
는 데 의의가 있다' 따위의 말을 믿고 기진맥진 최후까지 들러리 노릇
에 열심이었다. 젖산이 과도하게 분비되어 근육기능이 저하된 그애들
의 눈은 힘없이 풀렸고 무게중심은 낮을 대로 낮았다.

　내 바로 옆에서 뛰고 있는 아이는 더이상 무게중심을 낮출 수 없는
우리 반 1번이었다. 다리가 짧아 체육시간에 뜀틀을 제대로 넘지 못했
고 교련시간마다 놀림감이 되었다. 짧은 팔다리를 뻗어 총검술 16개

동작과 각개전투를 필사적으로 연습하는 그애의 모습은 장난감 병정을 연상시켰다. 당연히 그의 별명은 꼬마병정이었다.

골인지점인 교문까지는 얼마 남지 않았다. 그런데 그는 금방이라도 쓰러질 듯 위태롭게 보였다. 이는 악물어졌고 짧은 다리는 부들부들 떨렸다. 머리통 위에 손을 대보면 김이 모락모락 피어오를 것만 같았다. 그러나 그는 뛰었다. 나는 조금씩 뛰는 척하면서 계속해서 옆눈으로 그를 지켜보았다. 남들이 한걸음에 뛰는 거리를 두세 번에 걸쳐 바삐 발을 놀려서 따라잡는 그의 얼굴은 늙은 호박처럼 익어 땀이 줄줄 흘렀다. 입에서는 쉬파리가 끓는 듯한 거친 숨소리가 새어나왔다. 그가 비틀거리는 걸음으로 드디어 교문에 닿았을 때, 나는 나도 모르게 눈시울이 뜨거워졌고 하마터면 손뼉을 칠 뻔했다.

날이 완전히 저물어 운동장은 어둑어둑했다. 대부분의 아이들은 이미 학교를 빠져나간 뒤였다. 나는 혼자 운동장 가운데로 천천히 걸어 들어갔다. 내 몸이 어둠속에 묻혀드는 것을 느끼며 한참 동안 가만히 서 있었다. 허탈하고 아니꼽고 막막하고 배고프고 싸늘하고 짜증나고 나른하고——내가 느끼는 그 복합적인 감정의 정체가 무엇인지 알 수 없었다. 나는 운동장 한가운데에 쭈그리고 앉았다. 가슴속에서 무언가 치밀어올랐다. 그렇게 한참 동안 검은 허공을 물끄러미 바라보고 있었다. 내 입에서는 술냄새가 풍겼다.

다음날 소희와 두환이 함께 도망쳤다는 사실이 알려지자 두 집은 말 그대로 발칵 뒤집어졌다. 뒤쫓아가려도 전혀 방법이 없었다. 출분은 계획된 것이었고 소희의 성격에는 빈틈이 없었던 것이다. 중 도망은 절에나 가보지,라며 소희 어머니는 울부짖었다고 한다. 별별 소문

이 다 들려왔다. 소희 아버지가 두환의 아버지를 만나려 했지만 두환
네 쪽에서 거절했다는 얘기도 있었다. 우리가 알기로 두환의 아버지
는 허연 수염을 기르는 일 외에는 전혀 하는 일 없이 놀고 먹었으며
그 집에서는 말대꾸도 해주지 않는 노인이었다. 그런데 실은 육이오
때 부역한 전력 탓에 사회로부터 매장당한 불운한 현대사의 희생자로
서, 주로 관급공사를 시공해온 건설회사 사장인 소희 아버지를 정치
적 입장이 다르다는 이유로 거부했다는 것이다. 믿기 어려운 소문은
또 있었다. 소희는 작은부인을 두고 두 집 살림을 하는 아버지에 대해
평소부터 불만이 많았으며 그 복수로 자학적인 가출을 감행했다는 거
였다. 그런가 하면 소희 어머니가 카바레에서 아버지의 손에 끌려나
온 뒤부터 소희에게 우울증이 있었다는 말도 떠돌았다. 그중에도 특
히 소희가 임신을 했다는 뒷소문은 정말로 믿기 어려웠다. 그 대목에
서 승주는 벽을 치고 울었다. 두환이 그 자식보다 내가 못할 게 뭐 있
냐는 거였다.

그런 억울함이라면 나야말로 승주 못지않았다. 우연히 두 남자가
괴한에게 쫓기는 여자를 보았다고 하자. 그런 상황에서는 역할분담이
이루어져 한 남자는 여자를 안심시키고 다른 한 남자는 괴한의 뒤를
추격하게 마련이다. 실신한 여자를 품에 안고서 '괜찮아요?'라고 외치
는 배역과 죽어라고 범인을 뒤쫓아가서 얻어맞는 배역은 따로 있다는
뜻이다. 그나저나 소희는 어떤 나쁜 운명에 쫓겼던 것일까.

조국은 그 일로 오랫동안 슬퍼할 겨를이 없었다. 전시회 때 '선생님
찬조작품'의 전말을 알게 된 물리선생이 무서운 가속도로 보복을 해
왔던 것이다. 결국은 자퇴서를 내고야 말았다. 그러나 이것은 어떤 사
실의 눈에 보이는 측면이다. 진실은 이면에 숨어 있게 마련이다. 조국

의 아버지는 조국이 대학에 갈 수 있는 방법을 찾는 중이었는데 그 일
은 늘 벽에 부딪치곤 했다. 때는 바야흐로 관공서나 직장마다 '자주국
방 자립경제'의 표어가 붙어 있는 시절이라서 그 표어는 조국 아버지
의 눈에도 띄었다. 조국의 아버지는 방위산업을 키우기 위해 중화학
공업을 육성하는 대통령의 의중을 순전히 자기 혼자만 눈치챘다고 생
각하고는 회심의 미소를 지었다. 각도에 한창 기계공고가 신설되는
중이었다. 아버지 생각에 조국이 대학에 가는 유일한 방법은 동계(同
系)진학밖에 없었다. 조국은 공고로 편입하기 위해 자퇴했던 것이다.

　나는 뜻한 바 있어서 공부를 좀 했다. 3학년 진급 때 열반(劣班)과
는 작별을 하고 우반(憂班)으로 올라가게 되었다. 희망찬 새학기 첫날
나는 그동안 공부했던 『기본영어』를 버리고 너무 깨끗해서 기분도 상
쾌한 새 『종합영어』를 호쾌하게 책상 위에 꺼냈다. 그러나 옆자리 짝
이 꺼내놓는 『종합영어』는 책등이 새카맣고 나달나달했다. 알고 보니
나만 빼고 반 전체가 모두 다 그런 낡은 『종합영어』와 함께 연필자국
이 시커먼 『수학의 정석』을 구비하고 있었다. 경쟁이 치열한 우반에서
는 남과 다르다는 것이 별로 자랑이 되지 않았다.

　그해에는 내 인생에 별다른 사건이 일어나지 않았다. 늘 자정까지
자율학습을 하고 라면과 핫도그 따위로 배를 채운 뒤 밤 버스를 타고
집에 돌아가 잤다. 봄소풍 대신 대절버스를 타고 단체로 서울에 올라
가 몇몇 대학을 순례했던 기억이 난다. 여러 대학에서는 자기 학교에
학생을 유치하기 위한 짧은 홍보용 필름을 보내왔다. 강당에서 그 필
름이 상영되는 동안 나는 옛 펜팔부 써클룸이었던 과학실에서 잠을
자다가 물리선생에게 들켰는데, 참으로 오랜만에 그의 입에서 만수산
4인방이란 말을 듣고 추억에 젖어 있는 동안 실컷 두들겨맞았다. 반

아이들은 타율적 교육환경에 반항하는 나의 행동에 대해 동조하기는 커녕 '쟤도 우리 반인가? 하긴 나는 10등 넘어가는 애들은 있는지도 모르니까'라는 표정으로 무관심하거나 '저러다가 대학 가기는 다 틀렸지. 한명 제꼈군' 하듯이 비웃었다. 입시생들은 건전지 같아서 생김새나 하는 짓이 똑같고 오래 버티기를 잘해야만 정품으로 치부되었다. 여름방학이 끝나갈 무렵 판문점에서 도끼를 휘두르는 일이 발생했다 하여 역광장에서 규탄궐기대회가 열렸지만 3학년은 단체동원에서 제외되었다.

가을쯤이던가 학교가 뒤숭숭한 적이 있었다. 고등학생연합 독서써클에서 대학생 독서써클과 함께 무슨 일인가를 꾸미려다 여러명이 경찰에 붙잡혀갔는데 우리 학교 학생도 한명 끼여 있다는 거였다. 독서써클이라는 말에 나는 언젠가 카톨릭쎈터에서 실존주의와 월남패망의 관련성을 토론하던 빡빡머리들을 떠올렸다. 우리 학교에서 잡혀간 학생이 바로 그때 연대장을 반박하던 그 학생일지도 모른다는 생각이 들었다. 비록 나와 방식은 달랐지만 세상을 의심할 줄 아는 비판적 지성을 갖췄고 싸르트르에 대한 식견도 있는 것 같아 은근히 호감을 느꼈던 터였으므로 그 소식은 나를 약간 비장하게 만들었다. 그날 자율학습시간에 화장실에서 세수를 하고 들어가다가 우연히 문예반 최병도와 마주쳤는데 새로운 소식을 듣게 되었다. 그가 질투하던 소년재사이자 천재이자 운동가이자 소희 꽁무니를 따라다니던 한심한 남학생이 그 사건의 주동자라는 거였다. 그럼 걔는 감옥 가는 거냐? 먼저 재판을 받아야지. 근데 이런 재판은 하나마나래. 왜? 최병도가 미처 대답하기 전에 우리는 등짝을 한대씩 얻어맞았다. 자율학습을 감시하러 왔던 선생이 소리쳤다. 이놈들이 지금 때가 어느 때인데 유언비어를 퍼뜨리고 다녀. 하는 수 없이 나는 그것이 고등학교 때 맞는 마지막 매이기만을 바라며 다소곳이 교실로 들어갔다. 그런 일이야 어찌 돌아가든 우반의 관심사는 오직 대학이었다. 12월이 되자 나는 서울로 올라가 정일학원이란 곳에 다니기 시작했다. 서울에 있는 대학을 지망하는 지방학생들이 서울의 학원가에서 시내버스를 잘못 타고 지하도에서 길을 잃는 동안 그들의 학교 출석부 안에서 그들은 꼬박꼬박 등교로 처리되고 있었다.

지옥 같은 1년을 보낸 보람도 없이 나는 재수생이 되었다.

국상

1979년 10월 27일. 우리는 새벽 여섯시에 서울역에서 만났다.

첫번째로 도착한 것은 나였다. 시내버스에서 내린 나는 약속장소인 시계탑 쪽으로 급히 걸음을 옮겼다. 배낭을 내려놓고 시계탑을 올려다보니 출발시각까지는 5분밖에 남아 있지 않았다. 나는 조국과 승주의 모습을 찾기 위해 푸르스름한 새벽 어스름 속을 두리번거렸다. 어쩐지 이상한 느낌이 들었다. 낡은 역사다큐멘터리 필름 속의 한 장면 같았다. 눈에 띄는 거의 모든 사람들이 신문을 보고 있었고 그들의 발밑에는 마치 삐라라도 뿌려진 듯 여기저기 종이쪽이 굴러다녔다. 호외인 모양이었다. 집어서 보려고 하는데 바로 등뒤에서 조국의 우렁찬 음성이 들려왔다. 야, 김형준! 기차 떠난다, 빨리 뛰어! 언제 왔는지 승주와 그리고 여자 둘도 조국과 함께 개찰구를 향해 뛰고 있는 게 보였다. 나도 서둘러 배낭을 들고 뛰기 시작했다. 조국이 뛰어가면서 내 손에 표를 쥐여주었다.

우리가 타자마자 기차가 출발했다. 자신의 낚시가방과 승주의 기타를 선반에 올린 조국은 동터오는 차창 밖을 쓰윽 한번 내다보더니 안심한 듯 휴우, 하고 한숨을 내쉬었다. 그런 다음 내게 물었다. '유고'가 무슨 뜻이냐? 눈 뜨자마자 정신없이 버너와 코펠을 챙기고 겨우 얼굴에 물만 찍어바르고 나온데다 버스 안에서 줄곧 졸았던 나로서는 조국의 질문이 갑작스럽기만 했다. 글쎄, 유고슬라비아 말이야? 아니면 이광수의 미발표 원고라도 발견됐나? 그건 확실히 아닌 것 같았는지 조국이 손을 내저었다. 버스 안에서 어깨 너머로 신문을 보았는데 거기 커다랗게 한자로 유고라고 써 있더라는 것이다. 내가 잘 모르는 것 같자 조국은 제풀에 자신이 없어졌는지 "그게 '고' 자가 아닌가"라고 혼잣말을 했다. 승주가 여자들을 소개하는 바람에 우리의 대화는 끊어졌다.

"자, 여기는 의상학과 3학년 한미영씨고, 여기는 미영씨 기숙사 룸메이트야. 이름이……"

"저는 이운총이라고 해요."

미영은 여대 앞에 가면 흔히 볼 수 있는 예쁘장하고 모양깨나 부리는 여대생이었다. 운총으로 말하자면, 부모가 이름을 아주 잘 지었다는 생각이 앞섰다. 다음에 만나는 일이 있더라도 기억하기가 쉽지 않을 만큼 평범한 얼굴이었다. 이름이라도 특이하지 않았다면 아무런 인상도 남길 수 없을 만큼 말이다. 그날도 나는 문고본 한권을 주머니에 꽂고 있었다. 운총이 그거 무슨 책이에요?라고 물어주었으므로 나는 별것 아니라는 표정을 지으며 책을 꺼냈다. 이데올로기의 종언? 어려운 책이네요. 내가 제대로 된 지성적인 대학생이란 걸 알아봐준데다가 '終焉'이란 한자까지 무난히 읽어낸 운총에게 그제야 나는 조금 점수를 주었다.

그날 우리가 내렸던 역 또한 인상적인 이름을 갖고 있었다. 조그만 그 역의 이름은 서정리였다. 내리는 사람은 많지 않았다. 국밥집 앞에서 아줌마가 연탄화덕의 불을 살리고 있었고, ‘낚싯밥’이라고 써붙인 구멍가게의 유리문이 조금 열려 있을 뿐 역 주변은 조용하고 평화로웠다. 우리는 텅 빈 버스에서 졸고 있던 기사를 깨워 낚시터로 향했다.

낚시에 관심있는 사람은 조국 혼자였다. 짧은 다리를 단단히 버티고 서더니 물속으로 부드럽게 낚싯대를 던졌다. 낚싯줄이 허공에 큰 호를 그리다가 조용히 수면으로 내려앉았다. 승주는 물가에 앉아 미영에게 노래를 불러주다가, 신중하게 낚싯밥을 노리는 물고기의 정신집중에 방해된다는 핀잔을 듣고 억새숲 쪽으로 쫓겨났다.

나는 투덜거리는 틈틈이 밥을 지어야 했다. 운총이 돕겠다며 내 곁에 붙어앉아 있었다. 그것이 나를 짜증스럽게 만들었다. 나는 내가 뭔가를 하고 있는 과정을 남에게 보이기 싫어하는 성격이었다. 쭈그리고 앉아서 찌개에 들어갈 멸치를 하나 둘 세고 손바닥만한 도마 위에 파를 올려놓고 옹색하게 써는 내 모습을 뚫어져라 지켜보는 게 돕는 일이라고 생각하다니 운총은 예의는 있어도 눈치는 없었다. 제 깐에는 돕는다는 일도 방해만 되었다. 칼을 신문지로 잘 싸두어서 찾지 못하게 하는가 하면 바람을 피해 간신히 버너에 불을 붙였더니 불길이 솟는 순간 “위험해요!” 하면서 버너를 발로 차 넘어뜨려버리는 거였다. 미안해하기는커녕 어디를 가든 자신은 쓸모가 있어서 대견하다는 표정이었다. 나는 가서 물이나 떠오라고 시켰다. 어디서요? 운총이 물었다. 그거야 저도 모르죠. 내 대답은 퉁명스러웠다.

운총은 나를 빤히 쳐다보더니 코펠을 들고 일어나 미영 쪽으로 갔다. 조금 뒤 두 여자는 손을 맞잡고 마을 쪽으로 떠났다. 마을은 생각보다 먼 모양이었다. 한참 만에 무거운 코펠을 두 손으로 붙들고 돌아온 운총의 이마에는 땀이 맺혀 있었다. 놀랍게도 오는 동안 거의 쏟지 않았는지 물은 코펠 입구까지 찰랑거렸다. 빈손으로 따라갔다 오기만 한 미영은 승주를 향해 "너무 힘들었어요"라며 눈을 흘기고는 운총의 손에서 코펠을 건네받아 승주에게 내밀었다. 승주는 받자마자 얼른 코펠을 바닥에 내려놓았다. 그러고는 주머니에서 손수건을 꺼내 미영의 손에 조금 묻은 물기를 닦아주었다. 물이 뚝뚝 떨어지는 운총의 스웨터 앞자락에는 아무도 눈길을 주지 않았다.

밥을 안친 뒤 내가 남은 물을 버리려고 하자 승주는 깜짝 놀라는 시늉을 했다. 미영씨가 떠온 건데 어떻게 버려,라며 코펠을 입에 대더니 꿀꺽꿀꺽 마시기 시작하는 거였다. 물은 아주 조금밖에 줄어들지 않았지만 여자의 마음을 적시기에는 충분한 양이었다.

물고기가 도통 잡히지 않자 심심했던지 조국은 미영에게 와서 낚시를 가르쳐주마고 말했다. 승주와 미영은 조국을 따라 다시 물가로 나갔다. 그러는 동안 운총은 쭈그리고 앉아 한순간도 시간을 헛되이 보낼 수 없다는 진지한 표정으로 버너 위의 코펠 뚜껑을 물끄러미 바라보고 있었다. 찌개가 운총의 감시에 겁을 먹어 빨리 끓을 리는 없었다. 그 말을 운총에게 하지 않을 내가 아니었다. 찌개가 끓는 건 전적으로 찌개 마음이니까 상관 마세요, 하고 말해주었다. 그러자 운총은 공감이 가는 말이라는 듯 고개를 끄덕인 뒤 얘기를 시작했다. 전에 고속버스를 타고 가는데요, 기사 바로 뒷자리였거든요. 근데 무심코 앞에 붙은 거울을 보니까 운전기사가 졸고 있는 거예요. 저는 도착할 때까지 계속 눈을 부릅뜨고 운전기사 뒤통수를 감시했어요. 제가 쳐다본다고 사고가 안 나는 건 아니겠지만 그냥 그러기라도 해야 할 것 같더라구요. 전 좀 그래요. 아무것도 안하는 것보다는 안심이 되잖아요.

　내가 어이없어하는 동안 운총은 갑작스러운 질문을 던졌다. 유고에 대해 어떻게 생각해요? 유고요? 예. 왜, 고등학교 일반사회 시간에 들었잖아요. 국무총리는 대통령 유고시에 업무를 대신하고 어쩌고 그런 유고 말예요. 나는 그제야 알아들었다. 그럼 지금 대통령 유고시란 말인가요? 운총은 틀림없다는 듯 고개를 끄덕였다. 나는 이마의 주름을 모았다. 뭔가 큰 변화가 일어나리라는 생각은 들지만 그게 구체적으로 어떤 식으로 나타나며 나에게 이익일지 손해일지 판단이 서지 않았다. 이번 학기를 마치고 나는 입대할 계획이었다. 그러나 이런 시기에 군대에 가면 전쟁이 일어날지도 모르고 무조건 총알받이가 될 수도 있다고 생각하니 순간 긴장이 되었다.

　아버지 얼굴도 떠올랐다. 작년에 집안 식구들이 모두 서울로 이사오면서 아버지의 목욕탕도 화곡동으로 옮겨졌다. 아직 자리도 잡기 전에 석유파동이 일어났다고 요즘 늘 한숨이었다. 이 마당에 유고라니 지금쯤 줄담배를 피우면서 집안에 없는 식구가 누구냐고 나를 찾고 있을지도 모른다. 그나저나 다음 대통령은 누가 될 것인가. 초등학교 때부터 지금에 이르기까지 내게 대통령은 한사람뿐이었다. 다른 사람이 대통령이란 건 쉽게 상상이 되지 않았다. 그러니까 다시 말해 나는 이른바 권력공백에 따른 사회혼란에 대해 심각히 우려하는 중이었다. 생각을 진행시킬수록 머릿속은 점점 더 복잡해져갔다. 아무튼 독재는 끝나겠죠? 운총이 간단히 말했다.

　갑자기 물가 쪽이 시끄러워지는가 싶더니 여자의 환호소리가 들려왔다. 어머, 잡혔어! 내가 잡았어, 내가! 운총이 일어나서 눈을 가늘게 뜨고 보더니 느릿느릿 중얼거렸다. 대체 누가 뭘 잡았다는 거야. 물고

기를 잡은 건 조국이었다. 그러나 잡았다고 소리치는 것은 조국에게
등을 보인 채 조국이 잡고 있는 긴 낚싯대의 앞쪽을 살짝 쥐고 있을
뿐인 미영이었다. 거기 꿰였다는 걸 알아봐주는 게 고마울 정도인 잔
챙이와 겨루기라도 하듯이 미영은 자발스럽게 퍼덕거렸다.

밥을 먹을 때도 조국과 승주는 미영에게 인상을 남기기 위해 꽤나
부산했다. 승주야 당연하고 조국이 설치는 것도 이상할 것은 없었다.
사내들이란 꼭 무슨 가능성이나 대가를 계산하고 여자들에게 촉수를
뻗는 것이 아니다. 잠깐 동안의 택시 합승, 그보다 더 짧게는 엘리베
이터에 같이 탄 경우까지도 여자와 함께 있게 되면 어떻게 해볼 마음
도 아니면서 사내로서 존재증명의 본능이 가동되기 시작하는 것이다.

승주는 경사가 없고 풀이 푹신한 자리를 골라 미영을 앉혔다. 조국
은 두 개뿐인 밥그릇 중에 그중 성한 것을 숟가락과 함께 냉큼 미영에
게 내밀었다. 그들은 미영이 반찬을 향해 팔을 뻗을 때마다 경쟁하듯
잽싸게 그 그릇을 집어 미영의 앞에 갖다놓기도 했다. 그러다보니 찌
개는 물론 깻잎, 마늘종 따위의 밑반찬도 모두 미영의 앞에만 차려졌
다. 운총 앞에는 김치뿐이었다. 운총이 기다란 잎을 찢으려고 5분 넘
게 김치와 씨름을 벌이고 있는데도 나무젓가락이 부러질 때까지 아무
도 도와주는 사람이 없었다. 그럼에도 그녀는 끈질기게 김치를 찢었
다. 김치줄기의 섬유질만큼이나 질긴 여자였다.

손님이 거의 없는 완행열차를 타고 서울역으로 돌아왔을 때는 이미
날이 어두워져 있었다. 도시로 돌아오자 거리의 분위기가 어딘지 심상
치 않았다. 우리가 탄 칸에 다른 손님이 하나도 없었으므로 실컷 떠들
면서 왔던 우리는 약간 당황했다. '웨딩 케익'이니 '하얀 손수건'이니
지칠 줄 모르는 불협화음으로 귀를 괴롭히던 승주와 미영, 그 옆에서

쉴새없이 비스킷과 사이다를 먹어대며 떠들던 조국도 기차에서 내리자 조용해졌다. 긴 하루를 마치고 우리는 각자의 집으로 헤어졌다.

588번 시내버스의 라디오를 통해 나는 또다시 '유고'라는 말을 들었다. 승객들 모두 귀를 기울이고 있었다. 그 말은 국문과 2학년생인 내 귀에도 무척 낯선 단어였다.

야간대학의 경영학과 3학년에 적을 걸어놓은 승주는 신촌에서 하숙을 하고 있었다. 그날 승주는 독재자의 죽음을 경하한다 어쩐다 하며 밤새 소주판을 벌이는 옆방 하숙생들에게 "여자와 놀러 갔다 와서 피곤하니 조용히 하라!"고 소리쳤다가 깡소주 한잔을 얻어마셨다. 하숙생들은 승주를 앉히고 많은 것을 설명해주려 애썼다. 오늘 학교 앞에 가보니 정문이 굳게 닫혀 있었다, 수위 대신 계엄군 장교가 학교를 지켰다, 장갑차와 전차가 보였는데 모두 포신이 위를 향해 세워져 있었다, 위의 사실로 미루어 짐작할 수 있는 것은? 승주는 민방공훈련 하나?라고 대답했다. 하숙생들은 다른 방법을 써보기로 했다. 친구 중에 공단에 나가 있거나 야학을 하는 사람은 없는가, 혹시 '긴조' 위반으로 별 달았다는 말을 들어봤는가, 나뭇가지에 매달려 시국선언문을 뿌린 뒤 기관원들에게 질질 끌려가는 학생을 본 적이 없는가. 승주는 부끄러워하면서 따라다니는 여자들이 너무 많아 따돌리느라고 남자친구를 사귈 시간도, 나무 위를 살필 틈도 없었다며 교제의 폭이 좁음을 시인했다. 사랑과 우정이 함께하는 하숙집이었던지 하숙생들은 희망을 잃지 않았다. 신민당사가 마포에 있는가 남영동에 있는가, 김영삼이 국회에서 제명되었는가 YH무역에서 해고당했는가 따위로 예비고사 세대답게 객관식 문제를 만들었다. 그러자 승주는 과외라면 지긋지긋하다면서, 뭐야, 과 애들하고 대낮부터 마셨다면서 아직 안 취했냐, 야, 야, 인상 펴, 누가 죽기라도 했냐?라며 그들의 등을 툭 쳐주었고 발을 씻은 다음 잤다. 자기 전에 미영에게 전화하고 싶었지만 전화가 있는 주인아줌마 방에 불이 꺼져 있었다. 하긴 아홉시가 넘으면 미영의 기숙사에서는 전화를 바꿔주지 않았다.

승주는 피곤했기 때문에 푹 잤다. 그는 자기 인생에 아무 일도 일어나지 않은 줄 알았다. 일어났다 해도 자고 일어나면 어머니나 현주누나, 혹은 누군가가 해결해놓았어야 옳았다. 보결로 들어간 대학도 그렇고 음식 깔끔하고 시설 좋은 하숙집도 그렇고 승주가 직접 나서서 모색하고 선택하기 전에 마련된 것들이었다. 물론 승주라고 고민이 없었을 리는 없다. 요즘 승주의 가장 큰 고민은 역시 군대문제이다. 그는 비위가 약해서 수세식 변소가 아니고는 똥이 나오지 않는 체질이었다. 수세식 변소가 딸린 군대를 찾아가야만 하는 것이나 미영과 헤어져야 한다는 것이나 여간 고민이 아니었다. 그날 이후 미영을 만나지 못하게 되리라는 사실을 잠든 승주가 알 턱이 없었다.

조국은 2년제 공업전문학교를 휴학한 뒤 공대 편입을 준비중이었다. 신문 사회면의 용어를 빌리자면 무직에다 주거부정이었다. 그날 밤 발고린내를 유지한 채 그대로 곯아떨어졌던 그는 다음날 아침 아버지의 전화를 받고서야 자신이 대한민국 정치사의 희생양이 되었음을 알았다. 워낙 갑작스럽게 닥친 일이라서 아버지는 앞으로 또 무슨 일이 벌어질지 몹시 불안해하고 있었다. 아직 아무것도 확실한 것은 없었다. 그러나 총성으로 막을 내리게 된 정부였다. 방위산업 건설을 염두에 두고 추진했던 극성스러운 중화학공업 육성책을 다음 대통령이 그대로 이어갈 것 같지 않다는 게 아버지 생각이었다. 아버지의 목소리는 침통했다. 공업입국이니 뭐니 앞으로는 그게 다 어떻게 될지

나도 모르겠다. 조국은 아버지를 위로했다. 아버지는 농협에 다니니까 농업만 신경쓰면 되죠 뭐. 그러자 무엇에 놀랐는지 아버지는 잠깐 침묵하더니 부드럽게 대답했다. 알려줘서 고맙다. 아무튼 특혜 편입 제도가 없어질지 모르니 너 공대 가긴 틀린 것 같구나. 조국은 남아의 기상을 잃지 않고 씩씩하게 물었다. 그럼 이제 전 어떡해요? 아버지는, 그거야 나도 모르지, 하고 대답했는데 정말 모르는 것 같았다.

아버지들은 다 마찬가지인 듯했다. 잘살게 해준다는 말만 믿고 '증산 수출 건설'만을 복창했을 뿐 사실 아는 것은 별로 없었다. 허리띠 졸라매고 잘살려고 하는데 그것을 방해하는 빨갱이는 천하에 나쁜 놈이었고 그 빨갱이를 편드는 야당이니 데모꾼들은 이완용보다 더한 민족반역자였다. 그것밖에는 몰랐다. 우리 아버지는 종일 장송곡만 울려나오는 라디오 앞에서 담배를 피워대더니 저녁 무렵에는 모든 것을 포기했는지 이렇게 중얼거렸다. 기다리면 다 잘될 테지. 모든 사람에게는 때가 있는 법이니까. 암, 때가 있고말고.

아버지는 잠언처럼 이따금 내게도 그 말을 들려주곤 했다. '티메' (TIME)를 청바지 뒷주머니에 꽂고 여학생들이 많은 종로나 신촌을 어슬렁거리는 문학청년으로서 나에게는 불운한 시절이 있었다. 비를 맞고 취해 들어와서는 짝사랑하는 여자에게 붉은 볼펜으로 이상의 시를 흉내낸 띄어쓰기 없는 편지를 몇시간 동안 끼적거리기도 했다. 대개 절망을 향해 무작정 떠날 거라든가 바다를 포획해서 돌아오겠다는 따위의 내용이었다. 어느날은 갑자기 책상서랍 속에 간직했던 습작노트를 갈기갈기 찢어서 분유 깡통에 담아갖고 마당으로 나갔다. 아마 고등학교 동창인 최병도가 어느 문예지로 데뷔했다는 소식을 전해들은 날이었을 것이다. 깡통에 불을 붙인 뒤 나는 담배를 한대 물고 허탈한 뒷모습을 연출한 채 불씨가 꺼질 때까지 연기를 바라보고 서 있었다. 그러고는 고개를 숙이고 비틀거리며 방으로 돌아오면 아버지가 이렇게 말해주는 거였다. 기다려라. 모든 사람에게는 다 때가 있는 법이다. 아버지는 무슨 철학자나 점쟁이처럼 말하고 있었지만 실은 목욕탕 주인으로서 매일같이 눈으로 본 그대로를 말하는 것뿐이었다.

한편 운총과 미영은 점호시간 아홉시를 10분 앞두고 기숙사에 도착했다. 정문에 들어서면서부터 벌써 다른 날과는 다른 분위기가 느껴졌다. 전쟁이라도 난 것처럼 몹시 어수선했다. 현관을 들어서니 과연 기숙사 학생들 모두 피난민처럼 짐을 꾸리고 있었다. 미영은 놀랐지만 운총은 올 것이 왔다고 생각했다. 학교는 당분간 문을 닫을 거라고 했고 그렇게 되면 기숙사도 당연히 폐쇄였다.

점호는 평상시와 다름없었다. 모두들 자기 방 앞에 네 명씩 일렬로 섰고 조교가 이름을 부르면 네,라고 차례로 대답한 다음 일제히 사감을 향해 절도있게 인사를 했다. 절을 받은 사감과 조교는 다음 방으로 걸음을 옮겼다. 그들은 애써 담담한 표정을 짓고 있었다. 조금 전 실내방송을 통해서 별일 아니니 집에서 푹 쉬고 있다가 통지가 오면 학교로 돌아오면 된다, 그동안 동요하지 말고 유언비어를 입에 담지 말라,고 당부를 하더니 솔선수범을 보이는 모양이었다. 1층에서 4층까지 점호절차가 끝나는 데 긴 시간은 걸리지 않았다.

점호가 끝나자마자 운총은 탈춤반 선배이기도 한 같은 과의 4학년 방에 갔다. 빌려왔던 책 『8억인과의 대화』를 돌려주기 위해서였다. 선배는 운총에게 역사의 진실과 젊은이의 책무에 대해 낮은 목소리로 얘기했다. 서울의 친척집에 남아서 써클 친구들과 함께 무슨 스터디인가를 계속할 거라고 하는 말을 그 방 1학년이 들었다. 그 방 1학년은 심수봉의 노래 테이프를 들으면서 콜드크림 마사지를 하고 있었는데 갑자기 아는 체를 하며 끼어들었다. 언니도 스터디해요? 테레비에서 '하버드대학의 공부벌레들'을 한 다음부터 스터디가 유행이라면서요? 선배는 1학년의 말을 무시하고 더욱 목소리를 낮춰 운총에게 하던 얘기를 계속했다. 비상연락망이 만들어질 테니 연락처를 남기고 가라고 속삭였다.

방으로 돌아오는 길에 운총은 미영에게 들렀다. 짐을 꾸리던 미영은 아버지의 사과 과수원으로 돌아가기 싫다고 불평을 늘어놓았다. 승주와 함께 있을 때는 한번도 들어보지 못한 경북 사투리였다. 미영이 신경질을 부리며 가방 안으로 던져넣는 것은 학교 축제 때 이화여대 앞의 양장점에서 맞춰 입은 씰크 원피스였다. 축제를 앞두고 TPDB라는 말이 유행했다. 티켓과 파트너, 드레스, 백, 그중 D와 B를 마련하기 위해서 미영이 전화통에 매달려 사투리로 응석을 부려대던 게 기억났다. 미영은 대통령이 죽은 것하고 자기가 억지로 집에 내려가야 하는 것이 무슨 상관 있냐고 불만이 대단했다.

그것은 모르는 소리였다. 대통령의 죽음은 미영의 인생을 예상치 않은 방향으로 끌고 갔다. 집으로 내려가던 기차 안에서 미영은 역시 집으로 내려가던 동향의 남학생을 만나 가방을 들어주는 등의 도움을 받았다. 그후 집에 있는 게 넌더리나고 승주가 한번도 찾아와주지 않는 데 상심한 미영은 별로 마음에 들지 않는 그 남학생을 만나러 외출하는 것을 유일한 즐거움으로 삼았다. 잘 마시지도 못하는 술을 진탕 퍼마신 어느날은 임신을 했다. 이러저러한 우여곡절 끝에 결국 조혼을 결심하게 되었는데 여대에 다니는 미영으로서는 유부녀로서 대학생 신분을 유지할 수가 없었다. 어차피 시집 잘 보내려고 대학 보냈던 아버지는 임무를 완수한 미영에게 학업의 무거운 짐을 덜어주었다. 다음해에 미영은 엄마가 되었고 '젊은 엄마, 사랑받는 아내'를 캐치프 레이즈로 내걸고 있는 어느 여성지의 독자란에 자기의 육아일기가 실 렸을 때 오랜만에 운총에게 전화를 해왔다. 미영은 요즘 여성지가 점 점 더 야하고 재미있어진다며, 통폐합 이후 언론계 현상에 대해 정확 한 논평을 덧붙였다.

운총은 생긴 그대로 평범한 여대생이었다. 그녀는 2학년 때 처음 파 마를 했고 이따금 미팅을 했으며 출결이나 학점은 중간이고 간간이 외국어학원에 다녔고 조동진과 성룡을 좋아했다. 종종 탈춤반 선배를 만나 진지한 대화를 나누기도 했다. 선배의 애인의 친구의 큰형의 이 야기는 오래 기억에 남았다. 그는 여느 운동권 주동세력이나 배후세 력과는 달랐다. 다소 믿기 어려운 구석도 있지만, 어쨌든 긴급조치가 발동되던 해에 법대생이던 그는 총을 구한 뒤 단신으로 아주 가까운 거리까지 접근해 대통령을 저격했다는 독특하고도 황당한 인물이었 다. 물론 현장에서 체포됐다. 몇년간의 옥살이를 하고 풀려나온 뒤까 지도 기관원이 따라붙어 그림자처럼 그를 특별감시했다. 그에게는 매 달 연금 비슷한 돈도 지급되었다. '쓸 만한 땅은 길로 들어가고, 쓸 만 한 학생은 감옥으로 들어간다'는 말이 나돌 만큼 개발과 안보, 그 두 가지 논리로 못할 일이 없던 시절이었다. 중앙정보부는 반대자들을 다시는 위협적인 짓을 저지를 수 없는 돼지로 만들기 위해 많은 세금 을 예산으로 확보하고 있었던 것이다. 감옥에서 나온 뒤 그는 사회에 적응하지 못했고 대신 그들의 돈에 적응해갔다. 돈을 받기 위해서는 그가 죽이려 했던 대통령이 오랫동안 살아 있어야 했다. 대통령이 죽음으로써 결국 돈은 끊겼다. 시간의 뒤안길에 남은 것은 무력해진 한 인간뿐이었다. 그 이야기를 들은 운총은 의분이 끓어올라 거리에서 돌을 몇번 던졌고 한번인가는 닭장차에 실렸지만 금방 풀려났다. 운총에게 흔히 말하는 '오리지날'은 없었지만 군대 간다고 찾아와서 눈물을 보이고 간 남자친구조차 없는 건 아니었다. 그 남자친구가 방위제대를 한 뒤 통닭과 생맥주를 사달라고 찾아왔을 때 그녀는 교원임용 순위고사에 합격해 서울 외곽에서 국어선생으로 부임해 있었다.

또한 그녀는 특별한 관계도 아니었고 아무 약속도 받아낸 적 없으면서 내가 제대하기까지 3년, 복학하여 졸업하기까지 2년 반, 취직한 뒤 2년, 도합 7년 반을 혼자서 끈질기게 기다린 뒤 나와 결혼했다.

결혼식 전날 밤 나는 방에서 혼자 소주를 마셨다. 어차피 해야 하는 일이고, 상대가 운총이라는 것도 나쁘지는 않았다. 하지만 왠지 가슴이 답답했다. 문을 박차고 나가서 땀이 나도록 찬바람 속을 한바탕 뛰었으면 싶기도 하고 그대로 새벽기차를 타고 아무데로나 떠나버리고 싶기도 했다. 소희의 얼굴이 떠올랐다. 골목의 외등 아래에서 짙은 음영이 드리워져 있던 소희의 얼굴, 팔꿈치가 닿자 짧게 울리던 자전거 경적, 그리고 뒤돌아보며 지어 보이던 불안하고도 아름답던 웃음. 나는 잔에 남아 있던 술을 단숨에 비웠다. 인생은 외롭지도 않고 거저 잡지의 표지처럼 통속하거늘, 한탄할 그 무엇이 무서워서 떠나는 것일까,라고 중얼거리고 나니 눈가가 약간 젖어들었다. 마지막 전화라도 해줘야 하는 여자가 있나 하고 아무리 생각해봐도 그런 건 없었다. 자정이 넘을 때까지 그러고 있다가 어머니가 불 안 끄냐고 소리치는 바람에 내일 장가갈 일도 있고 해서 그만 이불 속으로 들어갔다.

출사표

　삶의 과정을 한단계씩 거칠 때마다 우리는 두환을 떠올리지 않을 수 없었다.

　1979년 겨울이었다. 긴급조치 9호가 해제된 며칠 뒤였던 것 같다. 휴교령이 내려진 상태에서 12월을 맞은 나와 승주는 별로 할일이 없었다. 언제나 할일이 없는 조국과 함께 술을 마시기로 한 날이었다. 미숫가루를 뿌린 칼국수와 시장 좌판의 순대가 맛있다는 소문을 듣고 흑석동까지 진출했던 우리는 통금시간이 거의 다 되어서야 술집을 나왔다. 술자리가 길어진 것은 두환이 화제로 떠오르는 바람에 이야기가 꼬리를 물었기 때문이다.

　조국과 승주는 지나가는 택시를 향해 각기 '정릉!'과 '신촌!'을 외쳤지만 이상하게 차가 서지 않았다. 차도로 뛰어나가 겨우 택시 한대를 포위하다시피 해서 세우고 물어보니 한강다리가 끊겼다는 것이었다. 무슨 육이오 적 얘기예요? 조국이 시비조로 물었지만 택시는 이미 출발한 뒤였다. 하는 수 없이 우리는 여관방으로 기어들었다. 조국의 발 냄새는 각오했던 것 이상이었다. 그 이후로 나에게는 혹시라도 여관에 들게 되면 언제나 이불과 요를 뒤집어서 겉쪽을 사용하는 버릇이 생겼다. 특별히 깔끔한 편이라서가 아니라 조국 같은 녀석이 거쳐갔을 거라고 생각하면 그 침구를 내 맨몸에 대기가 꺼림칙했다. 세 시간 짜리 스펙터클 전쟁영화의 음향으로 사용해도 전혀 모자람이 없을 듯한 코고는 소리는 또 얼마나 다양하고 우렁찬지 어쨌거나 나는 편안한 잠을 잘 수가 없었다.

그날 밤 잠을 못 잔 것은 나만이 아니었다. 가장 먼저 꼽을 수 있는 건 어떤 장군이다. 그는 '유고'라는 이름의 사건으로 인해서 높은 자리가 비어 있는 것에 주목했다. 동기 몇명과 짜고 그 자리를 차지하기로 마음먹었다. 그 자리를 지키고 있는 사람은 자기보다 높은 군인이었지만 자기 부하들을 시켜서 억지로 가둬놓아버리면 그만이었다. 그 과정에서 대한민국 국군끼리 서로 적이 되어 총격전이 벌어졌다. 총을 쏘느라고 바빠서 못 잔 사람도 있고 총소리를 세어보느라 잠을 설친 사람도 있고 우리 어머니처럼 집에 들어오지 않은 나에 대한 '방정맞은 생각' 때문에 밤새 뒤척인 사람도 있었다.

80년 여름 나의 입대를 앞두고 모였을 때에도 우리는 두환을 생각했다.

화제가 축구에서 무좀에서 여자로 넘어갈 즈음 우리는 꽤 취했다. 특히 승주의 얼굴은 그가 입은 자주색 씰크 셔츠만큼이나 붉었다. 그 즈음 승주는 하숙생활을 마감하고 현주누나와 함께 잠실에 있는 11평 짜리 아파트에서 자취를 하고 있었다. 현주누나는 승주가 자신의 옷장을 뒤져서 티셔츠니 스웨터니 마음대로 꺼내 입고는 둘둘 말아서 던져놓는 데 골머리를 앓았다. 그래서 차라리 옷에 대한 자신의 취향을 바꾸기로 결심했다. 지금까지 좋아하던 활동적인 박스 스타일의 옷보다는 여성적인 느낌의 색상과 디자인을 골라 옷을 샀다. 그러나 효과는 별로 없었다. 승주의 옷차림이 조금 야해졌을 뿐이다. 현주누나가 설마 이 옷만은 절대로 못 입겠지, 하고 샀던 옷이 지금 승주가 입고 있는 씰크 원피스였다. 아래에는 청바지를 입고 있었는데 허리와 엉덩이 부분이 약간 도톰해 보이는 것은 그 속에 원피스 밑자락을 구겨넣었기 때문이다.

승주가 드라이어와 롤빗을 이용해 30분 가까이 손질한 바람머리를 한손으로 쓸어올리며 씰크의 감촉과 품격에 대해 자랑을 늘어놓고 있을 때였다. 믿기 어려운 장면이 눈앞에 펼쳐졌다. M16을 든 군인 둘이 불쑥 술집 안으로 들어온 것이다. 술기운으로 붉어졌던 승주의 얼굴이 하얘졌다. 그러나 그깟 원피스 하나로 현주누나가 군인까지 풀었을 리는 없었다. 나와 조국은 그들이 손님들을 인질로 잡고 애인을 불러오라고 요구할 줄 알았다. 그러나 그것도 아니었다. 그들은 탈영병이 아닌 계엄군이었다.

군인들은 이근철이 그린 만화에나 나올 법한 날카로운 눈빛을 번뜩이며 테이블을 하나하나 돌더니 우리 앞에서 멈춰섰다. 너! 팔 걷어봐! 긴팔 셔츠를 입고 있는 조국을 가리키며 하는 말이었다. 조국은 왜 그러서요?라는 말 한마디 못해보고 진땀이 흐르는 이마를 조아린 채 얌전히 셔츠를 올렸다. 그러나 소매폭이 좁은 조국의 셔츠는 땀으로 달라붙어 이두박근 아래에서 더이상 올라가지 않았다. 벗어! 군인 하나가 M16의 부리를 조국의 가슴에 바짝 겨눴다. 조국은 손이 부들부들 떨려 셔츠 단추를 쉽게 풀 수가 없었다. 어렵게 단춧구멍을 벌리고 있는데 총을 겨누고 있던 군인이 마침 겨드랑이라도 가려웠는지 상체를 조금 움찔했다. 소스라치게 놀란 조국은 급히 두 손으로 셔츠를 움켜쥐고는 양쪽으로 힘껏 벌렸다. 두두둑 하는 소리와 함께 단추 몇개가 튕겨져나오며 옷이 벗겨졌고 조국의 그리 깨끗하지 못한 상체가 드러났다. 군인들의 표정은 너무나 삼엄하여 어쩌면 웃음을 참는 것 같기도 했다. 그들은 조국을 향해 꽤나 시시한 놈을 여기서 보게 되었다는 듯한 시큰둥한 일별을 준 다음 단추를 밟고 술집을 나갔다.

조국이 한여름에 긴팔 옷을 입은 것은 순전히 빨래한 옷이 없기 때문이었다. 고등학교 때에도 각이 잡히도록 양말을 오래 신던 그는 자취생활 몇년 만에 여러가지 생활의 지혜를 터득했다. 빨래 횟수 줄이기도 그중 하나였다. 그는 팬티 세 벌을 각기 나흘씩 입었다. 그리고 뒤집어서 다시 나흘씩 입었고 그런 다음에는 그중 깨끗한 것을 골라서 다시 이틀씩. 그러면 한달 정도는 빨래를 하지 않아도 되었다. 최근에 빨래한 기억이 전혀 없는 조국으로서는 그날처럼 한여름에 긴팔 옷을 입어야 하는 경우도 종종 있었다.

군인들이 나가고 한참 뒤에야 우리는 그들이 셔츠를 벗어보라고 한 이유를 짐작할 수 있었다. 그들은 사회정화라는 이름을 내걸고 삼청교육대로 붙잡아갈 인간불량품을 색출하는 중이었다. 불량품을 식별하는 방법 가운데 하나가 문신이었다. 하트를 뚫고 지나가는 화살이나 용의 탈을 쓴 뱀, 비상하는 독수리의 문신은 물론이고 ‘바르게 살자’ ‘忍’ ‘정의’ 같이 좋은 말을 언제나 가까이하고 사는 사람도 표적이 되었다. 군인들은 조국이 문신을 감추기 위해 긴팔 옷을 입은 줄 안 모양이었다. 삼청교육대에 갈 뻔한 조국은 그날 술맛이 났다. 몇시간 뒤 단추 떨어진 옷을 펄럭거리며 힘차게 노상방뇨하는 조국을 보고

행인들은 저런 놈이 바로 삼청교육감인데,라며 혀를 끌끌 찼다. 그날 헤어지면서 우리 셋은 같은 생각을 하고 있었다. 이 무서운 비상시국에 두환이는 무사할까.

군에 있을 동안 조국과 승주는 나를 딱 한번 면회왔다. 한창 고생할 때는 알량한 엽서 한장 안 보내더니 제대 말년에 처음이자 마지막으로 찾아온 것이다. 면회 한번 안 왔다는 소리를 듣지 않으려는 속셈이었다. 오히려 나중에 군대얘기만 나오면 둘은 얼마나 고생스럽게 차를 갈아타면서 나를 면회왔었는지 그 이야기를 두고두고 되풀이하며 생색을 낼 게 틀림없었다.

나는 신병훈련을 마치고 자대배치를 받던 날부터 시작하여 한동안은 밤마다 얻어맞았다. 대학생 하면 무조건 데모를 연상하던 때였으므로 대학 재학중 입대한 나는 시도때도없이 고참들의 진노를 샀다. 그들은 나 혼자서 사회를 혼란에 빠뜨리고 나라꼴을 이 지경으로 만들었다는 듯이 나에게 ‘정의의 빳다’를 휘둘렀다. 물론 대학생이라고 해서 모두 나처럼 얻어맞으며 군대생활을 한 것은 아닐 것이다. 고참들이 그렇게 나를 핍박한 데에는 질투도 섞여 있었다. 내가 아는 것이 많고 또 그 사실을 굳이 감추지 않는 것을 두고 ‘뺀질이’라는 별명을 붙여 음해한 것만 봐도 알 수 있는 일이다.

으슥한 병영 구석에서 몽둥이로 얻어맞던 나는 아픔을 참지 못하고 요령 없이 허리를 트는 바람에 허리병까지 얻었다. 분명히 말하지만 요즘도 내가 책상에 오래 앉아 있지 못하는 건 끈기 부족이 아니라 그 허리병 때문이다. 기상통보관처럼 날씨와 밀접한 관계를 갖고 생활하게 된 것이나, 길을 걷다가도 일정한 간격을 두고 허리를 한번씩 돌려 풀어주는 버릇이 생긴 것에도 다 이유가 있다. 허리를 돌리려다보면 자연히 고개가 약간 숙여진다. 직장생활할 때는 그 버릇 때문에 인사성 밝다는 오해도 꽤 받았다. 언젠가는 지하보도를 내려가다가 허리가 뻐근해 한번 돌려줬는데 갑자기 마주오던 여자가 도끼눈을 뜨고 지나갔다. 너무 못생긴 여자였기 때문에 나는 더욱 억울했다.

초반에는 허리병까지 얻을 만큼 험난했지만 그나마 내가 군대생활을 무사히 마쳤던 것은 역시 편지 대필 덕분이었다. 여고생들로부터 단체로 위문편지가 오면 나는 고참들의 이름으로 답장을 쓰곤 했다. 간지러운 미사여구를 동원하는 한편 군이 흑심을 감추려 들지 않는 박력있는 제안으로 끼있는 여학생들의 호기심을 자극하는 내용이었다. 그뿐 아니었다. 고무신을 거꾸로 신으려 하는 순영이니 형숙이니 은자니 하는 여인들을 만류하기 위해 '소식 듣고 밤새 잠을 못 이루었소. 충혈된 눈을 부릅뜨니 저 여명 뒤로 당신 얼굴이 보이는 듯하오' 하는 식의 눈물 젖은 호소문을 대신 쓰기도 했다. 또 연대 내에서 호국정신 고취에 관한 감상문을 모집할 때 고참의 이름으로 응모하여 가작에 뽑힌 적도 있었다. 그 덕에 포상휴가를 받고 돌아온 고참은 나를 김용이나 와룡생보다 훌륭하다고 추켜세웠지만 며칠뿐이었다.

살아서 제대를 해야 하기 때문에 손에서 볼펜 놓을 날이 없었다고 나는 조국과 승주에게 그간의 고충을 털어놓았다. 눈물 없이는 들을 수 없는 그런 절박한 사연을 듣고도 그들은 대리출석에다 대리시험, 대리모까지 들먹이며 내가 인생에서 맡는 대리역할을 조롱했다. 나보다 몇 개월 앞서 예비군이 된 조국은 "군대경험이라면 대개 편지 쓰는 일하고 포경수술인데 그럼 수술도 대신 받아줬냐"고 이죽대기까지 했다.

조국은 군대 아닌 병원에서 전문의에게 포경수술받은 것을 큰 자랑으로 알았다. 그러기 전 사나이 조국은 절대 포경수술 따위는 하지 않겠다고 큰소리쳐왔다. 그 아까운 걸 어떻게 잘라내느냐고 질색을 했다. 그 무렵 그는 큰형 조선의 결혼과 함께 오랜 자취생활을 끝내고 형 집에 얹혀살고 있었다. 무슨 바람이 불었는지 공대를 포기하고 사진공부를 하겠다며 또다시 전문대학에 입학한 그는 어느날 형수가 웃음을 참으며 건네주는 우편물을 받았다. 조국 앞으로 온 그 우편물은 이미 봉투가 개봉된 상태였다. 그 안에서 '포경수술'란에 굵은 동그라미가 쳐진 신입생 신체검사 결과통지서가 나오자 당황한 조국의 엉덩이에서는 자신도 모르게 부붕, 하고 항상 장전되어 있던 6연발 방귀가 터졌다. 그런 연유로 포경수술을 받았으면서 걸핏하면 전문가의 손길이 닿았다며 바지 앞섶을 자랑스레 툭툭 치곤 하는 것이었다.

승주의 빈정거림은 한술 더 떴다. 자기 하숙집 친구 중에 전문대 방사선과에 적만 걸어놓았을 뿐 메스와 핀셋을 어느 쪽 손에 쥐는지도 모르던 녀석이 군에 가서 의무반에 배치되었다. 그리고는 31개월 동안 수천명의 포경수술을 해주었다는 것이다. 처음에는 경험이 부족해서 멋모르고 살을 너무 많이 잘라냈는데 아마 그때 수술받은 놈들은 밤마다 살갗이 모자라서 좀 당길 거라며 미안해하더라고 한다. 그 친구가 한 수술은 그것만이 아니었다. 엄지발톱이 발가락 속으로 파고드는 발 수십켤레도 자기 손으로 수술했다.

그 애기를 하며 킥킥대는 승주 자신은 소원대로 수세식 화장실이 딸린 동사무소에 도시락을 싸들고 다니며 방위로 병역의무를 마쳤다. 물론 그도 친구들로부터 입대를 앞두고 치르게 마련인 비장한 술자리를 제공받았다. 취한 놈들끼리 어깨동무를 하고 목메게 '입영전야'를 부르며 술집 거리를 걷다가 하필 파출소 앞에서 우르르 나자빠지는 이벤트도 빼먹고 지나갈 승주가 아니었다.

남자들 군대이야기와 여자들 애 낳은 이야기에는 공통점이 많다. 과장된 고생담인 점도 그렇고 시간이 흐르기를 기다리는 일이라는 점, 비슷하면서도 각기 다른 이야기이고 무조건 먼저 겪은 사람이 으스대게 되어 있다는 것 등등. 물론 그중에는 베트남 스키부대니 충북의 해군부대니 하는 낡은 농담도 빠지지 않았다.

승주가 소주잔을 비우며 말했다. 아는 놈 중에 공군 간 애가 있는데 말야, 걔들은 폼으로 죽고 폼으로 사는 애들이잖아. 고참들이 졸병들 기합 주고 있으면 위에서 난리가 난대. 애들 옷 다 버리는데 무슨 짓이냐고. 조국이 말을 받았다. 우리 과에 어떤 놈은 모처럼 휴가 나왔는데 며칠 안 가서 바로 비상명령이 떨어졌다더라. 전쟁이라도 났나 하고 뭐 빠지게 귀대해보니 축구대회를 하고 있더래. 선수가 한명 부족해서 불렀다고 말야. 걔네 부대에서 남한산성 간 놈도 있다던데, 뭐라더라, 사모님 심부름 갔다가 돈 잃어버렸다던가? 야 참, 우리 동창 중에 수업시간에 말대꾸하다가 맨날 얻어맞던 애 있잖아. 누구? 시험지만 받으면 프린트가 흐려서 문제가 안 보인다고 징징대던 애 말야. 그래, 생각난다. 혁대를 잃어버렸다면서 혁대고리에 자물통 채우고 왔던 놈 말이지? 맞아. 걔가 군대 정신병원 갔다던데, 들었어? 정신병원? 그래, 완전히 폐쇄된 병동이래. 군대하고 정신병원하고 합해졌으니 알 만하잖아. 군대하고 정신병원하고 감옥하고 수도원하고 합해진 데보다는 낫겠지. 우리 형 말로는 그보다 더한 데가 있대. 가정이라고. 뭐? 그럼 형수가 조선형한테 '쪼인트' 깐단 말야? 내가 나서야 할 차례 같아서 나는 '쪼인트'란 말에 대해 설명하기 시작했다.

'쪼인트'는 승주나 조국이 알고 있듯이 군대용어가 아니다. 원래 조인트(joint)는 지형학적으로 단단한 바위에 금이 간 것을 뜻한다. 사람한테 쓰일 경우는 뼈에 금이 간 것을 가리킨다. 당연히 병원에서도 쓰이는 말이다. 교통사고가 났을 때 아무리 겉으로 멀쩡해도 반드시 엑스레이 사진을 찍어보는 이유 역시 뼈 속에 조인트가 있나 없나를 확인하려는 것이다. 조인트는 우리말로 절리(節理)라고도 한다.

내가 애써 이렇게 자기들의 무식을 바로잡아주려고 하는데도 조국과 승주는 전혀 듣지 않는 눈치였다. 하긴 바로 그런 점 때문에 우리 사이에서 내가 그처럼 오랫동안 지적인 위상을 독점하고 또한 셋 사이의 힘의 균형을 유지할 수 있는 건지도 모른다.

나이가 들수록 나의 작위적인 지적 허영을 허용하는 세계는 점점 줄어들었다. 고등학교 때는 그런 게 꽤 통했다. 한두 번 나는 최병도에게 내가 쓴 시를 괴테의 시라고 하면서 넌지시 보여준 적이 있었다. 멋있다, 괴테가 썼으니 잘 썼겠지,라고 평하는 최병도에게서 나는 나에 대한 존경과 우정을 엿볼 수 있었다. 내가 아는 게 많다보니 조금쯤 철학자이고 예술가인 양 행동할 때가 없을 수는 없다. 그러나 그는 나의 세계를 이해했기 때문에 아무런 거부감도 갖지 않았다. 그런 그가 문예지에 발표한 소설을 읽고서 내 목구멍에는 쓴물이 올라왔다. 그의 소설에 등장하는 가장 가식적이고 헛폼을 잡고 치기가 많고 자기도취적이어서 웃음을 자아내는 고등학교 때의 친구 K가 나라는 것은 너무나 명백했다. 그런 간교한 최병도에 비해 겉으로는 핀잔을 주면서 마음속으로 나를 인정하는 조국과 승주의 우둔함은 인간관계에서 돋보이는 미덕이었다.

시간이 너무 남았기 때문에 나는 승주와 조국을 버스정류장까지 배웅했다. 전방 근처였으므로 승객은 거의가 군인이었다. 군인들은 모두 다 옆자리를 비워둔 채 창가 자리에 한사람씩 일렬로 앉아 있었다.

결코 일사불란해서가 아니었다. 그들은 아는 사이라도 함께 앉는 법이 없었다. 따로 앉아 옆자리를 비워두었다. 그 자리는 어떤 정류장에서인가 버스를 탈지도 모르는 묘령의 여성을 위한 자리였다. 조국이 버스에 오르기 전 갑자기 심각한 표정을 짓고 중얼거렸다. 두환이는 군대나 갔다 왔을까.

사람이란 여러가지 면을 갖고 있다. 생전 화 한번 안 낼 것 같은 조용하고 유순한 사람이 연쇄살인범일 수도 있고 유능한 카운슬러가 사생활에서는 대인기피증이 있는 수줍음 많은 인물일 수도 있다. 어떤 깡패두목이 부하들 눈을 피해 뜨개질과 십자수 놓기를 하느라 밤새는 줄 모른다고 해도 웃을 일만은 아니다. 누구나 일반적으로 패턴화할 수 없는 면을 갖고 있다. 한두 가지쯤은 일반적인 통념에 어긋나는 점이 있게 마련이다.

조국과 공학도의 길이 그런 셈이었다. 사내아이들은 어릴 때부터 대체로 공구를 좋아하고 라디오 조립 같은 데에 관심이 많다. 그런데 사내아이가 아니고는 무엇도 될 수 없는, 사내아이 중의 사내아이인 조국은 뜻밖에도 그런 걸 싫어했다. 사내들 세계에서 빠질 수 없는 노름과 내기에도 관심이 없었다. 아마 자기 뇌의 용량을 알기 때문에 다른 사내다운 일에 쓰기 위해서 머리를 굴리지 않고 아껴두려는 건지도 모른다. 사실 조국과 화투를 치는 일은 강아지와 함께 치는 것과 비슷했다. 강아지가 화투를 치지 못하는 것은 패가 잘 들어오면 속마음을 숨기지 못하고 즉각 꼬리가 흔들리기 때문이다. 조국의 네모난 얼굴은 감정조절을 전혀 하지 못하기 때문에 강아지처럼 희로애락이 그대로 나타났다. 미처 괄약근을 오므릴 틈도 없이 방귀까지 폭발하기 예사였으므로 포커페이스가 필요한 노름에는 적당하지 않았다.

그러나 조국이 모든 면에서 투명한가 하면 그건 또 아니었다. 여기에서도 일반화를 경계해야 한다. 의뭉하기로는 조국을 따라갈 사람이 별로 없었다. 공대 편입을 포기하고 뜻밖에도 사진을 전공하겠다고 나서면서 그는 사진의 세계를 알게 됨으로써 하마터면 모르고 지나갈 뻔한 자신 속의 예술혼을 발견했다며 기염을 토했다. 그러나 속셈은 따로 있었다. 조국의 오래된 포부는 기자, 그중에서도 종군기자였다. 포화를 뚫고 종횡무진 전장을 누비는 것이야말로 평소 존경해왔던 나폴레옹과 탐험가 난센을 합성해놓은 직업이 아닐 수 없었다. 게다가 그의 특기는 발로 뛰는 것이었고 남의 약점 및 비리를 가만두지 못하는 고약한 심보를 갖고 있었다. 그의 생각에 자신이야말로 기자로 태어난 사람이었다.

실제로 기자가 될 수 없다는 건 조국도 잘 알았다. 기자가 되려면 학벌도 좋아야 했고 시험도 잘 봐야 했다. 우리가 신문을 읽을 수 있는 나이가 되면서부터 끊임없이 1면에 등장했건만 조국은 시국사범들에 대한 판결문에 으레 나오는 '개전의 정'을 아직도 '개준의 정'으로 읽고 있었다. 정치기자가 되기는 애초에 그른 일이었다. 그런가 하면 패배를 패북이라고, 문전쇄도를 문전살도라고 읽으니 스포츠기자 노릇 또한 어려웠다. 폭발을 폭팔로, 양말을 양발로, 또 반창고를 꼬박꼬박 반창코라고 우기는 사회부 기자도 상상하기 어렵다. 언젠가 그는 신문도 맞춤법이 다 틀린다며 글쎄 '거의'를 '거개'라고 하고 '특징'을 '특장'이라고 했더라니까, 하고 짜증을 냈다. 이처럼 신문기사를 쓰기는커녕 읽지도 못하는 조국으로서 기자가 된다는 건 허황된 꿈이었다.

그러나 동계진학이 어려워지면서 애초부터 별 관심 없던 공학도의 길이 장애에 부딪치자 조국은 엉뚱한 생각을 하게 되었다. 기자는 안 되더라도 아쉽지만 어떻게 사진기자만이라도 될 수 없을까 하는 궁리가 생겨났던 것이다. 그것은 그가 하는 모든 생각이 그렇듯이 아주 단순한 일이 계기가 되었다. 대학 사진반에 들었던 둘째형 조직 덕분이었다. 조직형은 탈춤판이니 장승이니 하는 것을 찍으러 여행을 가는 길에 아무 취미 없이 시간을 낭비하는 동생이 딱해서 한번 데려가주었다. 그후 조국은 마치 콧속에 바람을 쏘인 돌배기 아이 같았다. 일단 돌아다니는 일이라는 게 생리에 맞았다. 사진 찍는 일이란 손가락 하나 움직이는 것인데 무슨 공부가 필요하겠는가,라고 생각하니 너무 기뻐 신천지가 눈앞에 개(開)하는 듯했다.

하지만 세상에 노력 없이 멋있어지는 방법이란 없었다. 사진공부는 만만한 일이 아니었다. 조국은 제대로 된 공부는 일찌감치 포기해버렸고 체육대회니 미팅이니 사은회니 무슨무슨 행사 때에만 앞에서 설치며 2년을 보냈다. 알고 보니 그 세계에는 엄밀한 도제제도가 있었다. 사진작가가 되기 위해서는 먼저 사진작가의 조수가 되어 암실에서 흑백필름 감는 연습은 물론 트라이포드를 뒤집어서 접고 노출과 라이팅을 맞추는 연습, 무거운 장비를 나르거나 조명기구를 오랫동안 들고 서 있는 체력훈련부터 해야 했다. 사진작가를 따라다니며 그가 찍으려 하는 소나무 앞에 카메라를 세워놓는 것은 물론 시야를 가리고 있는 바위를 치우고 나뭇가지들을 꺾어버려야 했다. 또 고드름을 찍는 작가라면 사진을 찍은 뒤 다른 사람이 찍지 못하도록 고드름을 부러뜨려버리는 일도 조수의 업무였다. 절제를 추구하는 사진작가의 유능한 조수는 스승이 만들어놓은 앵글 속의 산만한 선을 없애기 위해 전봇대를 뽑아버리고 하늘의 구름까지 지워야 했다. 중요한 것은 누구누구 선생이 조수로 쓴다는 사실이 장래성을 좌우한다는 점이었다. 실력이 모자란 것은 물론이려니와 그런 쪽은 다 특정 대학 출신이 인맥을 형성하고 있어 조국처럼 신설 전문대를 간신히 졸업한 사람이 발붙일 곳을 찾기란 쉽지 않았다. 그는 진취적이기만 했지 물정도 모르고 주제도 몰랐다. 흔히 소견서 같은 데에 '뜻은 좋으나 좀더 많은 노력을 요함'이라고 점잖게 표현되는 경우에 해당했다.

자기 표현을 빌리자면 조국은 그로 인하여 한때 방황했다. 졸업 후 1년 가까이 싸돌아다녔지만 할일이 주어지지 않았다. 그러다 한 선배가 "너하고 스타일이 맞을 거다"라며 소개해준 것이 한 다큐멘터리 사진작가의 조수자리였다.

그 다큐멘터리 사진작가는 아프리카 오지 같은 데에 한두 달씩 들어가 살며 사진을 수백롤씩 찍어서 나오는, 탐험가를 겸한 사진작가였다. 조국에 따르면 그는 치밀한 사전준비를 갖추기보다는 무턱대고 몸을 던져 우여곡절 끝에 일을 성취해내는 편을 더 좋아한다고 했다. 초등학교 때부터 줄곧 보이스카우트였다는 말도 있었다. 그 업계에서는 그 사진작가의 작품을 높게 평가하지 않는 사람도 있는 모양이었다. 좋은 카메라를 구입한 뒤 마구 셔터를 눌러 수천장 중에 한두 장의 사진을 건지는 것은 체력만 갖고 되는 일이다, 굳이 그 사진작가가 아니라도, 이를테면 그가 찍어온 사진 속의 코끼리가 셔터를 누르더라도 그 정도 사진은 된다고 비아냥댔다. '실력이 형편없다' '순전히 몸으로 때우는 사진이다'로 요약되는 그 사진작가에 대한 평가가 바로 조국에게 더욱 각별한 감동을 주었음은 물론이다. 자신 역시 실력은 없고 가진 건 몸뿐인지라 조국의 입장에서 볼 때 그 사진작가는 모든 면에서 자기가 귀감으로 삼을 만한 인물이었다. 조국은 강변했다. 남들의 평가가 어느정도 진실일지도 모른다, 그러나 중요한 것은 코끼리라도 할 수 있는 그 일을 실제로 하는 사람이 그 사진작가뿐이라는 사실이다, 이것은 한편의 드라마이며 제목은 '인간승리'이다 등. 기백을 되찾은 조국은 다시 자신의 오랜 좌우명인 '인생은 승부다. 저지르고 보자!'를 외치며 씩씩하게 사진작가의 밑으로 들어갔다. 그 사진작가의 조수는 조국말고도 두 명이 더 있었다.

승주 또한 일이 잘 풀리는 건 아니었다. 그러나 입으로는 늘 불만이고 투정이었지만 신세는 편한 게 바로 승주였다.

승주가 직장에 첫 출근을 하던 날 우리는 모여서 술을 마셨다. 그때만 해도 승주의 새 직장으로의 출근이 그렇게 잦을 줄 몰랐으므로 기념할 만한 일이라고 생각했던 것이다.

"너 같은 놈이 취직을 하다니 현주누나가 돈 들여서 대학 보낸 보람이 있구나."

조국의 그 말은 현주누나가 등록금을 냈다는 뜻은 아니었다. 고3때 현주누나가 승주에게 돈을 내고 공부를 가르친 일을 두고 하는 말이었다. 입시가 가까워지는데도 승주는 도통 공부를 하지 않았다. 초조한 것은 오히려 어머니와 현주누나였다. 현주누나가 총정리를 시켜주겠으니 제발 시간 좀 내달라고 아무리 사정해도 소용없었다. 하는 수 없이 승주에게 시간당 3백원씩을 주어가며 공부를 가르쳐야 했다.

현주누나가 승주의 '봉'이란 것은 오래 전부터 우리에게 잘 알려진 사실이었다. 어릴 때부터 승주는 현주누나의 것이라면 인형과 소꿉놀이까지 다 눈독을 들였고 그걸 뺏어야만 직성이 풀렸다. 승주 자신의 말로는 아버지가 공부 잘하고 말 잘 듣는 현주누나와 비교해가면서 늘 자기를 꾸짖었기 때문에 '아픔이 있어서'라고 하지만 무능하고 속좁은 남자애들이 모범생인 여자동기를 질투하는 것은 흔히 있는 일이다. 아버지가 돌아가신 뒤 어머니의 편애를 배경으로 승주는 집안에서만은 대단한 권세를 누렸다. 현주누나 생일에 선물을 사려면 승주의 것도 함께 사야 했고 현주누나 입학식에 가기 위해서는 누나보다 승주 옷을 먼저 샀다. 브래지어나 생리대를 살 때만 예외였을 것이다.

우리 사이에 '스탠드 구출작전'으로 불리는 일화가 하나 있다. 승주네 집은 방이 세 개인 적산가옥이었다. 외출을 자주 하는 승주 어머니가 집 볼 사람도 구할 겸해서 방 하나를 젊은 부부에게 세내주었다. 두 개의 방 가운데 하나는 어머니가 쓰고 나머지 가장 큰 방은 베니어판으로 칸을 갈라서 현주누나와 승주가 썼다. 공간은 나뉘어 있지만 천장은 트여 있는 셈이었다. 현주누나가 고3이 되자 어머니가 전기스탠드를 사주었는데 승주는 배가 아파 견딜 수가 없었다. 어느날 밤 현주누나가 스탠드등 아래서 공부를 하고 있는데 물리적으로 납득할 수 없는 현상이 일어났다. 마치 무중력상태처럼 스탠드등이 공중으로 점점 떠오르는 것이었다. 놀람을 가라앉히고 자세히 보니 그 스탠드등에 갈고리가 걸려 있었고 거기 연결된 철사가 눈에 들어왔다. 철사의 끝을 추적해볼 필요도 없이 물론 그것을 손에 쥐고 낚싯줄을 잡아당기듯 스탠드등을 끌어올리고 있는 것은 베니어판 뒤의 승주였다. 승주가 자명종도 그 방법으로 탈취하려다 떨어뜨려 실패한 적이 있었으므로 현주누나는 그리 흥분하지 않았다. 현주누나는 승주에게 충분히 훈련이 되어서 한심한 남자들에 대한 이해심이 유난히 많아졌고 다른 여자들보다는 남자에 대한 환상이 적은 편이어서 시집을 잘 갔다.

승주의 첫 직장은 소규모 놀이공원을 운영하는 한 회사의 개발팀이었다. 그 역시 현주누나가 적극적으로 나선 덕분에 애인의 사촌의 사돈의 옆집 아저씨의 친구의 소개로 마련된 직장이었다.

마지막에 인연이 걸쳐진 친구라는 사람이 바로 승주의 직속상사였다. 그는 1년 중 반 이상을 외국에서 보냈다. 그가 하는 업무란 세계 각국의 위락시설을 돌면서 새로운 종류의 놀이기구를 타보고 기분이 얼마나 좋은지 알아보는 일이었다. 자기의 입에서 "어라, 재밌네?" 하는 말이 나오는 경우에 한해 기획서와 보고서를 올린 다음 그것을 주문하고 계약서를 썼다. 그리고 그쪽 담당자와 선물을 주고받고 악수를 하기만 하면 되었다. 승주는 그런 일이라면 만능 엔터테이너로서의 자신의 적성에 딱 맞다고 생각했다. 그러나 승주가 직접 그런 실무를 맡기까지는 굉장한 인내심을 갖고 거쳐야만 하는 사무원으로서의 단계가 있었다. 승주는 매일 출근부 찍는 일과 직속상사가 외국에서 보내오는 텔렉스와 전화 받는 일을 지겨워하다가 얼마 안 가서 그만두고 말았다.

조그마한 오퍼상에도 들어갔고 잡지사의 영업부에서도 일했지만 승주의 주된 직업은 '사업구상업'이라고 말할 수 있었다. 영업부 시절을 '화류계 생활'이라고 지칭하는 그는 한때 화류계 경력을 밑천삼아 술집을 차리겠다고 설쳐댔다. 당시 술집에 뿌리는 돈이 적지 않았던 그는 술집이야말로 유흥에 관한 자신의 소질도 살리고 돈도 벌 수 있는 유망직종이라고 생각했다.

남의 실패를 사전에 막아주는 대신 자신은 사람들 입에 오르내려야만 하는 운명을 지닌 앞서가는 선배들은 어디에나 있었다. 승주와 비슷한 생각을 품은 한 영업부 선배가 있어서 직장을 때려치우고 술집을 차린 모양이었다. 술은 사올 때는 현금이었고 팔 때는 외상이 많았다. 그런 술집은 대개 마담을 보고 찾아오는 단골손님의 외상에 의해 꾸려지는 법이었다. 영업부 시절에도 사람좋기로 유명한 선배는 마담을 깐깐하게 관리하기는커녕 그녀가 불편해할까봐 그 앞건물의 싸우나에서 화투를 치며 자주 자리를 비워주었다. 마담은 수금액을 야금야금 빼돌린 뒤 받을 길 없는 엄청난 액수의 외상장부만 남긴 채 도망쳤고 선배는 쫄딱 망했다. 그 외상고 안에는 마담이 분식회계해서 챙긴 돈도 적지 않았다.

남들의 실패담을 들려주며 승주는 으레 자기한테 맡기면 그렇게 되지 않았을 거라고 결론을 내리곤 했다. 무슨 일이 되었든 현재 자신에게 주어진 일은 늘 자기에게 적당한 일이 아니고, 누구누구가 하는 일이야말로 자기가 맡으면 정말 잘할 수 있는 일이라고 여기는 게 승주의 직업관이라면 직업관이었다.

승주의 사업구상은 결혼과 더불어 잠잠해지는가 싶었다. 애인 중에 모델이니 중역 비서니 예쁜 여자가 꽤나 많다고 떠벌렸고 그 말의 70퍼센트쯤은 사실이기도 했지만 막상 승주의 아내가 된 여자는 절대 미인은 아니었다. 맹장염인지 뭔지 별로 대수롭지 않은 수술 때문에 잠깐 병원에 입원한 적이 있던 승주는 심심한 김에 담당 간호사에게 몇마디 수작을 걸었다. 막간을 이용한 가벼운 몸풀기였고 평소 실력의 반의 반도 동원하지 않은 간단한 작업이었다. 그러나 그 여파는 만만치 않았다. 그는 그 병원의 개원 이래 단기 입원환자 중 여성 방문 최다라는 아까운 기록을 보유하고도 그 방문객 중 누구와도 다정한 말 한마디 나눌 수가 없었다. 팔뚝이 굵은 한 간호사가 마치 마피아의 비리를 폭로할 법정증인을 보호하는 거구의 흑인 여경처럼 철저히 그의 신병을 보호했던 것이다. 승주는 단단히 코를 꿰여 그 씩씩한 간호사와 결혼해야만 했다. 마음 약한 그는 그다지 길게 반항하지도 않았다. 간호사의 알뜰한 생활력 안으로 순순히 제 운명을 구겨넣었다.

대신 그는 길고긴 한숨을 내쉬었다.

"난 왜 이렇게 여자문제가 안 풀릴까. 이제 좋은 시절은 다 물 건너갔어."

조국과 나는 그 말을 믿을 턱이 없었다. 여자 앞에만 가면 어느틈엔가 눈빛에 결핍으로 가득 찬 우수가 실리곤 하는 승주의 순결서약을 믿는 것은 그의 아내와 장모뿐이었다.

승주의 결혼을 빗대어 나는 조국에게 인생에 대한 약간의 가르침을 주었다. 내가 조금 겪고 수없이 본 바에 따르면 일반적으로 잘생긴 남자는 예쁜 여자와 결혼하지 못한다. 이 또한 어디까지나 일반적인 얘기지만 예쁜 여자들은 남자에게 적극적이지 않기 때문이다. 남자에게 적극적인 쪽은, 예쁜 것에 대한 욕망은 있지만 자기가 그리 예쁘지 않기 때문에 자기 대신 잘생긴 남자를 좋아하게 돼 있는 보통 용모의 여자들이다. 그런 여자 중에는 욕망과 거기에서 생긴 성취동기 덕분에 공부를 잘하든 장사를 잘하든 간에 능력을 갖춘 여자들이 많고 자기가 원하는 게 뭔지 알고 있는 현실적인 여자들이 대부분이다. 잘생긴 남자들은 물론 어느 남자들처럼 예쁜 여자를 좋아하지만 뜸을 들이는 동안 적극적인 여자들이 치고 들어와 자기를 낚아채가는 데 대해 필사적으로 반항하진 않는다. 자기가 잘생겼다는 사실을 익히 알고 있는 그들은 숭배자를 내치는 법이 없다. 남자는 또 눈앞의 현실에 약하다. 순정을 바친 여자가 따로 있는데도 눈앞에 여자가 있으면 그 여자역시 여자는 여자라는 게 남자의 생각이다. 잘생긴 남자가 자기를 향한 숭배와 그것이 제공하는 자기만족에 익숙해져 있을 때면 결혼절차가 기다리고 있는 것이다.

　예쁜 여자의 경우는 전혀 다르면서도 비슷하다. 예쁜 여자들도 잘생긴 남자 아닌 평범한 남자와 결혼한다. 열 번 찍었기 때문에 넘어가는 건 결코 아니다. 예쁜 여자들도 여느 여자들처럼 현실적이므로 잘생긴 남자와 달리 숭배의 미혹에는 잘 넘어가지 않는다. 그런데 예쁜 여자들은 의외로 고독하다. 내가 회사에 다닐 때 그 건물에서 5년 만에 나온 미녀라는 여직원이 있었다. 일에도 빈틈이 없는 차분한 성격에다 상냥하기까지 했다. 남자직원들 사이의 인기는 굳이 설명할 필요도 없다. 별로 특기할 만한 장점도 매력도 없는 평범한 남자직원 하나가 어느날 그녀에게 이렇게 말해보았다. 오늘 저녁 시간 있어요? 그녀가 대답했다. 네. 흔쾌한 그녀의 말에 되레 남자직원은 놀라고 말았다. 그녀가 웃음을 지으며 말했다. 시간이 있다니까요. 전 늘 시간이 많아요. 얼마 후 그 예쁜 여자와 그 무던한 남자의 결혼소식이 전해지자 마치 정전이 된 것처럼 회사건물 전체에 순간적으로 침묵과 암흑이 감돌아 약 20초쯤 업무가 마비되었다. 첫 데이트에서 그녀는 남자에게 이런 말을 했다고 전해진다. "만나자는 말을 돌려서 하는 사람은 많았어요. 언제 한번 만나줄래요?라든가 밥 한끼 함께 먹는 게 평생 소원이라든가 친구를 소개시켜준다든가 은근히 농담을 하는 일도 많았구요. 근데 진짜로 오늘 시간 있어요?라고 정면에서 물어온 사람은 당신이 처음이에요. 남자들은 다들 왜 그래요? 그렇다고 제가 먼저 붙잡고, 저하고 저녁 먹고 싶다고 했죠? 저 시간 있어요,라고 말할 수는 없잖아요." 그렇게 해서 예쁜 여자 또한 적극적인, 혹은 너무나 열망에 사로잡혀 포즈 잡기를 잊어버린 남자에게 영원한 헌신을 바라고 결혼한 뒤 '연분이 따로 있다' '임자 만났다'는 말을 믿으며 그 남자에게 적응해가는 것이다.

　조국에게 단지 나의 인생에 대한 통찰을 과시하기 위해 시작한 이야기였다. 하도 장광설을 늘어놓다보니 왜 그 말을 시작했는지 헛갈리게 되어 나는 가까스로 결론을 맺었다. 그러나 조국은 아주 깊이 감명을 받은 눈치였다. 어쨌거나 잘생겼을 턱이 없는 조국이 들어서 유익한 이야기인 것만은 틀림없었다. 그 이야기는 뒷날 조국이 미스 박에게 확신을 갖고 접근하게 된 논리적 근거가 되었다. 나는 예쁜 여자를 얻는 데는 잘생긴 남자보다 적극적인 남자가 유리하다는 이야기를 조국에게 해주기 전에 먼저 어떻게 생긴 여자가 예쁜 여자인가에 대해 아무 정보도 주지 않았다는 걸 뒤늦게 깨달았다.

　결혼식날이 다가오자 승주는 결혼식장에서 벌어질지도 모르는 소동에 대해 걱정했다. 여자들이 찾아와서 난동을 부릴 때를 대비해서 충분한 마음의 준비를 했다. 그러나 아무 일도 일어나지 않았다. 승주의 결혼 때에는 아무도 두환의 이야기를 하지 않았다. 우리에게 있어 두환의 결혼은 두환의 문제이기에 앞서 소희의 문제였다. 아무 약속도 한 적 없지만 우리는 펜팔전시회날 이후 한번도 소희의 이름을 입밖에 내지 않았다. 속이 시커먼 놈들이라도 순정만은 깨끗하게 간직되기를 바라는 법이었다.

반정

1987년 우리 셋은 서른살이 되었다. 두환도 그럴 것이다. 어딘가에 살아 있다면.

어느날 조국은 손가락 사이에서 타고 있는 담배를 물끄러미 내려다보더니 한심하다는 듯 말했다.

"나 참, 이까짓 걸 숨어서 해야 하던 시절이 있었단 말야?"

"그러게 말야. 그걸 못하게 하려고 변소까지 따라와서 끌어내고 따귀를 때리던 놈들은 또 뭐냐."

"얻어맞아가면서 기어코 또 하던 놈들은 뭐고?"

승주와 내가 번갈아 한마디씩 대꾸했다.

그렇다고 서른살이 된 우리가 술담배하는 고등학생에게 너그러운 건 아니었다. 며느리 늙은 것이 시어머니라는 말이 바로 그런 경우에 해당한다. 교육학에서 말하는 역할이론이란 것도 그것과 맥락이 닿아 있다. 자리가 사람을 만들고 역할이 인품을 결정하는 경우가 더 많은

것이다. 삐딱한 고등학생을 보면 우리가 고등학생이었을 때의 서른살
짜리가 그랬듯이 우리는 쪼그만 놈이 벌써부터, 하며 한심해했다. 그
러는 한편으로는 두환의 모습을 연상하기도 했다. 우리의 머릿속에
두환은 나팔바지 교련복을 요란하게 떨어대서 몽당연필을 굴러가게
만들거나, 교실 뒤쪽의 거울 앞을 지나칠 때마다 옆눈으로 제 모습을
슬쩍 보며 '짜식, 멋있어'라고 속으로 중얼거리는 까까머리에 멈춰 있
었다.

그런데도 서른살이 될 때까지 두환은 우리의 머릿속에서 인생의 과
정을 차례차례 함께 겪은 셈이었다. 그때까지는 그래도 모두의 인생
이 크게 다르지 않았기 때문이다. 서른살 이후부터는 그렇지 않았다.

1987년은 1월부터 술렁거렸다. 3월에는 폭로가 있었다. 4월에는 끓
는 물주전자의 주둥이를 틀어막으며 "나는 한다면 해!"라고 하는 사람
이 있었다. 5월은 한달 내내 거리가 시끄러웠다. 6월로 접어들자 절정
을 이루었다. 사무실이나 식당, 술집 어디를 가든 월급쟁이들의 화제
는 비슷했다. 내가 근무하는 광고회사가 시내 한복판인 태평로에 있
었으므로 나는 시위대와 자주 마주쳤다. 물론 일부러 접근한 적은 한
번도 없었다.

입사동기 중에 자신의 높은 사회의식과 정의감을 지나칠 만큼 홍보
하고 싶어하는 친구가 있었다. 그는 신문지로 파리 한마리 죽인 것을
두고도 "탁 치니 억 하더라"며 제 행동에 정치적 해석을 붙이곤 했다.
사내 회람을 받으면 "이거 보도지침 아냐?"라고 시사적인 발언을 한
마디하고는 이만하면 내가 의식있고 재치있는 사람이지? 하는 듯이
주위 반응을 살피곤 했다. 6월 어느날 잠실체육관에서 큰 정치적 행사
가 있었는데 그날 저녁 그는 10분 앞당겨 퇴근해서는 성공회 뜰로 뛰

어가 애국가를 부르는 무리에 합세했다. 다음날은 그것을 화제로 삼기 위해 하루종일 애국가 작곡자가 김성태냐는 둥 성공회 신부는 수녀와 결혼을 하냐는 둥 쓸데없는 질문을 던지고 다녔다. 그는 특히 내게 연대의식을 강요하곤 했는데 그 이유는 내가 자기처럼 재수를 거쳤고 입사동기일 뿐 아니라 같은 개띠이기 때문에 정서가 비슷하다는 거였다.

그는 늘 자기가 개띠임을 내세웠다. '남의 살'로는 맛에서 개를 따라올 고기가 없다는 둥 개가 아이큐가 높고 기억력이 좋아 웬만한 인간보다 낫다는 둥 전라북도에 있는 '오수'라는 지명의 유래를 아느냐는 둥 개차반이란 말은 개의 입장에서 볼 때 잘 차린 음식, 그러니까 즉 똥이라는 뜻이라는 둥. 그것만이 아니다. 자기 동네에 개장수에게 개를 판 개주인이 있는데 그 개가 도망쳐서 개구멍과 개골창을 통과해가며 천신만고 끝에 개 같은 꼴을 하고 간신히 집에 돌아오자, 그 개주인은 개장수가 다시 찾아와 개값을 물어달라고 개소리를 하고 개망신을 줄까봐 자기 개를 어디서 굴러먹은 개뼈다귀냐는 듯 아는 척도 하지 않았는데, 개발에 편자라고 못난둥이 주인에게 과분하게 충직한 그 개는 자기가 개밥에 도토리 신세인 것을 모르고 주인 곁을 떠나려고 하지 않았으며 개주인이 하는 수 없이 증거인멸을 위해 그 개를 개패듯 패서 잡아먹어버린 뒤 개코나 개뿔이나 개의 행방에 대해 전혀 모르는 척했으니, 그 개주인이 개판으로 벌인 개수작만 봐도 개죽음을 당한 개가 웃을 일이 아니냐고 사람보다 개의 의리와 절개가 우선이라고 하루종일 개타령이었다. 어떤 때는 개띠 아닌 개 숭배자로까지 보였다. 혹시 오줌 눌 때 한쪽 다리를 쳐들고 누거나 혓바닥을 늘어뜨리거나 혹은 손으로 붙잡지 않고 그냥 누는 건 아닐까 의심스러울 정도였다.

알고 보니 그가 개띠를 강조하는 데는 이유가 있었다. 그 무렵 인사과에서 전직원을 대상으로 학력과 경력 사항의 진위 여부를 조회중이라는 소문이 돌았다. 학벌이 취직의 전제조건이 되는 사회이다보니 취직을 위해 허위로 이력서를 기재하거나 성적증명서를 변조하는 일이 종종 있었던 것이다. 같은 대학 출신인 두 명의 지원자가 우연히 우수한 성적을 받은 한 동기의 성적증명서를 똑같이 위조했다가 발각된 일도 있었다. 물론 개띠 동기와는 관계없는 일이었다. 그러나 그의 개타령을 듣기 싫어하는 동료 하나가 인사과를 통해 우연히 그의 나이가 다른 개띠에 비해 한살 어리다는 사실을 알아냈다. 그는 음력 섣달에 태어났기 때문에 띠는 같지만 양력으로 치면 나보다 한살이 어렸다. 나이에서 꿀리지 않기 위해 일부러 띠를 앞세워왔던 것이다. 그 동료가 주민등록증 대조를 요구했다. 하는 수 없이 주민등록증을 내놓긴 했지만 그는 이번에는 호적이 잘못된 거라고 바득바득 우겼다.

나는 나이 따위가 인간의 서열을 매기는 기준이 된다고 생각할 만큼 불합리하지도 않고, 사내들 셋만 모여도 쉽게 형성되는 패거리의식도 적은 사람이다. 그러나 한살 어리다는 걸 안 뒤부터는 그의 설치는 모습이 더욱 건방지게 느껴지는 것도 사실은 사실이었다. 게다가 예나 지금이나 수많은 것 중의 하나가 되기를 거부하는 나에게 백만명이나 되는 졸업정원제 세대에 유대감이 있을 리 없었다. 제대를 하고 막 복학했을 때 캠퍼스 안이 마치 입학식이나 졸업식날처럼 사람들로 북적대는 것을 보고 아찔함을 느낀 건 나 혼자만이 아닐 것이다.

개띠 동기의 말에 따르면, 어디를 가나 사람에 치이는 일은 우리들이 태어날 때부터의 숙명이었다. 전쟁이 끝난 뒤 베이비붐을 타고 우글우글 태어난 아이들인 우리는 3부제로 운영되는 콩나물교실에서 어깨를 부딪쳐가며 공부했다. 우리가 상급학교에 진학할 때마다 이상하게도 입시제도가 바뀌었다. 개띠 동기는 평준화가 시행됨에 따라 원하지 않는 고등학교로 배정을 받았다. 언덕빼기 시장통에 위치한 그 학교는 그가 입학하던 해에 등교길이 새로 포장되었다. 그는 대통령의 아들과 같은 학교에 다녔다는 걸 자랑삼지는 않았다. 친하게 지내지 않아서 떠벌릴 만한 일화가 별로 없는 듯했다. 다만 70년대 말 통기타 가수들이 대마초로 검거된 사건에 대해서는 대통령의 아들이 자기의 기타선생인 그 가수에게 대마초를 얻어피웠기 때문에 일어났다며 마치 제 눈으로 본 듯이 확신을 갖고 얘기했다.

내가 그를 좋아하지 않는 데는 여러가지 이유가 있었다. 우선 아무리 싫어도 회사 안에서 나는 그와 비교될 수밖에 없었는데 대부분의 평가는 내 쪽에 그다지 유리하지 않다는 점을 들 수 있다. 떠버리인 그를 팀장은 유머감각과 친화력이 있다고 격려했다. 자기자랑만을 일삼는데도 현대는 자기 PR시대 어쩌고 하면서 광고회사에 맞는 성격이라고 추켜세웠다. 입사 첫날 그는 "무슨 사령장 쓰는 데 한 시간이 걸리고, 부서 배치받는 데 두 시간이나 걸립니까"라며 빨리 일하고 싶어 어쩔 줄 모르겠다는 인상을 주었다. 그처럼 단지 성질이 급해서 잘 나서고 참견하는 것까지도 추진력과 순발력이라는 데야 할말이 없었다.

반면 나의 신중함과 완벽주의는 제대로 평가를 받지 못했다. 매사에 부정적이고 진취성이 부족하다는 거였다. 그런 판단의 저변에는 팀장이 개띠 동기의 대학 선배라는 사실, 그리고 둘다 고향이 같다는 사실이 자리잡고 있었다. 또한 학연과 지연만 패거리를 만들고 세를 형성하는 게 아니었다. '알티'라고 불리는 ROTC들, 무슨무슨 특수한

군부대 출신들, 그리고 같은 동네 조기축구회까지 조금의 공통점이라
도 있으면 서로의 기수를 확인한다, 반지를 마주대본다, 허리춤을 뒤
적거리며 버클을 확인한다 하면서 이산가족이라도 상봉한 듯 호들갑
을 떨며 금방 근친적 감격에 휩싸이는 것이다.

그런 종류의 사람들에게서 나는 팀워크가 부족하다는 지적을 자주
받았다. 나는 팀워크란 말이 꼭지가 돌도록 함께 취해서 어깨동무를
한 채 연탄재 위에 엎어진다거나, 자기 일 끝내놓고 옆에서 괜히 자리
라도 지켜준다며 커피를 뽑으러 들락거리거나 전화기를 들었다 놨다
하면서 정신만 산란하게 하는 비효율적인 겉치레에 있다고 생각하지
않았다. 팀워크가 없는 게 아니라 책임의 소재와 그 영역에 대해서 분
명한 입장을 취하고 있는 것뿐이었다. 그러나 월급쟁이 사회의 팀워
크란 깡패집단과 다를 바가 없다. 개인의 조건과 취향이 고려되지 않
는다. 단체로 2차와 3차까지 가야 하고 단체로 싸우나에 가야 하고 단
체로 미아리에 가서 쇼를 봐야 하고 때로 단체로 여자를 사서 서로의
옆방으로 들어간다. 그런 것들이 다 팀워크의 이름으로 행해지는 폭
력이었다.

특히 우리 부서의 팀장은 이런저런 곳으로 아랫사람들을 거느리고
다니기를 좋아했다. 출근하면서 늘 "좋은 아침!"이라고 멋부린 영어
직역으로 인사를 하는 그는 스스로를 합리적이고 세련되고 인간미가
있는 상사여서 부하직원들이 따르고 있다고 믿었다. 그러나 그는 결
정적인 순간에는 언제나 군사문화 속에 살아온 한국남자의 본색을 드
러냈다. 술이 취하면 '좋은 아침!'이라는 서구적 인사말은 간데없고
"일마가 뚱글배기 치라니께네 각기표 할라카나, 거시기로 뺨송이를
까라카면 까야지 조디를 얻다 빼물고 말야""마댓자루 들 줄도 모르는

놈은 더이상 군대빱 축내지 말고 알아서 군장 챙기라 이기야” 하면서 패권통치를 시작했다. 취했다고 해서 꼿꼿이 앉아 있지 못하거나 엎어져 잠이라도 잤다 하면 당장 남자 중에도 가장 별볼일없는 쩨쩨하고 쪼잔한 남자라고 비웃음을 받아야 했다. 그의 자랑은 시멘트 같은 팀워크 조성과 함께 아무리 술을 많이 마셔도 출근시각만은 정확하다는 점이었다. 세상에서 자신이 용서할 수 없는 놈이 둘 있는데, 하나는 십수년 전에 자기를 중매선 놈이고 하나는 지각하는 놈이었다. 싸우나에 가서도 그가 탕 안에서 일어나기 전에는 아무리 온몸이 익어 화상이 깊어져간다 해도 그대로 뜨거운 물속에서 어떻게든 자가치료를 해가며 견뎌야 했다.

나는 그런 종류의 친사회적 인간들과는 다른 생각을 갖고 있었다. 엮이는 일이라면 만수산 4인방 시절 충분히 경험했다. 엮이다보면 남들은 그들을 하나의 단위로 취급한다. 단 한사람이 잘못한다 해도 그 이미지는 구성원 모두에게로 파급되는 것이다. 내가 남들과 엮이지 않으려고 하는 이유는 의심이 많고 대체로 남이 나만 못하다는 생각을 갖고 있기 때문이기도 했다.

어쨌거나 창의적이고 재능있는 사람이 다 그렇듯이 조직생활은 나에게 맞지 않았다. 나로 말하자면 청소년기에는 반항적인 수재였고 지금은 세상과 불화하는 개인이었다. 사원 연수에 단골로 불려다니는 어떤 강사들은 제2의 가족이니 평생직장이니 하고 입에 발린 소리를 했지만 직장은 어디까지나 직장일 뿐이었다. 그렇다고 해도 만약 자동차 부품 3만개 중 하나로서 적당히 헐겁게 붙어 있다가 정년을 맞을 수 있었다면 분명 나는 개타령 따위는 무시했을 것이다. 솔직히 나는 불합리한 규칙과 부당함, 편법 따위에 그런대로 적응할 수 있는 성숙

한, 아니 조금은 비겁하지만 그것을 용기있게 인정할 수 있는 융통성 있는 인간이었다. 윗사람들의 잔소리가 성가시긴 했지만 폭풍우가 지나갈 때처럼 외투깃을 꼭 붙들고 잠시 고개를 숙이면 그런대로 견딜 수 있었을지도 모른다. 그러나 카피라이터라는 직업은 그런 게 통하지 않았다.

카피라이터는 일 자체로도 소모적인 면이 많은 직업이었다. 직장생활이란 물론 벚꽃나무 아래 앉아 동자에게 술상을 내오게 하고 산 너머 구름을 이윽히 완상하는 음풍농월이 아니었다. 또한 그런 것을 모를 내가 아니었다. 어떤 일이든 중심을 향해 뛰어들기보다는 한발짝 물러나 논평만 함으로써 그 일의 파장에서 일정 거리를 유지해왔던 나의 현실감각은 실로 매섭다 못해 비범한 구석까지 있었던 것이다. 그런데도 광고라는 일의 강도와 속도는 내가 예상한 것의 20배는 되었다. 카피라이터의 최대의 덕목은 '튀는 것' '뜨는 것'을 찾아다니는 업무의 성격으로도 알 수 있듯이 가벼움이었다. 어떻게 보면 내가 하려는 일이란 허공에 잠시 떠 있기 위해 죽을 힘을 다해서 두 팔을 버둥거리는 것에 불과했다.

팀장은 내 카피를 여지없이 내던지곤 했다.

"이것밖에 안 나와? 사람 머리는 다 비슷한 거야. 경쟁사 카피라이터들도 여기까지는 다 생각한다구. 그 이상을 만들어야지. 내가 말했잖아. 먼저 열 개의 카피를 만든 다음 그것을 다 버려야 한단 말야. 그리고 그때부터가 시작이라고 생각하랬잖아. 영혼까지 쥐어짜라구."

저는 영혼이 없는데요,라고 대꾸하는 나에게 그는, 그럼 염통이라도 떼어서 쥐어짜!라고 소리쳤다. 그는 영혼이란 말을 너무 좋아하여 '여자와 악마에게는 영혼이 없다'는 카피를 썼다가 여성단체에게 혼

쫄이 난 적도 있었다. 실무에서 손을 뗀 지 오래였지만 팀장은 광고대
회에 출품할 때는 언제나 내가 만든 카피에 내 이름이 아닌 자기 이름
을 사용했다. 내 카피가 딱 한번 상을 탄 적이 있었다. 상을 받은 카피
라이터는 물론 팀장이었다. 거기서도 나의 대리역이 이어진 셈이었
다. 그 팀장조차도 이사까지는 올라가지 못하고 퇴직했다. 카피라이
터 출신으로서 간부직에 오르기 전에 머릿속을 송두리째 강탈당하지
않은 인간은 거의 없었던 것이다.

나는 유능한 카피라이터는 아니었다. 당연한 일이었다. 최고가 되
지 못할 바에는 최선을 다하지 않음으로써 자존심을 지켰던 것이다.

나는 일단 부딪치고 보는 조국과는 달랐다. 결과가 보장되고 완전
히 조건이 갖춰져야만 뭔가 시작하는 성격이었다. 그러다보니 결과적
으로 아무것도 이뤄낼 수 없었다. 그렇다고 승주처럼 건성으로 가볍
게 살아가는 것은 아니었다. 자기 인생을 해독해보려는 자의식 없이
시간을 흘려보내기에는 나는 식견과 통찰이 너무 뛰어났다. 결국 나
는 '안해서 그렇지, 하면 잘할 텐데'라는 말을 듣는 걸로 자족했다. 한
마디로 씨니컬한 어조로 이류를 자처함으로써 경쟁에서 벗어나려 했
다는 뜻이다. 일류에 집착하는 사람들의 경계심을 살 필요가 없었으
므로 아주 가끔이지만 나는 그들의 친구가 되기도 했다.

김부식도 그중 하나였다. 고등학교 2학년 때 우리 반 1번이었던 그
는 별명이 꼬마병정이었다. 교련시간이면 짧은 팔다리를 뻗쳐가며 총
검술 동작을 너무 열심히 하곤 해서 붙여진 별명이었다. 개교기념 행
사의 하나였던 교내 마라톤대회 때도 그는 거의 꼴찌였지만 끝까지
포기하지 않았다. 늘 놀림을 받아 친구도 없고 내성적이던 그는 그러
나 그때 이후 자나깨나 마라톤을 계속해온 덕분에 지금은 선두대열에

끼여 있었다.

　김부식은 해병대에 자원입대했다. 게릴라적인 근성에 매력을 느꼈는지 아니면 '누구나 들어올 수 있었다면 나는 해병대를 지원하지 않았을 것이다'라는 문구가 그의 열등감을 자극했는지는 알 수 없다. 해병대가 존재하는 나라는 세상에 많지 않았다. 그가 동경하던 강한 나라 미국에는 분명히 있었다. 주변에서는 키가 작은 그에게 공군에 가서 마스코트가 돼보는 게 어떠냐고 제안했지만 그는 우유와 영양제를 열심히 상복했는지 어쨌든지 가까스로 신검에 합격할 만큼은 자기를 키웠다.

　제대 후 그는 또 머리띠를 질끈 매고는 몰상식하게도 『일반상식』 책을 달달 외웠다. 그밖에 내가 모르는 여러가지 공부도 병행했을 것이다. 그러고는 기자시험에 합격했다. 그는 물론 일류대 출신이다. 그즈음은 기자시험이 언론고시로 불릴 만큼 경쟁률이 높았다. 펜이 칼보다 강하다는 소문이 퍼져서가 아니라 언론통폐합 후 당근과 같은 월급이 많아졌기 때문이다. 이러저러한 경험을 통해 전의(戰意)로 단단히 무장한 김부식은 사회부 기자가 되었다.

　경찰출입기자로서 김부식의 악명은 꽤나 높았다. '악바리' '끄레믈린' '회칼' 등이 그의 별명이었다. 그는 또 냄새를 잘 맡는 기자였다. 출입처에서 함께 화투를 치다가도 그가 슬그머니 없어지면 경쟁지 기자들 사이에는 낙종이 날까봐 비상이 걸렸다. 어떤 석간기자는 아예 계속 화투를 치며 그가 특종을 찾아내도록 기다리다가 받아쓰는 쪽을 택하기도 했다. 이따금 그는 몸소 특종을 만드는 재주도 있었다. 한 잡지사의 아트디렉터가 빨갱이임을 밝혀낸 것도 그중 하나였다. 그 아트디렉터는 정치에 전혀 관심이 없었다. 본업은 고뇌하는 예술가였고 잡지사의 일은 호구지책일 뿐이었다. 어느날 그는 '휴머니즘과 자유'라는 특집에 걸맞게 잡지의 표지에 인간을 억압하는 자의 얼굴을 형상화해 싣고자 했다. 이런저런 책과 자료를 뒤지다가 독재자의 이미지에 맞는 얼굴을 하나 찾아냈고 그것을 바탕으로 표지를 완성했다. 그는 그 인물이 누구인지 전혀 몰랐고 관심도 없었다. 그런데 아무래도 그는 천재인 모양이었다. 그 인물은 레닌이었던 것이다. 그런 사람은 몰랐지만 우연히 잡지를 본 김부식의 날카로운 눈은 그가 누군지 알아보았다. 적성국의 수괴를 표지에 싣는 일은 빨갱이가 아니고는 감히 할 수 없는 짓이었다. 즉시 그는 모처에 전화를 걸어 그 사실을 알렸다. 특종을 딴 김부식에게는 아트디렉터가 모처에 잡혀가 두들겨맞았든 그 일 이후 불운한 천재로 알려져 간신히 디자인업계의 아웃싸이더를 면했든 아무 관심이 없었다.

 김부식은 기억하기 좋은 이름을 가졌는데 여러가지 면에서 그 이름에 걸맞은 인물이기도 했다. 고려 인종때 살았던 그 김부식은 많은 점에서 이 김부식과 비슷했다. 그 김부식은 서울을 평양으로 옮기려는 묘청을 토벌하여 '수충정난 정국공신(輸忠定難靖國功臣)'이 되었는데 아마 이 김부식이 철저한 반공주의자로서 평양이라면 치를 떠는 것도 그의 환생이라 그런 게 아닌가 싶을 정도였다. 그 김부식이 문무를 겸비했다는 사실은 이 김부식이 해병대 출신 기자란 것과 무관하지 않다. 그 김부식의 시호를 그대로 본떠 이 김부식은 이따금 자기를 김문열(金文烈)이라고 참칭하기를 좋아했다. 그런 자신에게 소설가 이문열을 존경하느냐고 묻는 문자속 얕은 사람들 때문에 기분 나쁘다는 말도 가끔 했다. 게다가 유교를 숭앙한 그 김부식이 지나친 중국중심의 사관을 갖고 있어 모화(慕華)사상이 농후했다는 후대의 기록은

이 김부식의 친미사상에 그대로 맞아떨어진다. 어쨌든 그 김부식처럼 문장력과 극우적 성향을 지닌 것이 이 김부식의 출세에 큰 도움이 되었다. 그는 자기 기사를 철저히 사랑했다.

또 그는 취재원이 전제한 '오프 더 레코드'의 신의를 저버리고 기사를 써제끼기로 유명했다. 전화하는 모습을 보면 그의 위세를 짐작할 수 있었다. 오십이 넘은 하위직 공무원에게 "내 말 제대로 듣고 있는 거야? 당신 지금 앉아서 전화 받는 거 아냐? 당장 일어나서 못 받아?" 라고 소리치기 일쑤였다. 자기가 전화 걸 용무가 있을 때 마침 전화가 걸려오면, 벨이 울리고 있는 전화기를 한번 들었다 놓아 끊어버리고는 제 전화를 걸었다.

김부식은 가끔 내게 전화를 걸어왔다. 너무나 바쁘게 살다보니 술 친구 하나 못 만들었다고 하지만 아마 함께 술잔을 기울일 사람이 주변에 전혀 없는 듯했다. 그래도 동창이 제일 편해 어쩌고 하면서 술잔을 부딪치다가도 언제인지 모르게 수첩을 꺼내 뭔가를 끼적거리는 그는 나에게도 결코 편한 존재는 아니었다. 단지 그에게 전화가 걸려올 때마다 팀장이 너그러운 표정을 짓기 때문에 나는 그가 사는 술을 꼬박꼬박 마셔주었다. 그렇지만 그가 중요한 용건을 갖고 내게 연락을 해온 적은 없었다.

그날도 나는 그의 전화를 무심히 받았다. 김부식은 경찰서에서 조사를 받고 있던 한 남자에 대해 이야기했다. 부부가 함께 조그만 꼬치구이 체인점을 했는데 새벽에 가게문을 닫고 돌아오다가 남편이 운전중에 잠깐 졸았던 모양이다. 무슨 충격이 느껴져 눈을 떠보니 차가 가로수를 들이받은 채 멈춰 있고 조수석의 아내는 죽어 있었다. 아내는 병원 영안실로 옮겨졌다. 살인용의자로 조사를 받기 위해 경찰서로 끌려온 남편은 아내의 장례를 치를 수 있도록 제발 자기를 풀어달라고 애원하고 있었다. 그 부부가 두환과 소희였다.

그 얘기를 듣자마자 내 동공은 실로 12년 만에 극대치로 확장되었다. 남자가 흥분했을 때 자기 몸 중에 가장 크게 만들 수 있는 것이 동공이라던가. 어쨌든 12년 전 소희가 떠날 때조차도 그렇게까지 충격이 크지는 않았을 것이다.

김부식은 사건기사를 부르듯이 육하원칙에 따라 상황을 설명했다. 무엇보다도 자기의 말 한마디로 당장 두환이 풀려났다는 걸 강조하고 싶은 듯했다. 내 짐작이지만 분명 두환은 김부식을 보고 "네가 정말 꼬마병정이냐? 훌륭하게 자라주었구나. 나를 풀어주다니 어쨌든 장하다, 꼬마병정. 내 이 은혜는 잊지 않으마" 했을 법한데 그 말은 전하지 않았다. 눈물을 훔치며 아내의 시신을 보러 급히 가더라는 말뿐이었다. 눈물을 훔치며 소희의 마지막을 보러 가야 할 사람은 두환만이 아니었다.

"어느 병원이야?"

내 목소리는 덜덜 떨렸다.

"왜, 가게? 두환이 알아보기는 쉬울 거다. 늙기는 폭삭 늙었는데 별로 안 변했어."

"……살아날 가망이 없대?"

"아, 두환이 마누라? 즉사라니까."

전화를 끊은 뒤 나는 복도로 나가 담배를 피워물었다. 창가에 서서 한참 동안이나 최루가스에 둘러싸인 거리와 그 속을 뛰어다니는 시위대를 내려다보았다. 내 얼굴은 잔뜩 굳어 있었다. 지나가던 개띠 동기가 나를 발견하고 발길을 멈추더니 어깨를 툭 치며 의미심장하게 내

귀에 속삭였다. 우리 승리하리라. 나는 고개를 끄덕였다.

자리로 돌아온 나는 조국과 승주에게 전화를 걸었다. 조국은 칼이라도 맞은 듯 깊고 나직한 신음소리를 냈다. 승주의 반응은 호들갑스러웠다. "뭐라구?" 하고 대뜸 목소리가 높아지더니 드라마 속에서 말더듬이 역을 맡은 연기 못하는 배우처럼 "다, 다, 다시 말해봐, 다시!"를 세 번이나 되풀이했다.

퇴근 후 내가 병원에 도착했을 때는 이미 그들이 두환과의 상봉을 끝낸 뒤였다. 술이 취한 조국과 승주는 그보다 더 취한 두환의 술잔에 소주를 부어주고 있었다. 김부식의 말대로 두환은 거의 변하지 않았다. 얼굴이 젊다는 뜻은 아니었다. 어쩐지 그의 인생은 우리의 머릿속에 남아 있는 고등학생에서 그대로 멈춰진 듯한 일면이 있었던 것이다. 여전히 다리도 떨고 있었다. 키도 더이상은 자라지 않았는지 이제 그는 승주보다 작았고 맥주배가 나오기 시작한 조국보다도 덩치가 왜소해 보였다. 원래부터 넓었던 이마가 조금 더 벗겨져 있었다. 상가는 썰렁했다. 문상객도 거의 없었다.

그날 밤 우리 넷은 소희를 호위하듯 지켜앉아서 밤새 소주를 마셨다. 우리는 제각기 소희를 진정으로 사랑한 것은 자신이라고 생각하고 있었다. 사랑이 사무치고 그 상실이 너무나 쓰라려서 취하지 않을 수가 없었다.

소희가 죽어버렸기 때문에 우리의 첫사랑은 훼손되지 않고 완성되었다. 우리에게는 첫사랑의 수줍던 갈래머리 소녀를 우연히 만났더니 펑퍼짐한 아줌마가 되어서 낯색 하나 안 바꾸고 질펀한 음담을 입에 담는다거나 혹은 부스스한 머리를 쓸어올리며 전자요를 팔러 왔다거나 하는 구차한 일은 일어나지 않을 것이다. 소희는 단 한번 화려하게 개화했다가 그 아름다움 때문에 단번에 꺾여나간 흰 꽃이었다. 우리는 그 순간의 향기를 잊을 수가 없었다. 단 하나의 사랑이 있다고 믿기 때문에 떠난다던 소희. 그러나 정작 소희 자신은 사랑을 선택한 바로 그날부터 더이상 사랑 따위에 대해서는 생각할 겨를이 없었다. 가난한 생활에 내몰리듯이 하루하루를 살아왔고 삶의 신산 한가운데에서 죽었다. 어떻게 그따위 것들이 고결한 소희의 인생이 될 수 있었을까. 내 머릿속에는 12년 전 소희가 자신의 인생으로 선택한 것은 사랑이 아니라 환멸이었으리라는 생각이 떠나지 않았다.

모든 동업이 대개 그런 것처럼 부부관계는 결코 공평할 수 없다—이것은 내 아내 운총의 입버릇인데 일리가 없지 않다. 불리한 측면을 더욱 많이 감당하는 쪽이 있게 마련인 것이다. 부부가 일심동체라는 말은 부부 중 불리한 일을 더 많이 해야 하는 사람을 다독이고 구슬리려는 대단히 계산된 수사(修辭)이다. 두 사람의 출분 자체도 그랬지만 두환의 인생은 소희의 것만큼 전락은 아니었다.

물론 두환이 성실한 가장이 되고자 노력하지 않은 것은 아니었다. 군대에서 운전을 배운 그는 스페어기사로도 일했고 중고봉고차를 사서 전국을 돌며 장사를 한 일도 있었다. 이동세탁소 같은 일도 해봤다. 해볼 만한 일은 다 하다보니 또 한편으로 겪을 만한 일은 다 겪었다. 새 차를 중고값에 준다는 전단광고에 속아서 자동차 사려고 모아둔 돈을 사기당하기도 했고 적금을 타오던 길에 잠깐 화투장을 만졌다가 주머니 속 먼지까지 그 자리에 톨톨 털어놓고 한없이 가볍게 집에 돌아오기도 했다. 지방으로 다니면서 객고를 좀 풀다보니 정이 꽤 오래간 여자도 있었다. '고생도 할 만큼 했다'는 말은 가족의 입장에서 보면 '속도 썩일 만큼 썩였다'는 뜻인 것이다.

두환과 소희가 꼬치집을 연 것은 겨우 두달 전 일이었다. 장사는 꽤 잘되었다. 처음에 손님들은 두환과 소희를 부부라고는 생각하지 않았다. 어디로 보나 별당아씨와 행랑아범 정도로 보였다. 부부라는 걸 알자 두환에게 감탄을 보내는 손님들이 많았다. 분명히 뭔가 다른 방면에 능력이 있는 게야,라고 자기들끼리 수군댔다. 그것이 두환은 그리 싫지 않았다. 두환은 소희에게 수백번 되풀이했던 맹세를 얼마 전에 또 했다. 이제 다시는 고생 안 시킬게. 그리고 매우 파격적인 방식으로 그 맹세를 지켰다. 죽여버린 것이다.

그 대목에서 두환은 뜨거운 눈물을 쏟아냈다. 소희 없이는 살아갈 수 없다며 숱이 많지 않은 머리카락을 쥐어뜯기도 했다. 우리 셋은 착잡한 마음으로 그런 두환을 바라보았다. 두환이 딱해서는 아니었다. 그만하면 두환의 인생은 생긴 대로 살아온 셈이었다. 솔직히 말해서 우리의 마음속에는 두환이 어떤 두환이 못지않게 뻔뻔스럽구나 하는 생각조차 있었다. 두환은 첫날밤의 예쁜 색시를 물어갔다가 세월이 지난 후 다시 나타난 호랑이 같았다. 색시를 다 먹어치웠다면서 '참 맛있었는데, 어느새 다 먹어버렸다니 아깝잖아' 하며 슬퍼하는 격이었다.

우리가 보기에 눈곱만치도 잘한 게 없는 두환은 소주를 입안에 털어넣으며 낙백한 지사처럼 탄식했다.

"이놈의 나라에서는 되는 일이 없어. 진작에 사우디라도 가는 건데."

그 옛날 해외펜팔부의 상징적 존재답게 두환 역시 조국처럼 외국 진출의 꿈을 버리지 않고 있었다. 외국 현장에서 일한다는 것이 꿈 같은 일만도 아니었다. 건설경기가 한창이었던 것이다. 건설회사가 망하면 막도장 열 가마만 남는다는 말처럼 날림과 부실로 악명이 높았지만 그와 상관없이 해외건설은 붐을 이루었다. 14킬로미터나 되는 말레이시아 페낭교, 사우디아라비아의 주베일 산업항, 사막을 가로질러 3천6백킬로미터가 넘는 거리에 지름 4미터짜리 취수관을 묻는 리비아 대수로공사 등 최대와 최고를 좋아하는 한국은 세계 곳곳에서 배포를 자랑하고 있었다. 기술도 기술이지만 무모함과 기상천외한 아이디어 덕분이기도 했다. 열흘 걸린다는 선적순서를 기다리지 못한 한국사람은 배에 불을 질러서 위급상황을 연출해 수많은 외국 배를 제치고 먼저 항구에 물건을 내려놓기도 했다. '신화'니 '기적'이니 하는 말도 따지고 보면 어처구니없는 일이란 뜻이다. 그런 어처구니없는 입지전과 무용담은 조국이 특히 솔깃해하는 화제였다.

"왜 안 갔어?"

조국의 물음에 두환은 안 간 게 아니라 못 갔다며 세상이 자신을 가만히 내버려두지 않더라고 대답했다.

"세상이 너를 어떻게 했는데?"

두환은 긴 한숨까지 내쉬었다. 자기 장두환이야말로 격동의 80년대를 온몸으로 통과해온 인물이라는 거였다.

"어쩌면 그렇게 소식이 없을 수가 있냐?"

승주까지 한마디 거들고 나서자 두환은 뜻밖에 깊은 감회가 어린 표정을 지었다. 두환은 담배에 불을 붙여 연기를 길게 한번 내뿜었다. 그러고도 뜸을 조금 들이는 품이 아무래도 긴 이야기를 시작할 조짐이었다. 두환은 눈을 내리깔더니 우리를 향해 우선 한마디 던졌다.

"너희들은 신문도 안 보나? 내 소식은 신문에도 세 번이나 났는데."

그 이야기는 군대에서부터 시작되었다.

두환의 부대에는 그와 이름이 같은 선임하사가 하나 있었다. 어찌나 악질이었는지 그 이름 석자만 들어도 병(兵)들은 벌벌 떨었다. 누군가의 너스레에 따르면 오줌을 누다가도 장두환의 장,에서 벌써 치솟던 오줌발이 순간정지하고 두,에서 고드름처럼 얼었다가 환,에서 툭툭 끊어져 떨어질 정도였다.

그 부대에 배속받아 온 첫날 두환은 자기 이름만 듣고도 내무반 전체가 긴장하는 이유를 알지 못했다. 두환은 속으로 생각했다. 나에 대한 사전정보가 있었던 건가? 그러나 18동인의 소문이 대한민국 육군에까지 알려졌을 것 같지는 않았다. 진짜 이유를 알게 된 두환은 갑자기 "뭐? 장두환이가 또 있어?"라고 커다란 소리로 말했다가 소심한 고참들을 놀라게 한 죄로 눈에 불꽃이 일도록 뺨을 맞았다.

두환의 앞날은 뻔했다. 고참들은 분명 선임하사 장두환에 대한 분풀이로 시도때도없이 이 새끼 장두환, 저 새끼 장두환 하며 두환에게 핍박을 가할 게 분명했다. 얼차려를 시킬 때도 "장두환! 열, 차, 열, 차. 똑바로 못해, 장두환?" 하며 신나할 것이며 기합이 한번이라도 더 떨어질 것은 물론이었다. 그뿐이 아니었다. 선임하사 장두환 쪽에서도 자기 이름을 똥개처럼 불리게 만든 두환을 가만둘 리 없었다. 사실은 그게 더 두려운 일이었다.

그 이름에 특허출원을 냈을 리도 없고, 또 그를 낳은 것이나 이름을 지은 것이나 모두 부모가 저지른 짓이니 두환 자신의 죄는 아니다. 하지만 군대에서 벌어지는 일에 이치가 닿기를 기대할 수는 없다. 두환의 내무반은 두환에게 예정되어 있는 비극을 겉으로는 애도했지만 한편 은근히 기다렸다. 그러느라고 약간 흥분되어 있었다.

그러나 내무반의 기대는 완전히 어긋났다. 선임하사 장두환 앞에

도열해서 경례를 붙이고 관등성명을 대던 신병 중에 선임하사와 이름이 같은 놈은 없었다. 당연한 일이었다. 자기 차례가 되었을 때 두환은 순간 제 이름을 바꿨다. "넷! 신고합니다. 이병 장, 두, 팔!" 하고 씩씩하게 외쳤던 것이다. 선임하사는 두환의 이름표를 쓰윽 내려다보더니 그 순간부터 두환을 귀여워하게 되었다. 귀여움을 받는 대신 두환은 고참이 된 뒤까지도 두팔이, 혹은 그것을 응용한 두칠이나 세팔이 따위로 함부로 입에 오르내렸다.

선임하사는 종종 두환에게 사모님을 위해 시장을 본다든지 하는 특수임무를 맡겼다. 두환으로서는 도시로 나가 바람을 쐴 기회였다. 어느날 두환은 전북 이리로 나갔다가 역앞 극장에서 하춘화 쇼를 한다는 걸 알게 되었다. 아무도 모르는 비밀이지만 그 순간 그는 하춘화라면 소희와 바꾸어도 좋다고 생각하고 있었다. 세상 남자들에게 있어서 마누라와 바꾸어서 나쁠 여자는 한사람도 없겠지만 말이다. 어쨌든 그는 가진 것을 모두 바쳐 표를 사서 들어갔고 얼마 후 역사(驛舍)가 폭발하는 굉음을 들었다.

두환은 하춘화를 자신이 구할 수도 있었다고 주장했다. 이주일이라는 코미디언이 자기를 제치고 나서지 않았다면 말이다. 대신 그는 광장으로 뛰쳐나와 구급대와 함께 환자를 수송했다. 그 일은 지방신문의 낙수란에 한줄로 기록되었다. '시민들도 사고수습을 도왔으며 한 휴가병은 특히 눈부신 활약을 펼쳤다.' 그렇게 해서 두환은 신문에 눈부신 모습으로 등장했던 것이다.

두환이 두번째로 신문에 등장했을 때는 이름까지 나왔다. 80년 봄 제대 후 한두 달 집에서 빈둥대던 그는 몇달 먼저 제대한 고참의 말이 기억났다. 나주 과수원 쪽에 일이 괜찮다고 한번 놀러 오라고 했던 것이다. 그는 배밭을 향해 남쪽으로 출발했다. 내려가던 길에 웬일인지 광주에서 발이 묶였다. 버스터미널에 군인들이 쫙 깔려 있었다. 와이셔츠 차림에 안경을 낀 한 남자가 군인들에게 곤욕을 치르는 중이었다. 군인들의 기세로 보아 금방이라도 끌고 갈 것만 같았다. 그때 어디에 있었는지 조그만 계집애 하나가 "아빠!" 하고 달려와서 남자의 품에 안겼다. 남자는 그제야 군인들에게서 벗어날 수 있었다.

두환은 우연히 그 남자에게 담배를 얻어 피우게 되었다. 두환이 물었다.

"근데 무슨 일이에요? 왜 오도가도 못하게 하죠?"

남자는 신문기자였는데 무슨 일로인가 쫓겨났다고 했다. 서울이 시끄러워지고 일제검색이 시작되었으므로 몸을 피해 처가가 있는 광주로 내려왔다는 것이다. 그런데 어떻게 된 셈인지 이곳이 더 심상찮은 것 같다고 중얼거리는 남자의 이마에는 깊은 주름이 잡혔다. 딸을 데리고 오지 않았다면 꼼짝없이 끌려들어갈 뻔했다며 담배연기를 길게 내뿜기도 했다. 전국에 비상계엄이 선포되고 3김과 많은 진보인사들이 체포되었으니 이제 서울의 봄은 끝이 난 거요——남자는 두환이 누구라고 생각했는지 동지애가 깃들인 말투로 그런 말들을 허심탄회하게 털어놓았다. 남자의 말을 잘 알아들을 수 없었던 두환은 답답하다는 듯이 다시 물었다.

"뭣 때문에 다들 이러냐고요? 저는 나주 배밭에 볼일이 좀 있거든요."

남자는 여전히 깊은 눈빛으로 두환을 묵묵히 쳐다볼 뿐이었다. 두환은 그런 남자가 어딘지 멋있으면서 한편 괴로워 보였으므로 계집애의 머리를 한번 쓰다듬어주고는 그 자리를 떠났다.

그해 봄 두환에게는 알 수 없는 일이 많았다. 과수원 일자리를 알아봐주마던 고참과 다시 연락하여 광주에서 만나기로 했지만 고참은 약속을 지키지 못했다. 나주에서 오던 버스 안에서 난데없이 총을 맞았던 것이다. 광주에 머물고 있던 두환의 눈앞에서도 총격전이 있었다. 두환은 멋지게 피했다. 추억의 그 시절과 별로 다르지 않은 날렵한 동작에 스스로도 감탄할 정도였다. 그러나 골목 안에 몸을 숨기고 있던 그는 불현듯 알 수 없는 전율을 느꼈다. 피를 그렇게 흔하게 본 것은 처음이었다. 무엇보다도 머릿속이 너무나 혼란스러웠기 때문에 두환은 곧바로 여관을 찾아서 틀어박혔다. 무슨 이유에서인지 터미널에서 만난 남자의 깊은 주름이 떠오르고 가슴이 먹먹했다.

몇년 뒤 두환은 서울로 거처를 옮겼다. 우연히 명동에 나갔다가 그 남자를 다시 보게 되었다. 그는 시위대를 향해 연설을 하고 있었다. 그 남자가 뭐라고 외치자 시위대들이 일제히 오른손을 치켜들고 구호를 외치는데 미국을 욕하는 것 같았다. 두환은 그 남자가 광주에서 본 인물이 맞는지 보려고 가까이 다가갔다가 마침 진압이 시작되고 투석전이 벌어지는 바람에 정강이에 돌을 맞았다. 피가 흘렀으므로 가까운 병원으로 갔다. 기자가 다가와서 이름과 나이를 물어 갔다. 다음날 두환은 버젓이 제 이름이 박힌 신문을 읽을 수 있었다. '폭력시위로 길 가던 시민 장두환(33세)씨가 돌에 맞아 전치 2주의 부상을 입었다.' 이럴 수가 있나! 두환은 흥분했다. 어떻게 해서 나이가 무려 네살이나 많게 나왔는지 따져보려고 신문사로 전화를 걸었지만 담당기자와 통화는 하지 못했다.

세번째 보도사건은 83년으로 거슬러올라간다. 특별히 강조하기 위해서 세번째에 놓았지만 시간순으로 보면 그것이 두번째였다. 그때는 한줄짜리가 아니었다. 여러 신문에 났고 어딘가에는 사진까지 실렸다. 그 얘기는 좀 길었다. 이른바 간첩사건이란 구성과 스토리가 있게 마련이다. 그 일로 두환은 빙고호텔이라는 속칭을 가진 보안사 서빙고 분실이라는 데를 구경하게 되었다. 풀려난 뒤로도 두환은 한참 동안 불안과 대인기피 증세를 보였다. 그러나 세월이 흐르다보니 고통스러운 기억은 희석되고 그보다는 자신이 잡범이 아니라 어엿한 사상범으로 신문에 오르내렸다는 사실만이 두환의 이력으로 남았다.

그 무렵 두환과 소희는 신림동에 있는 한 2층집의 반지하에 살고 있었다. 꼬치집으로 진출하게 된 전단계로서 포장마차를 하고 있을 때였다. 두환은 사업상 매일 낮에는 늘어지게 자고 저녁에 나가 밤늦게 돌아왔으므로 같은 집에 사는 사람들을 잘 알지 못했다. 1층에는 주인이 살고 2층에 젊은 부부가 세들어 산다는 정도밖에 몰랐다.

그러던 중 한번은 집앞에서 술이 취해 토하고 있는 젊은이를 보았다. 등을 두드려주니 "고무맙스므니다"라고 말했다. 그것은 지금까지 두환이 들어본 수많은 혀꼬부라진 소리 가운데서도 가장 이국적인 억양이었다. 2층 사는 그 젊은이는 알고 보니 재일교포 대학원생이었다. 일본에서 대학을 졸업했지만 조센징이라고 따돌림당하고 얻어맞는 게 싫어 고국을 찾았다고 했다. 일본 대학을 졸업한 뒤 다시 한국으로 유학 오는 교포들은 대개 일본에서 공부하기 어려운 의학 같은 것을 전공으로 택하는 경우가 많았다. 그러나 워낙 조국을 사랑하는 사람이었으므로 그의 전공은 국문학이었다. 제주도가 고향인 같은 과 학생으로부터 제주도 아가씨를 소개받아 결혼했고 아내는 임신중이었다.

인사를 튼 후 대학원생은 이따금 두환의 포장마차에 들렀다. 혼자 올 때도 있었고 친구 두엇과 어울려 오기도 했는데, 술이 약한 모양으로 몇잔 마셨다 하면 고추장 종지 옆에 뺨을 대고 곯아떨어지는 게 일이었다. 친구들도 얌전한 듯했다. 소주 한병에 닭발 예닐곱 켤레를 뜯는 동안 자기 과에서 가장 가슴이 큰 여학생은 누구라는 둥, 비행기는 날틀이고 브래지어는 버금부끄럼가리개라는 둥, ‘하다’의 쓰임을 연구하는 일이 감기약 연구보다 더 나을 것 같냐는 둥, 이번 시험만 끝나면 보길도로 놀러 가자는 둥 다정하게 대화를 나누다가 자리에서 일어나곤 했다.

어느날 보안사 요원들이 두환을 찾아왔다. 여쭤볼 게 있어서 그러는데 같이 좀 가주시죠. 그들의 말씨는 정중했다. 모처럼 초저녁부터 손님이 많은 날이었으므로 두환은 성가신 듯한 표정을 지었다. 잠깐이면 됩니다. 두환은 앞치마를 벗으며 거물처럼 대꾸했다. 허어, 거 알았다지 않소.

빙고호텔에 도착하자마자 그들은 말투부터 바꿨다. 들어가! 거친 반말이었다. 그들이 보리밭으로 도망친 돼지처럼 뒤에서 몰아대는 바람에 두환은 넘어질 듯이 방안으로 떠밀려 들어갔다. 세 평이나 네 평쯤 될까. 있는 것이라고는 철제 책상과 의자 하나뿐이었다. 그리고 벽과 천장, 바닥 모두에 빨간 페인트가 칠해져 있었다. 그들은 8절지 종이뭉치와 볼펜을 주고는 재일교포 대학원생과 언제 어디에서 무슨 얘기를 했는지 모조리 쓰라고 말했다.

대학원생과 애기랄 것을 나눠본 적이 없는 두환은 막막하기만 했다. 그보다 더 난감한 것은 도무지 무슨 긴 글을 써본 적이 없다는 사실이었다. 학생 때는 반성문과 각서를, 그후로는 영수증과 외상거래 명세표 따위의 실용문을 쓸 때말고는 그는 도대체가 펜이라는 걸 잡아본 기억이 없었다. 그는 빨간 방안에 혼자 남겨졌다. 울고 싶은 마음으로 펜을 들 수밖에 없었다.

어느날 대학원생은 안주로 처음에 꼼장어를 시켰다가 요즘 주머니 사정이 안 좋다며 그냥 오뎅국물과 소주만 달라고 했다, 일본에 살 때 한국인이라고 집단폭행을 당했는데 그때 자기를 구해준 선배가 있었다, 그 선배 말이 한국에 가면 제주도 구경은 꼭 하라고 하더라, 언젠가는 술에 취해 엎드려 자다가 부스스 일어나더니 '이거 왜 이리 춥지? 한국은 너무 추워, 봄은 언제 오나'라고 했다——두환은 자기의 포장마차에서 국수 열 그릇은 말 수 있을 만큼 많은 땀을 흘린 뒤 겨우 두 장을 채웠다. 더이상은 짜낼 이야기가 없었다. 그나마 글씨를 크게 쓴 것은 그래도 자신이 머리는 제법 돌아간다는 얘기였다.

두환은 자기가 쓴 것을 수없이 되풀이해서 읽으며 그들을 기다렸다. 그는 숱한 담임선생들이 방과후에 반성문을 쓰게 하고 그것을 검사한 다음 집에 보내주었듯이 그들도 그렇게 할 줄로만 알았다.

얼마 지난 뒤 그들이 들어왔다. 방위병으로 보이는 청년과 함께였는데 청년은 사진기를 들고 있었다.

"저쪽으로 가서 서!"

두환은 그들이 가리키는 대로 구석으로 가서 서려다가 소스라치게 놀랐다. 바닥이 쿵, 소리를 내며 약간 내려앉았던 것이다. 발밑을 보니 그곳에는 엘리베이터만한 크기로 바닥을 도려낸 자국이 나 있었다. 그 위에 서 있는 사람을 스위치 하나로 지하나 강물 속에 떨어뜨릴 수 있으리라는 상상력을 불러일으키기 위한 장치인지도 모른다. 잔뜩 긴장하여 발에다 최대한 체중을 적게 실으려고 노력하던 두환은 스트로보 터지는 소리에 악, 하고 비명을 지르고 말았다. 폼깨나 재왔던 인간 장두환이 그런 형편없는 모습으로 사진에 찍혔을 걸 생각하니 그는 세상이 원망스럽고 미울 뿐이었다.

그들은 두환이 채운 종이 두 장을 집어던지며 소리쳤다.

"이게 다야? 숨기지 말고 몽땅 쓰랬잖아!"

얼굴을 몇대 갈기고 약간의 발길질도 가했다. 그런 다음 두환을 다시 혼자 두고 나가버렸다. 볼펜에 침을 묻혀가며 다시 덧붙여서 써내려갔기 때문에 두환의 혓바닥은 새카매졌다. 소주 한병하고 닭똥집 천원어치 먹은 날 '빨간 잠바' 입고 왔음. 친구 둘과 함께 소주 한병하고 꽁치구이 시켰다가 속이 안 익은 걸 그냥 먹었다고 불평해서 2백원 깎아줌. 자꾸 외상해달라고 해서 점점 싫어하게 됨.

그 다음에는 정말이지 한 자도 더 쓸 말이 없었다.

두환은 그제야 눈물이 났다. 그가 여기에 온 것을 아는 사람은 아무도 없었다. 포장마차 손님들이 자신이 무지막지한 사람들에게 끌려갔다는 사실을 경찰에 신고해줄 것 같지도 않았다. 죽어나간다 해도 시신조차 찾으러 오는 사람이 없을 것이다. 두환이 알기로 '형'들은 입으로는 '쥐도 새도 모르게 없애버린다'고 겁을 주지만 실제로 그런 재주는 없었다. '형'들이 쓰는 말 가운데 '추위 태운다'는 말이 있었다. 나이트클럽 같은 걸 강제로 빼앗기 위해 겁을 줄 때 쓰는 전문용어였다. 그러나 그들이 추위를 태우는 방법은 형들보다 한수 위였다. 그제야 두환은 자신이 듣고 보았던 어떤 조직보다도 무서운 악질조직에게 잡혀왔음을 실감했다. 이제 나는 어떻게 되는 걸까. 소희의 하얀 얼굴이 떠올랐다. 소희와, 그리고 그보다는 자신이 불쌍해서 두환은 울었다.

다섯 시간쯤 뒤에 두환은 빨간 방을 나와서 다른 방으로 옮겨졌다.

그 방에는 소파가 있었고 그리고 욕조도 있었다. 은근히 찾아보았지만 비누나 샴푸 같은 건 보이지 않았다. 이제 두환은 자연스럽지 않은 것은 무조건 의심스럽고 무서웠다. 그들이 자기 쪽을 바라보기만 해도 턱이 덜덜 떨렸다. 그들이 손을 움직이는 방향에 따라 마치 뺨을 맞는 사람처럼 저절로 얼굴이 돌아갔다. 지옥 같은 경험이었다.

두환은 풀려났다. 거기서 있었던 일은 절대 말하지 않는다는 내용의 각서에 지장을 찍고.

그 호텔에 들어갔다 나오니 그는 그 사이 간첩이 되어 있었다. 어느 신문은 그를 간첩이 접촉했던 인물이라고만 표현했지만 포섭된 고정 간첩이라고 과감하게 써제낀 신문도 있었다. 조직도에 두환의 얼굴을 당당히 끼워놓았는가 하면 어느 신문에는 두환이 2백만원의 공작금을 수수했다고 보도되기도 했다. 두환은 일간지를 모조리 다 사보았다. 이름만 나온 신문에는 조금 섭섭한 마음이 드는 가운데 그는 방바닥에 신문을 다 펼쳐놓았다. 그러고는 자기가 한 간첩활동이 무엇인지, 조직도를 중심으로 기사를 비교검토하면서 공부하는 자세로 꼼꼼히 읽어보았다.

재일교포 간첩사건의 조직도 맨 위에 있는 인물은 2층 대학원생의 선배였다. 기사에 따르면 조총련계로서 북한에도 왕래한 적이 있는 그는 학원침투를 목적으로 2층 대학원생을 포섭했다. '조총련'이란 말이 일단 두환에게 만만찮은 느낌을 주었다. 조총련의 악명이라면 '실화극장'이라는 텔레비전 드라마를 통해 얼마간 알고 있었던 것이다. 어릴 때 그는 월요일마다 '실화극장'을 보기 위해서 텔레비전이 있는 만화방으로 달려가곤 했었다.

2층 대학원생은 조직도의 두번째 줄에 있었다. 그는 일본어학원 강사의 수입만으로는 학비와 생활비를 대지 못해 늘 쪼들려오다가 공작금에 매수된 경우라고 했다. 그리고 세번째 줄에는 포장마차에서 두어 번 본 듯한 얼굴들이 엮여 있었다. 한명은 제주도 출신인데 집안이 4·3인지 뭔지와 연관이 있어 포섭의 일차표적이 되었다는 거였다. 또 한 학생 역시 인공기를 변형한 도안의 붉은 옷을 입고 다닌 점으로 보아 일찍부터 사상이 불온했다. 그들은 한국이 춥고 얼어붙은 나라라고 정치현실을 비판하면서 기층민과 사회불만세력을 선동하려고 했다. 그 거점을 제공한 것이 포장마차를 운영하는 두환이었다.

'그러니까 그 말이 그런 뜻이었군.'

자신이 실토한 내용이 이렇게 중요한 의미를 담고 있었다는 데 두환은 간간이 감탄했다.

그 일로 두환은 여러가지 혼란을 겪었다. 2층 대학원생이 보안사 요원으로 취직한 일도 그중 하나였다. 간첩이 간첩 잡는 수사관이 되다니 두환으로서는 이해가 가지 않았다. 일단 간첩혐의가 씌워진 사람은 수사기관에 인생을 저당잡힌 셈이었다. 수사기관은 그의 인생을 마음대로 조작하여, 여섯살 때부터 암약한 고정간첩으로 만들 수도 있고 국가를 전복하려고 한 국사범을 만들 수도 있었다. 그렇게 되면 집에 있는 가족들은 드나들 때마다 감시를 받고, 직장이 있는 가족들은 기관원이 찾아오는 바람에 눈총을 받아야 했다. 그야말로 봉건시대에 3대를 멸하듯이 연좌제로 집안 전체에 먹구름이 에워싸는 것이었다. 이 세상에 사람을 가장 약하게 만드는 것은 가족이다. 2층 대학원생에게도 아내와 뱃속의 아이가 있다는 것은 결정적인 약점이 되었다. 보안사 직원이 찾아와서 점잖게 말했던 것이다. 만약 우리 말을 듣지 않으면 당신 부인은 처넣어버리고 애새끼는 고아원으로 보낼 거야.

기소를 안 당하려면 그들이 시키는 대로 손발 노릇을 할 수밖에 없다는 사실을 두환은 알지 못했다. 그러므로 두환에게 '알 수 없는 세상이야'라는 입버릇이 생긴 것은 당연한 일이었다.

두환에게 생긴 또 한가지 입버릇은 '이놈의 나라에서는 되는 게 없어'였다. 왜냐하면 신원조회에 걸려 사우디에 가지 못했기 때문이다. 열사의 나라에서 사나이의 진정한 땀을 흘릴 날을 고대했던 그는 그만 낙망했다. 포장마차를 걷어치우고 한동안은 술로 세월을 보냈다. 깡패와 사상범의 전력을 가진 그는 풍진세상을 거칠게 살아온 야인답게 일부 조무래기의 존경을 받아 공짜술을 얻어먹기도 했다. 그것이 바로 두환이 발뒤꿈치나 콧구멍 한개가 아닌 이른바 '온몸'으로 살아온 사연이었다.

두환이 다시 소주 한잔을 입안에 털어넣었다.

"겨우 살 만하니까 마누라까지 데려가고. 이제 나한테 남은 건 아무것도 없다. 정말 인생이 이렇게 무상한 거냐."

뻔뻔스런 놈, 우리 셋은 그 말이 입밖으로 나올까봐 이를 악물었다.

"두환이 너, 사고날 때 혹시 술 마시고 운전한 거 아니야?"

"쪼끔 마셨지. 그것도 안하면서 그 장사 어떻게 하냐."

역시! 우리는 왜 이럴 때만 생각이 비슷하냐는 눈길로 승주와 조국이 나를 건너다보았다.

조국이 생각난 듯 물었다.

"참, 애들은 어떻게 되냐?"

두환은 눈을 꾹 감더니 고개만 가로저었다. 승주가 급히 반문했다.

"없어?"

승주는 소희가 임신을 해서 하는 수 없이 도망쳤다는 말을 지금까지도 믿지 못했다. 손이라도 잡아보려다가 번번이 실패했던 그로서는 플레이보이로서의 자존심이 걸린 일이기도 했다. 그러므로 그는 "첫

애를 지워서 그런지 그 뒤로 애가 안 생기더라"라는 두환의 대답에 적잖이 실망한 눈치였다.

소희는 몹시 아이를 원했다고 했다. 한약도 열심히 먹었고 소문난 병원이라면 차를 갈아타면서까지 찾아다녔다. 그러나 문제는 소희가 아닌 두환 쪽에 있었다. 체질적으로 정자 수가 부족하여 수정될 확률이 적었다는 것이다. 두환은 정자 수는 정력과는 아무 상관이 없고 경우에 따라서는 반비례한다는 말을 잊지 않고 갖다붙였다. 소희는 대통령이 총에 맞았을 때 신문을 보더니, 세상에, 나하고 악수도 했었는데,라며 쓰게 웃고는 그 신문을 옷걸이에 둘둘 말아 두환의 이동세탁소에서 쓸 바지걸이를 만들었다고 한다. 그 말을 듣자 우리는 유난히 날이 빳빳이 선 두환의 바지 주름을 흘겨보았다. 소희가 서른살 생일에 국수를 끓이다가 손등을 데어 큰 흉터가 남았다는 말을 듣고는 당장 병원 식당에서 끓는 물을 구해와 두환의 손등에 들이붓고 싶었다.

소희는 원하던 것을 거의 하나도 갖지 못했다. 그리고 아무것도 남기지 않고 죽었다. 소희가 땅에 묻히던 6월 그날은 유난히 더웠다.

조국과 승주는 장지까지 소희를 배웅했다. 나는 가지 않았다. 회사에 매여 있는 몸이었고 무엇보다 4인방이 다시 의기투합하는 꼬락서니를 보고 싶지 않은 때문이었다. 솔직히 두환의 아내로서 소희를 장사지내는 자리에 끼고 싶은 마음도 없었다. 대신 나는 일이 손에 안 잡혀서 종일 담배를 피우거나 자판기가 있는 복도를 들락거려 팀장의 눈총을 받았고 그날따라 '전국 개 맛있는 집'을 줄기차게 떠벌려대는 동기의 개타령에 신트림이 올라올 지경이었다.

굳이 피한 보람도 없이 조국과 승주와 두환은 퇴근시간에 맞춰 회사 앞에 나타났다. 검은 양복을 입은 그들에게서는 아세트알데히드와 관련된 일종의 발효냄새가 진동했다. 장지에서부터 마셔댔을 테니 당연한 일이었다.

써머타임이 실시되고 있었으므로 퇴근시간인데도 거리는 대낮처럼 환했다. 시위군중들로 가득 메워져 있는 거리였다. 월급쟁이들도 많이 눈에 띄었다. 안 그래도 심사가 좋지 않은 두환이 기분 나쁘다는 듯이, 저건 또 뭐 하는 부대냐, 하며 혀꼬부라진 소리로 중얼거리자 내가 넥타이부대라고 알려주었다. 우리 네 사람도 옷차림에서만은 넥타이부대의 정규군 차림이었다.

우리는 시위대에 섞여서 걸었다. 적당한 술집을 찾아 퇴계로나 명동 쪽으로 가고 있었으므로 시위대와 행로가 비슷했다. 조국과 두환은 취했다. 어깨동무를 한 그들은 시위대가 구호를 외칠 때마다 자기들도 알아들을 수 있는 뒷부분을 따라서 복창했다. 목소리가 크고 몸짓이 가열차기는 시위대에 조금도 뒤지지 않았으며 또한 분노와 탄식에서도 결코 모자라지 않았던 것이다.

한 약국 앞에서는 주인이 시위대에게 박카스를 나눠주고 있었다. 승주가 뛰어가 네 병을 받아왔다. 조국과 두환은 광고에 나오는 남성미 넘치는 모델 못지않게 호쾌하게 마개를 따고는 그것을 들이켰다. 떡장수 아주머니 하나는 팔던 떡과 김밥을 시위대의 손에 쥐여주었다. 굿이나 보고 떡이나 먹는 처지인만큼 우리는 기필코 떡도 하나씩 얻어먹었다. 그러고는 최루탄이 터지기 시작하자 엉거주춤 건물 안으로 피해 들어갔다.

재수생 때 나는 전경에게 쫓겨서 뛴 적이 있었다. 학원을 마치고 나와 광화문통에 서서 구경만 했을 뿐인데 시위학생으로 오해받아 한참을 쫓겼다. 건물 안으로 숨으려 했지만 입구에서 지키고 있던 종업원들이 험상궂게 밀어내는 바람에 고고클럽 '코파카바나'로 해서 '극장 식당 월드컵' '유정낙지'가 있는 골목을 정신없이 도망쳐다녀야 했던 기억이 났다.

이번에는 그때와 좀 달랐다. 상인들은 쫓기는 시위대를 마치 호객 행위를 할 때처럼 다투듯이 팔을 붙잡고 데려가 가게 안에 숨겨주었 다. 그뿐 아니었다. 사복체포조가 뒤쫓아와 숨어 있던 학생 하나를 끄 집어내는가 하는 찰나, 그 이름도 용맹한 넥타이부대가 미식축구 선 수처럼 우르르 달려들어 덮쳐버리는 장면도 있었다.

다시 길로 나온 두환과 조국은 술냄새를 풍기며 시국에 대한 논의 를 주고받았다.

"넥타이부댄가 뭔가 왜 저렇게 겁이 없나? 정강이에 돌 맞으면 얼 마나 아픈데."

"겁이 없는 게 아니라 더이상은 못 참게 된 거지."

"데모는 왜 하는 건데? 이놈의 세상은 알 수가 없어."

"민주화란 말도 안 들어봤냐? 독재를 끝내라고 그러는 거야."

"독재? 폭군 연산군같이 말야?"

"그렇지. 연산군도 결국 중종이 반정을 일으켜서 짤리잖아."

"아하, 태, 정, 태, 세, 그거? 연산군 다음에 중종이었냐?"

"예, 성, 연, 중, 인, 명, 그렇게 나가. 중종이 잘못하니까 인조가 또 반정을 일으켜서 뒤집어엎는 거지. 역사란 다 그런 거야."

나는 중종 다음의 '인'은 인조가 아니라 인종이라고 고쳐주려다가 내버려두었다. 이응받침 하나 차이가 조국에게는 아무것도 아니겠지 만 인종과 인조의 삶에는 엄청난 거리가 있다. 인종은 태어나자마자 어머니를 산후병으로 잃었는데, 왕위를 둘러싼 권력싸움으로 늘 독살

설이 끊이지 않던 조선시대의 왕자에게 있어 보호해줄 어머니가 없다는 사실은 언제 죽을지 모른다는 뜻과 마찬가지였다. 그는 세자로 책봉된 뒤 24년 만에야 겨우 왕이 되었지만 바로 그 다음해에 30세라는 나이로 죽었다. 상례절차는 간소했고 능은 공사가 소홀하여 얼마 안 가 보수를 해야 할 지경이었다. 인조는 인종과는 다르다. 서인의 반정으로 왕이 된 그는 26년이나 왕 노릇을 했다. 그가 왕으로 있는 동안 이괄의 난이 일어났고 정묘호란과 병자호란 두 차례의 전쟁을 치르는 동안 치욕스러운 역사를 만들었다. 소현세자를 청나라에 보내 9년 동안이나 볼모생활을 하게 했지만 난국중에도 군제를 정비하고 대학자 정치가를 배출시켰다는 평을 듣고 있다. 말하자면 한쪽은 이름없이 불운한 인생이고 다른 한쪽은 해볼 만큼 해본 인생이라는 뜻이다. 어쨌든 인조는 역사에 의해 선택된 자였고 인종은 아니었다. 선택된 자와 아닌 자의 차이는 역사교과서에만 있는 게 아니다.

그러나 조국은 저 알고 싶은 대로 아는 버릇이 있었다. 그러고는 막무가내로 우긴다. 그가 우기기 시작하면 인종 자신까지도 자기가 인조일지도 모른다고 헛갈리고 말 것이다. 하긴 그렇게 알고 살겠다는데야 굳이 오류를 바로잡아주려고 애쓸 필요도 없는 노릇이다. 무식하다는 소리에 조국처럼 대범한 것도 일종의 인생관이다. "냅둬!" "배째!" 그런 말을 할 수 있다면 분명 살 자격이 있는 놈이다. 평소 같으면 나는 그러한 내 생각에 대해 분석을 해볼 것이다. 소희의 죽음으로 인해 내가 갑자기 너그러워졌는지 허무적이 되었는지 혹은 퇴영적인 패배주의가 되었는지. 그러나 지금은 모든 게 귀찮았으므로 다만 무리에 섞여 걸을 뿐이었다.

우리는 경찰로부터 시위대를 보호하기 위해 명동성당 앞에 줄지어

나와 앉아 있는 수녀들 곁을 지나쳤다. 적당한 술집이 눈에 띄지 않았다. 낮술 탓에 셋은 완전히 지친 모양이었다. 눈동자와 넥타이가 함께 풀어헤쳐지고 양복 저고리도 벗어붙인 지 오래였다. 몸은 땀으로 범벅이 되어 있었다. 6월의 분노와 슬픔을 그렇게 온몸으로 표현하기도 힘들 것이다.

진압이 과격해졌고 시위대에서 더욱 많은 돌이 날아들기 시작했다. 부상 학생과 시민을 치료하는 의대 봉사팀들이 움직이는 게 보였다. 그 사이를 취재기자들이 바쁘게 누비고 있었다. 그제야 하늘이 점점 어두워졌다. 가로수 잎 속에 숨어 구경하던 바람이 이따금 자리를 옮기느라 나뭇가지를 발로 차곤 했다. 세상 전체가 술렁였고 소리 높이 외치고 있었다. 그런데, 뭘?

두환이 울기 시작했다. 소희가 죽었어, 소희가 죽었다구! 그때 우리들이 있는 바로 몇미터 앞에서 최루탄이 터졌다. 조국이 콧물과 함께 눈물을 흘리며 두환의 등을 어루만졌다. 소희는 좋은 데 가서 고생 모르고 잘살고 있을 거야. 너도 새출발해야지, 이제 겨우 서른살인데. 그러나 세상 전체를 잃은 두환의 귀에는 아무 말도 들리지 않는 듯했다. 등뒤에서 들리는 시위대의 구호소리에 뒤질세라 두환은 큰 소리로 울먹거렸다. 소희 없이 어떻게 살아. 살아서 뭐해. 다 끝났어. 손수건을 코에 대고 쿨쩍거리며 승주도 두환을 위로했다. 우리를 봐. 우리도 지금까지 소희 없이 잘살아왔잖아. 그래, 만수산 4인방이 다시 뭉쳤으니 다 잘될 거야. 눈물이 줄줄 흐르는 채로 내가 한마디했다. 야, 저기 생맥주집 하나 있다.

휴거

우리 네 사람이 다시 한자리에 모인 것은 그로부터 5년이 지나서였다. 장례식날 이후 두환에게서 소식이 뚝 끊어졌던 것이다. 그가 불쑥 전화를 걸어온 것은 덕수궁의 은행나무가 노랗게 물든 늦가을이었다.

"조국이 승주, 걔들은 직장 옮겼냐? 전화가 안되더라. 그래도 한자리에 가만 있는 놈은 너뿐이구나."

두환은 내가 가장 듣기 싫어하는 말로 첫인사를 던졌다. 광고회사는 유동이 많고 직급 인플레가 심한 곳이었다. 입사동기들은 다른 회사로 스카우트되거나 못 견디고 나가서 뭘 차리거나 아니면 하다못해 승진이라도 해 있었다. 만년 차장인 나에게 '오래 버티고 있다'는 말은 '꼭 쫓아내야만 나가겠냐?'는 말과 똑같았다. 어쨌든 내가 우체통처럼 풍상을 견디며 한자리를 지킨 덕분에 두환의 청첩장이 전해질 수 있었지만 말이다.

두환의 신부는 아홉살이나 아래인데다 턱이 약간 뾰족한 것 빼고는 인물도 흠잡을 데 없다고 했다. 또 돈많은 가죽공장집 딸이었다. 두환은 결혼식을 마치고 그날 밤 신혼여행 아닌 이민을 가기로 되어 있었다. 맏사위답게 처가의 피혁사업이 외국으로 진출하는 교두보의 임무를 맡았는데, 할 줄 아는 게 그것밖에 없는 그는 이번에도 역시 '온몸'을 바치기 위해서 아예 화끈하게 이민수속을 밟아버렸던 것이다. '이놈의 나라에서는 되는 게 없어'라는, 사상범다운 정치냉소주의 탓이기도 했다.

처음에 그가 목적지로 삼은 곳은 미국이었다. 때마침 미국 행정부에서는 파업이 한창이었다. 미국에서 누가 파업을 한들 그것이 두환의 인생과 무슨 상관이겠는가. 그런데 그렇지 않은 것이 바야흐로 국제화시대에 그 파업의 여파는 주한 미대사관까지 파급되었다. 비자발급 업무가 거의 중단상태였다. 성질 급한 두환은 그 사이를 기다리지 못하고 코스타리카로 행선지를 바꾸었다. 어차피 중남미 모두가 그의 본거지가 될 터이니 출발점이 어디든 상관없다고 기개를 과시했다.

두환의 당부대로 우리는 결혼식장에 가족을 동반했다. 나와 운총 사이에는 아들이 하나, 승주 부부에게는 남매가 있었다. 늦게 결혼한 조국의 딸은 아직 젖먹이였다.

조국의 결혼식장에서 딱 한번 만났을 뿐인데도 세 명의 마누라들은 보자마자 반색을 했다. 재빨리 아이들을 남편에게 떠맡기고 저희들끼리 결혼식장의 앞자리를 차지하고 앉더니 두환의 새장가에 대해 수군대기 시작하는 거였다. 우리 셋은 아이들을 건사하느라고 두환의 찢어질 듯한 입을 제대로 구경하지도 못했다.

조국의 젖먹이 딸은 식장에 들어오면서부터 칭얼대기 시작했다. 조국은 땀을 뻘뻘 흘리며 아기를 품에 안고 흔들어대더니 결국에는 복도로 데리고 나가 그 투박한 손으로 기저귀를 갈아주고 우유를 먹인 다음에야 식장 안으로 돌아올 수 있었다. 그의 표정은 마치 『임꺽정』에 나오는 장사 곽오주가 우는 아기를 패대기치기 직전처럼 일그러져 있었다. 승주의 처지도 크게 다를 바 없었다. 뛰어다니는 아이들 혼내랴, 혼난 아이들이 울면 데리고 나가랴, 데리고 나가서는 가방을 뒤져 야쿠르트를 꺼내 달래랴, 나간 김에 오줌까지 누이고 오랴, 입속으로는 계속 마누라한테 투덜대랴, 앉아 있을 틈이 없었다. 부부동반으로 모이는 자리가 있을 때마다 김간호사는 승주가 다정하고 자상한 남편으로 보이도록 그런 일을 종용했으므로 승주는 안 그래도 싫은 김간호사와의 동반외출이 갈수록 더욱 끔찍하기만 했다.

나는 아이에게 약간 독선적인 아버지였다. 운총의 말로는 내가 너무 이기적인 성격이다보니 아들에게까지 양보가 없다고 했지만 어쨌든 귀찮은 것은 질색이었다. 엄한 아버지답게 나는 아들애의 어깨를 아프도록 눌러서 옆자리에 앉혀놓고 있었지만 아이가 꼼지락거릴 때마다 여간 신경이 쓰이는 게 아니었다.

아직까지도 '새댁'이라고 불리는 조국의 아내는 그날의 신부에게 뒤질세라 화사한 핑크색 투피스 차림이었다. 조국보다 여섯살 아래인 그녀는 어린 아내로서의 응석과 위세가 대단했다. 두환이 아홉살 어린 신부를 맞이함으로써 그동안 누려왔던 권세에 빛을 잃은 그녀는 아무래도 신부의 드레스가 촌스럽다며 연신 도리질을 했다. 조국과 결혼하기 전까지 대기업의 홍보실에서 일했으니만큼 유행과 패션감각에만은 자신이 있었다. 승주의 아내인 김간호사는 주로 두환을 트집잡았다. 가마가 두 개인지 아닌지 두환의 뒤꼭지를 꼭 보고 싶다는 거였다. 아마 승주의 가마가 한개라는 데 자신감을 갖고 하는 말 같았다. 운총은 별말이 없었다. 그러나 속으로는 남의 흠을 하나라도 놓칠세라 눈과 귀를 완전 가동시키고 있으리라는 걸 나는 잘 알았다. 예나 지금이나 운총에게는 질긴 구석이 있었다. 주장이 많은 것은 아니었지만 고집이 셌고, 어수룩한 듯하면서도 알 것은 또박또박 다 알았다.

여자 셋은 이 결혼에 단단히 불만이 있는 듯했다. 남편들이 모두 소희에게 첫사랑을 바쳤다는 것을 알 턱이 없는 그들은, 죽은 사람만 불쌍하지 뭐, 하며 하나같이 소희를 동정했다. 죽어라고 고생만 했다던데 핏덩이 하나 안 남겨놓고 깨끗이 가주다니 참 마음도 좋지. 그런 마누라 보내놓고도 젊은 여자 만나서 장가만 잘 가는 거 보면 남자들은 다 도둑놈들이야. 이런 식으로 속살거렸다. 그러더니만 신랑 신부가 가까이 와서 인사를 하자 셋은 활짝 웃으며 입을 모아 말하는 것이었다. 정말 축하드려요오!

두환은 공항에 가기 전까지 남은 시간을 추억의 4인방과 함께 보내고자 했다. 가까운 서울대공원으로 행선지가 잡혔다. 색동테이프와 풍선을 매달고 기다리던 흰색 승용차가 두환과 신부를 태우고는 과천을 향해 미끈하게 출발했다. 그 뒤를 세 가족을 우겨넣은 조국의 코란도가 뒤따랐다. 조국의 아내는 어머, 이럴 때 이 차가 필요하구나, 사람 참 많이 들어간다,라고 차주인 행세를 은근히 했지만 그 차는 조국의 것이 아니었다. 다큐멘터리 사진작가가 외국에 나가 있는 동안 조국이 그의 물건들과 직위를 대신 활용하는 것뿐이었다.

가는 동안에도 여자들은 화제가 끊이지 않았다. 남자들 셋이야말로 처음 보는 사람들처럼 서먹했다. 우리는 떠들 기분이 아니었다. 80평이 넘는 지하 호프집 가득히 술꾼들이 모여 각자 왁자지껄 떠들며 마시는 소리는 그렇지 않은데 마누라와 아이들이 재잘거리는 소리는 언제 들어도 정신이 산란했다. 게다가 나리 떠는 것말고는 자기보다 나은 점이 전혀 없으면서도 어린 신부에게 새장가를 들어서 처가 덕에 외국생활을 하러 떠나는 우정어린 친구 두환의 중형승용차를, 그것도 남의 차를 빌려타고 뒤따라가는 마당에 무슨 할말이 있겠는가.

대공원에 도착하자마자 우리는 우선 체조대형 아닌 사진대형을 만들어 조국 앞에 섰다. 조국은 사진작가라 과연 달랐다. 아이들도 쉽게 찍는 소형 자동카메라인데도 뷰파인더에 한쪽 눈을 붙이고는 심각한 표정으로 뜸을 들여가며 신중하게 셔터를 눌렀다. 카메라를 향해 시선을 고정시키고 부동자세를 취한 채 승주와 나는 입술을 달싹거리며 한마디씩 주고받았다. 필름이나 들어 있는 거냐? 빼주기는 하는 거냐?

사진대형이 풀리자마자 두환은 양복 저고리를 벗어 신부의 어깨에 걸쳐주었다. 그는 마치 그 방면의 초보자처럼 굴었다. 결혼이 행복하다고 정말 믿는 게 아닌가 의심스러울 정도였다. 그는 아이들에게도 행복을 약간 나눠주겠다고 결심했는지 그쪽으로 가까이 다가갔다. 너희들 이름이 뭐냐? 정석이하고 수경이? 그럼 너는? 홍수? 애는 아직 말을 못하지, 제수씨! 이름이 뭡니까, 아, 미연이요? 그런 다음 엄마들이 극구 만류하는 가운데 아이들에게 만원권을 한장씩 주었다. 담배처럼 둘째와 셋째 손가락 사이에 지폐를 끼우고 척 내미는 품이 라스베이거스에서 팁 주는 연습인 모양이었다.

우리는 대공원 안의 술집을 찾아 들어갔다. 마지막으로 한국의 정취를 지니고 떠나겠다는 두환의 갸륵한 소청에 따라 동동주와 파전이 날라져왔다. 공원 안을 걸어다니기에는 날씨가 약간 쌀쌀한 탓인지 술집에는 손님이 꽤 많았다.

덩치좋은 김간호사는 무척 활달했다. 수라상을 감독하는 상궁이 임금의 음식을 미리 먹어보듯이 승주의 술잔을 번번이 빼앗아서 먼저 맛을 보았다. 자기 깐에는 승주에게 조금이라도 술을 적게 먹이려는 지략이었겠지만 실은 술의 양이 아니라 맛을 덜어가고 있었다. 마음 약한 승주는 김간호사에게 됐어, 그만 하라니까,라고 작은 소리로 투덜거릴 뿐 강하게 반항하지는 못했다.

조국의 아내도 지지 않았다. 식어빠진 파전을 찢어서 굳이 조국의 입에 넣어주려고 했다. 젖먹이 딸은 뒷전이었다. 조국은 마루 위를 기어다니고 있는 딸을 불안스럽게 지켜보는 중이었다. 딸을 보고 있던 그는 아내가 부르는 소리에 무심코 고개를 돌렸다가 하마터면 파전을 꿴 젓가락에 눈을 찔릴 뻔하기도 했다. 워낙 남자다운지라 권위적인 남편이 될 것 같았던 조국이 가정적이 된 것은 아내에게보다는 딸에게 꼼짝 못하기 때문인 것 같았다. 조국의 아내는 그런 조국을 가리키며 자랑스럽게 말했다. 저는요, 저 사람이 설거지 안해주면 미연이를 막 꼬집어요. 딸이라면 쩔쩔매니까, 딸을 괴롭히면 제발 그러지 말라면서 제 요구를 다 들어주거든요. 일종의 '쓰리쿠션'인 셈이었다. 운총이 잘 들으라는 듯이 나를 힐끗 바라보았다. 나는 그 눈짓이 설거지 부분을 지적하는 건지 아이 부분을 지적하는 건지 잠깐 생각했는데 아무래도 둘 다였다.

아이들이라고 가만있지 않았다. 싸우기도 하고 울기도 하고 있는 대로 수선을 떨었다. 5백원만 달라고 조르는가 하면 집에 가자고 드러누워서는 마치 다리 잃은 풍뎅이처럼 등으로 방바닥을 청소하고 다녔다. 두환의 아내는 약간 기가 질린 듯했다. 나이 많은 남자와 결혼한 여자들은 대개 남편 친구 때문이 아니라 그 마누라들 때문에 세대차를 느끼게 마련이었다. 저 아줌마들하고 내가 같은 급수라니, 하고 한심해하며 속으로 고개를 절레절레 젓고 있는 게 틀림없었다. 행복한 사나이 두환을 빼고는 다들 술맛이 날 턱이 없었다.

이윽고 두환이 떠날 시각이 되었다. 승용차 앞에 선 두환은 어깨와 다리 한쪽에 힘을 주고 작별인사를 했다.

"그럼 연락들 하자."

"그래."

바라던 작별이었으므로 우리 셋의 입에서 동시에 대답이 나왔다. 그러나 두환은 작별의 슬픔을 조금 오래 나누고 싶은 모양이었다.

"조국이 너도 바람 좀 쐬야지. 한번 와라. 그리고 뭐 부탁할 거 있으면 바로 전화해."

두환이 건들거리며 아내를 먼저 태우고 차 안으로 들어갔다.

그 뒤부터 우리는 갑자기 서둘렀다.

"우리가 공항까지 가야지."

"그럼! 이제 언제 만날지도 모르는데."

"어서어서 출발하자. 비행기 시간 늦겠다."

우리는 서둘러 마누라와 아이들을 조국의 코란도에 태웠다. 그리고 그들 모두를 대공원 정문 앞의 택시정류장에 내려놓고는 급히 두환의 차를 뒤따라갔다. 조국은 시원스럽게 가속페달을 밟았다. 두환의 차를 앞질렀다. 물론 우리가 가는 곳은 공항일 리 없었다. 숨이 막히고 목이 타는 우리는 술집을 찾고 있었다.

승주는 맥주를 단숨에 들이켰다. 탁자 위에 소리나게 잔을 내려놓더니 그제야 평소의 표정이 되어 입을 열었다.

"어떻게 그럴 수가 있나?"

"뭐 말야? 두환이 장가간 것?"

조국이 노가리를 죽 찢으며 대꾸했다. 그럴 수 없기로 따지자면 여자문제로 세 번이나 이혼 직전까지 갔던 승주 자신이 더했다. 독신남성이 결혼한다는데 그럴 수 있냐 없냐가 있을 리 없다. 바로 그 점이 승주를 배아프게 만들었음을 모를 조국은 아니었다. 승주는 자기에게 유리할 게 전혀 없는데도 계속 두환의 도덕성을 따졌다.

"나쁜 자식! 소희를 죽여놓고 저만 팔자 고치면 다냐? 속도위반까지 하고 말야."

팔자를 고친다——승주는 과부나 투기꾼들의 어법을 썼다. 하긴 두환의 이번 결혼도 소희 때와 비슷한 점이 없는 건 아니었다. 신부의 뱃속에 벌써 아이가 자라고 있다는 점까지 말이다. 두환은 소희가 12년 동안 애써도 안 만들어지던 애가 새 신부와는 딱 한번의 실수로 냉큼 생겨버리더라며 그런 게 궁합 아니겠냐고 희희낙락했다. 그렇잖아도 매사에 감정적이고 시샘 많은 승주의 화를 돋우기에 충분했다.

조국은 화장실에 두 번 다녀올 때까지 아무 말 없이 술만 마셨다. 아이 보는 일에 지쳐서 그런가 했더니 그건 아니었다. 그는 두환이 특히 자신을 지칭하여 '바람 좀 쐐야지?'라고 한 말에 대해 곰곰이 생각하고 있었다. 두환은 '너 그 자리 오래 있다'는 말로 나를 건드렸듯이 조국의 아픈 곳 또한 한번 쿡 찔러주고 간 셈이었다.

다큐멘터리 사진작가의 조수로 들어갈 때 조국은 스승을 따라 아프리카나 아마존의 오지를 누빌 생각으로 부풀었다. 어린 시절부터 꿈꾸어온 세계를 향한 야망이 새롭게 꿈틀거린다고 큰소리쳤다. 조국은 단순해서 순진했다. 이 세상은 학벌이 낮은 사장일수록 고학력 직원을 부리고 싶어한다. 또한 실력없는 사람일수록 자기와 비슷한 실력

없는 사람과는 놀지 않으려고 하는 법이다. 사진작가가 외국에 데리고 나가는 조수는 그 자신처럼 발로 뛰는 탐험가형 조수가 아니라 자신의 약점을 충분히 보완할 수 있는 실력있는 일꾼이었다. 조국에게는 차례가 올 리 없었다. 대신 조국이 하는 일은 일년에 반 이상을 외국에 나가 있는 사진작가를 대신하여 빚독촉을 받는 일이었다. 몸으로 부딪치는 사진작가인 그의 스승은 조국을 사진 쪽 조수가 아니라 몸으로 부딪치는 쪽의 조수로 택했던 것이다.

사진작가는 다큐멘터리 필름의 기획과 제작을 하는 '스튜디오 파인더'의 대표였다. 그런 한편 '도서출판 청석골'과 광고대행사인 '송악기획', 그리고 이벤트회사 '평산엔터테인먼트'의 대표이기도 했다. 청석골과 송악과 평산은 그가 유일하게 끝까지 읽을 수 있었던 책 『임꺽정』의 스케일을 본받기 위해 그 책 속에서 따온 이름이다. 그는 이 모든 심각한 사업체를 거느리는 일에 경리사원 한 명과 조수 두 명, 그리고 자신의 마당발과 사기술에 가까운 입심만을 갖추고 있었다.

그의 관심사는 갖은 수단을 동원해서 협찬사 돈을 끌어내 이 땅을 떠나는 것뿐이었다. 협찬을 받아내는 데 있어 그는 매우 전통적이며 인간적인 방식을 썼다. 그쪽 실무팀들과 함께 룸쌀롱과 카라오께에서 마구 돈을 뿌리고 웃돈을 얹어서 골프장 부킹을 해결했던 것이다. 협찬사 실무팀들에게 그의 존재는 진정한 예술가에다 호남아에다 봉이었다.

어쨌든 사진작가는 돈을 손에 쥐는 대로 외국으로 떠나버렸다. 이제 조국이 등장할 차례였다. '너를 믿고 사업체를 완전히 맡기는 것이니 성의껏 잘 꾸려보라'는 사진작가의 진지한 당부가 있었다. 그러나 짐작하다시피 그 사업체의 운영이란 사진작가가 떠난 바로 그날 아침부터 폭주하는 "너희 사장이 오늘은 돈을 꼭 준다고 했단 말야!"라는 전화에 "배 째!"라고 호방하게 응수하는 일이 전부였다.

조국 이전에 조국과 비슷한 뜻을 품고 들어왔던 조수가 몇 있었지만 오래 버티지 못했다. 그러나 조국은 그들처럼 쉽게 그만두어버릴 수 없었다. 운동삼아서라도 계속해야만 했다. '다음번에는 꼭 같이 가자'는 사진작가의 회유를 억지로라도 믿어야 하는 게 조국의 처지였다. 무보수 조수자리에서 벗어난 뒤 그는 사장과 경리아가씨를 뺀 유일한 직원으로서 이사 명함을 갖고 다녔으므로 어수룩한 사람들 사이에서는 그런대로 행세를 했다. 비록 몇달씩 밀렸다가 한꺼번에 받긴 했지만 근근이 월급도 받고 있었다. 사장이 이른바 '섭외'를 할 때는 통 크게 노는 자리에 조국을 데리고 가는 일이 종종 있었다. 사장으로서는 일종의 햇볕정책이었다. 조국은 그 물에 그럭저럭 익숙해져 있었다. 달리 먹고살 방법을 찾기에는 나이가 너무 들어버렸고 할 줄 아는 것도 없었던 것이다. 시골 내려가 농사나 짓겠다, 하꼬방 같은 구멍가게라도 내 장사가 속편하다더라,라는 말만 꺼내면 아내가 눈이 붓도록 울기 때문에 달래는 데만도 며칠이 걸렸다. 아내를 울리고 달래는 일로 시간까지 낭비하다보니 나이만 더 빨리 들어갈 뿐이었다. 그리고 그러는 사이 일생에 도움이 안되는 사진작가의 호탕한 인생관에 물들어버린 것 또한 부인할 수 없는 사실이었다.

골탕먹고 욕하면서도 어느새 닮게 되는 이치처럼 조국은 곧잘 사진작가를 흉내냈다. 입만 열면 자기를 후원하기 위해 늘어선 협찬사 재벌과 자기의 활약상을 지면에 신기 위해 사정하는 언론이 다들 눈아래였고, 바로 낼모레 들어올 돈은 물론 억단위였으며, 세계 구석구석 그의 넓적한 발이 안 디뎌본 곳이 없었다. 그러나 그런 허풍으로 성공한 것은 부장을 만나게 해달라고 협찬사 홍보실을 들락거리다 만난 미스 박과의 결혼뿐이었다. 그러므로 두환이 '바람 좀 쐐야지?' 하는 말이 '너 바람 쐬기는 영 틀린 거지? 맞지? 약오르지?'처럼 들린 것도 무리는 아니었다.

승주가 말없이 술을 마시는 조국에게 물었다.

"너희 사장은 아마존 갔다며? 언제 오나?"

"와야 오는 거지 뭐."

"그럼 사장 없는 동안 너는 사무실만 지키는 거야, 심심하게?"

그 말에 조국은 불현듯 유령회사를 네 개나 가진 사장의 조수임을 자각한 듯 네모난 턱을 위로 치켜올렸다. 그러고는 왜 이러시냐는 표정으로 심드렁하게 대답했다.

"말도 마. 브라질 교민대회 준비하느라고 정신이 하나도 없다."

조국의 눈썹은 노래방에서 나훈아나 현철 같은 트로트 가수를 흉내 낼 때처럼 위아래로 꿈틀거렸다.

"상파울루에 연예인들 데리고 가서 극장쇼도 하고 골프대회도 하고 뭐 그런 쇼 비즈니스인데 말야, 내년 총선 때 정치광고도 해야 하고 지난번 계약한 '신비의 마야 잉카전'도 플랜을 짜야 하는데 혼자 일하기 정말 벅차다. 브라질 건은 캔슬해버릴까 생각중이야."

직업이 준사기꾼으로 바뀐 뒤 사진작가의 영향을 받은 조국의 영어는 놀라운 도약을 했다. 변함없이 유창한 '쇼파' '팝숑'과 함께 '캔슬' '쇼 비즈니스' '트라이' '컨셉' 등은 조국이 즐겨 사용하는 직업용어였다. 한편 빚쟁이를 상대할 때는 한단계 높은 고급 어드밴스트 영어를 사용했다. '노 프라블럼' '테이크 잇 이지' '돈 워리', 이 세 마디로 '배째라'는 의사를 충분히 표현하는 모양이었다.

“야, 그걸 왜 캔슬해. 한 건만 하면 일년 먹을 건 나온다면서.”

“헌팅하러 브라질에 가봐야 하는데 시간도 없고 말이지.”

“친구 좋다는 게 뭐냐? 노느니 내가 네 일이나 좀 봐줄게.”

놀 바에야 브라질에서 좀 놀고 싶은 승주의 대꾸였다. 작은 출판사 영업부에 적을 두고는 있다지만 몇달 동안 책 한권 나오지 않아 승주는 거의 노는 처지였다. 그렇다고 한가한 것은 아니었다. 사업구상에 바빴고 자기 인생이 풀리지 않는 것은 너무 앞서가기 때문이라고 분석하기에 바빴고 또 여자문제에 대한 상담을 받는 한편 자신 역시 여자를 만나느라고 바빴다. 조국이 친구니까 돕겠다는 것이지 다른 일이라면 바빠서 어림도 없는 일이었다.

조국은 승주의 눈물겨운 우정에 감복해서인지 약간 멋쩍은 표정으로 그제야 실토했다.

“브라질에 아는 사람이 하나라도 있어야지. 그리고 언론하고 협찬사를 끌어내야 할 텐데, 그쪽 인맥은 전부 사장 라인이지 가방 모찌만 한 내가 뭘 알겠냐. 실은 회사 경비도 한푼 없어.”

담대하고 착각 좋아하는 조국이 그렇게 말할 정도면 가능성은 백 퍼센트 없다고 봐야 했다. 그러나 승주는 브라질에서 놀 수 있는 기회를 간단히 포기하고 싶지 않았다. 여행사 다니는 친구에게 브라질이야말로 한국남성의 천국이라는 말을 자주 들었던 것이다. 인종도 다양하고 화대도 싸고 써비스도 좋고 게다가 방마다 풀장이 딸린 모텔이 즐비하다고 했다. 승주의 목소리는 들뜨기 시작했다.

“우리가 브라질에 왜 아는 사람이 없어? 오늘 두환이가 남미로 갔는데.”

갑자기 참 그렇구나 하는 환한 얼굴로 조국이 내 쪽을 바라보았다.

"야, 김형준. 코스타리카가 브라질에서 가깝나?"

잘 알지 못하는 걸 질문받았을 때 대개 나는 아무 대답도 하지 않고 그렇게 쉬운 걸 묻는 법이 어딨냐는 듯 애매한 표정으로 약간 웃음을 짓곤 한다. 그러면 아는 것 없는 조국과 승주 같은 사람들은 '역시 그렇지?' 하며 저 유리한 쪽으로 받아들이게 마련이다. 그러거나 말거나 내 책임은 없다.

"하긴 협찬받고 표를 팔면 그게 십억단위야. 성공만 하면 끝내주지."

"그리고 말야, 신문사 문제는 형준이 쟤가 김부식하고 친하고, 돈이야 너희 사장도 수중에 한푼 없이 외상 끌어다가 한다면서 그렇게 하면 되잖아. 대체 뭐가 문제야?"

"너 머리 잘 돌아간다."

조국과 승주는 서로 흐뭇해했다.

"야, 고등학교 때 펜팔전시회 때 생각 안 나냐? 우리가 멋지게 성공시켰잖아. 이번에는 브라질에 가서 붙어보는 거야. 우리가 누구냐. 그 백두산도 벌벌 떠는 악명 높은 만수산 4인방 아니냐."

"좋아. 그럼 너 당장 때려치고 내일부터 우리 사무실로 와라. 형준이 너도."

단순한 놈들은 참 시원스럽기도 하다. 그때부터 코라도 비빌 듯이 얼굴을 가까이 댄 채 그들의 대화는 끝없이 이어졌다. 흥이 났던지 조국은 이따금 실내에 흐르는 팝송을 따라부르기도 했다. 올리비아 뉴튼 존의 '피지컬'을 '냄비 위에 밥이 타, 밥이 타(let me hear your body talk, body talk)'라고 부르거나 레오 쎄이어의 '웬 아이 니드 유'에서 '홀드 아웃(hold out)'이란 대목에서만 '코닥!'이라고 힘차게 따라부르는 식이었다. 일요일이라서 그런지 술집은 한산했다. 뉴스시간이 되자 술집 주인이 텔레비전을 틀었으므로 나는 거기에 눈길을 주었다.

세상 한쪽에서는 휴거소동이 일어나고 있었다. 내일이면 세상이 멸망한다고 믿는 사람들은 기도하고 울부짖고 또는 조용히 꿇어앉아 종말을 준비했다. 열심히 텔레비전을 보던 주인이 그들의 광신적인 기세에 질렸는지 침을 꿀꺽 삼키며 중얼거렸다. 이러다가 정말 내일이 안 오는 거 아냐?

그동안에도 승주와 조국은 출정 전의 관우와 장비, 혹은 저팔계와 사오정처럼 천하를 들었다 놓았다 하면서 술잔을 기울였다. 정말 오늘로서 세상이 끝난다면 그들에게도 그 사실을 말해주어야 할 것이다. 때마침 그들이 천하를 드는 중이었다면 얼른 내려놓고 집으로 돌아가서 가족과 더불어 가장으로서의 최후를 맞으라고 해야 할까. 아니면 아버지 집으로 달려가거나 회사로 뛰어가거나. 어쨌든 마지막이 몇날 몇시인지 예측할 수 있다면 가장 애착을 갖고 있는 자기의 모습이 뭔지 생각해보고 스스로 최후를 선택할 수 있다는 생각도 든다. 그런 게 자기의 살아온 인생을 제대로 정리하는 건지도 모른다. 불시에 닥쳐오는 죽음에 무기력하게 끌려가는 것보다는 훨씬 존엄한 죽음의 방법일 수도 있다.

지금쯤 생전 처음 비행기 안에서 창밖을 감상하고 있을 두환도 걱정이었다. 두환은 어쩌면 스튜어디스를 불러 경치를 자세히 보고 싶으니 창문을 열어달라고 정중하게 부탁하는 순간 종말을 맞을지도 모른다. 대체 두환에게는 이곳 시각과 현지 시각 중 어느 것을 기준으로 종말이 올까. 하늘 높이 떠 있는 사람은 아무래도 태양과 가까울 테니 조금 더 종말을 빨리 맞는 건 아닐까. 죽음을 생각하면 사는 게 별게 아니라는 생각이 들었다.

　텔레비전에서는 연속극이 시작되었다. 고뇌하는 젊은 청년이 친구의 어깨를 붙잡고 흔들며 부르짖었다. 우리는 순수를 잃어버렸어! 더이상 순수하지 않단 말야, 알겠어? 나는 그 젊은이를 향해 천천히 고개를 끄덕여주었다. 자신이 순수하지 않다는 고민은 순수한 나이에만 할 수 있는 것이다. 마치 자기 삶에 아무 의미가 없다고 고민하는 삶이야말로 의미있는 삶인 것처럼. 서른다섯살인 나의 머릿속은 오늘 이 자리의 술값은 누구의 지갑에서 나올까 하는 생각으로 갑자기 바빠졌다.

화적

중국의 옛 붕우지도(朋友之道)에는 두 가지 원칙이 있었다고 한다. 첫째, 친구간에는 돈을 융통할 수 있어야 한다. 둘째, 친구간에는 서로 선을 권하고 잘못을 나무라야 한다.

둘째 항목이야 너무 당연한 말이라서 '도'라고 이름붙이기가 싱거울 정도이다. 문제는 첫째 항목인데, 고결한 우정에 돈이 개입돼야 한다고 하니 의아해할 사람도 있겠지만 맞는 면도 없지 않다. 인간관계란 애증이 섞여야만 깊어진다. 못보다는 나사가 벽면과의 공유면적이 더욱 많아 훨씬 더 단단히 박히는 것과 비슷한 이치다. 아프게 할수록 관계는 깊어질 수밖에 없다. 또 사람의 관계에서 돈관계만큼 애증의 진폭을 많이 가진 것도 없다. 그러니 친구 사이에 돈이 개입되어야 한다는 게 이상한 말만은 아니다.

내가 돈을 빌리지도 빌려주지도 않는 이유 역시 그 맥락이다. 나는 누구하고도 깊은 관계가 되기를 원치 않는다. 물론 그럴 만한 돈이 없다는 게 가장 큰 이유지만 말이다. 어쨌든 나 같은 사람이 돈을 떼이기는 여간 어려운 일이 아니다. 그런 일이 만약 일어났다면 그것은 아무런 합리적인 이치도 논리도 통하지 않는, 드렁칡 따위의 악연말고는 무엇으로도 설명되지 않는다.

두환이 떠난 다음주에 나는 사표를 냈다. 서랍 속에 사표를 써서 넣어둔 지는 거의 1년이 넘은 일이었다. 설마 그것이 햇볕을 볼 날이 있으리라고는 생각지 않았다. 사표를 써서 서랍 속에 넣어두는 일은 그 방법으로밖에는 달리 자존심을 지킬 길이 없는 일부 월급쟁이들의 일종의 자족적 제스처였다. 그날따라 국장이 잔소리를 하면서 손바닥으로 내 책상을 연거푸 쳐대지만 않았어도 나의 사표는 그날 밤 역시 '오늘도 무사히'를 뇌까리며 서랍 속에 웅크리고 잠들었을 것이다. 공교롭게도 사표가 들어 있는 서랍 위쪽만을 계속 두드려대지만 않았더라도 말이다. 국장의 그 몸짓은 마치 그 안의 물건을 어서 빨리 내놓으라고 독촉하는 것 같았다. 나는 조용히 서랍을 열어 사표를 꺼내주었다.

그 회사에서 마지막 받은 전화가 스튜디오 파인더의 이사 조국의 전화였다. 잡지를 창간해야 하니 두 시간 안에 도서출판 청석골의 이사로 부임해달라는 급한 용건이었다. 세상에 갑자기 이사 풍년이 들었는지 역시 송악기획의 이사 겸 평산엔터테인먼트의 이사인 승주가 전화를 바꿔 받아서 다소 거들먹거리며 덧붙였다.

"브라질 교포사업가를 하나 잡았거든. 우리가 하는 브라질 쇼에도 돈을 다 대고, 또 교민 상대로 회보를 하나 내겠대. 회보 일을 너한테 좀 맡기려고."

"무슨 사업 하는 교포래?"

"자동차 수입도 하고 경영 컨설팅도 하고, 뭐 또 많아. 어쨌든 교민 사회에서는 꽤 거물이라지 아마?"

내 짐작에는 브로커일 것 같았다. 교포사업가 중에는 국내에 인맥을 만들고 또 자신이 고국에서 영향력있는 사람이란 걸 교민사회에 홍보하기 위해 매체를 소유하려는 사람이 꽤 있었다. 무슨무슨 선거에 출마하거나 새로운 사업을 시작하려고 할 때 자기홍보는 필수적이다. 나도 88년에 사보 대행회사를 하는 친구의 부탁으로 아르바이트 삼아 '월간 코리아 해피 타임즈 창간호'라는 거창한 제호의 16페이지짜리 인쇄물을 만든 적이 있었다. 올림픽 특수를 노리고 국내에 사업 발판을 넓히려는 한 재미교포를 위한 것이었다. 그런 인쇄물은 물론 창간호가 종간호이지만 무슨무슨 매체의 발행인이라는 직함이 위세를 갖는 것은 세계 어디나 마찬가지다. 모든 사람들은 내가 직접 겪은 일이라고 아무리 말해줘도 잘 안 믿지만, 똑같은 말이 신문기사로 실리면 무조건 믿어버리는 사회에 살고 있는 것이다. 교민사회처럼 본국에서 뭘 해먹다 온 놈인지 서로 수상해하는 곳에서는 공신력으로 가장한 매체의 힘이 더욱 클 수밖에 없다. 사회가 허술할수록 서로 믿지 못하고 경계하는데도 이상하게 사기꾼들이 사람들을 속이기는 오히려 쉬워진다.

그러나 조국과 승주에게 걸려들 정도면 프로급은 아닌 듯했다. 나는 조국이나 승주 같은 이류들과 한통속이 될 생각은 애초에 없었다. 이류에게 걸려든 삼류를 등쳐먹는다는 건 유쾌한 일이 아닌데다 자신을 영원히 이류에 묶어두는 멍청한 짓이었다. 비록 충동적으로 사표를 낸 뒤 입술을 깨물며 후회하긴 했지만 이류로 투항할 만큼 급격히 망가질 이유는 없었다.

며칠 후 내가 조국의 회사에 들른 건 순전히 나의 떨쳐버릴 수 없는 미덕이기도 한 의리 때문이었다. 한가해서는 절대 아니었다. 퇴직금도 타러 가야 하고 독립해 나간 선배들도 만나 진로를 상의해보고, 어찌 보면 바쁘다고도 할 수 있는 몸이었다. 그러나 조국이 하루에도 몇 번씩 전화를 하는 것이 귀찮지만 기특하다는 생각이 들어 가보지 않을 수 없었다. 운총의 꼴이 보기 싫어서이기도 했다. 사표를 낸 데 대해 운총은 잔소리를 하지는 않았다. 다만 마치 깨끗이 씻어놓고 오랫동안 쓰지 못한 전기밥통처럼 굴었다. 무덤덤한 척 식탁 구석에 얌전히 놓여 있지만 은근히 호구(糊口)를 상기시켜 숨통을 죄는 것이었다.

조국의 회사는 찾기 어렵기도 하고 임대료를 많이 받기도 어려울 듯한 외진 골목 안에 있었다. 낙원떡집이라고 간판이 보일 거야, 그 건물 2층으로 와, 하던 설명대로 떡집 간판이 아니라면 도저히 찾을 수 없는 위치였다. 떡집 옆으로는 '평화세탁소'라는 간판이 조그맣게 보였다. 내가 건물 측면에 있는 계단 쪽으로 돌아가자 떡집에서는 떡집 여자가, 세탁소에서는 세탁소 남자가 동시에 나란히 문을 열고 내다보았다. 보나마나 부부일 것이다. 눈을 가늘게 뜨고 염탐하는 듯한 그들의 표정은 손님이 장물아비인지 아닌지 의심하는 전당포 주인을 연상시켰다. 조국의 회사에 어떤 사람들이 드나드는지 짐작이 가는 일이었다.

이 회사의 주업무가 빚쟁이 따돌리기라는 것은 사무실에 들어서자마자 또 한번 확인되었다. 손톱소제를 하던 경리아가씨는 고개도 들지 않은 채 목쉰 앵무새처럼 말했다.

"지금 사장님 안 계세요. 다음에 오세요."

"사장님말고 이사님 만나러 왔어요."

나는 일부러 '님'자에 힘을 실어 말했다. 과연 경리의 등쪽 칸막이 뒤에서 조국이 전반적으로 판판하고 눈만 두릿두릿한 얼굴을 내밀었다.

"잘 찾아왔네?"

"국제적인 쇼 비즈니스를 한다면서 떡집 이층이 뭐냐."

"안 그래도 곧 요 앞에 있는 피자집 이층으로 이사가려고."

조국은 나를 사무실 안쪽의 칸막이 뒤로 데려갔다. 거기에는 승주가 말쑥한 콤비차림에 금목걸이를 한 40대 초반의 남자와 얘기를 나누는 중이었다. 우리가 들어서자 남자는 상체를 약간 흔드는 듯한 쾌활한 동작으로 자리에서 일어났다. 조국은 남자에게 나를 도서출판 청석골의 이사라고 우렁차게 소개했다. 남자가 안주머니에서 명함을 꺼내는 걸 본 승주가 내 쪽을 향해 "참, 김이사님 명함 떨어졌죠? 아침에 발주 들어갔어요"라고 거창하게 둘러댔지만 굳이 그럴 필요까지는 없었다. 지금 남자는 상대를 탐색하기보다는 거물 사업가로서의 자기 이미지를 연출하는 데 더 신경을 쓰고 있었다. 내 손을 굳게 잡은 다음, 눈을 내리깔고 입꼬리를 한번 올리는 것이 아마 목소리를 깔기 위해 정신집중을 하는 듯했다. 그러고는 낮고 음산한 탁성으로 이렇게 발음했다. 삐뜨루 최라고 불러주십시오.

직장생활 7년 동안 내가 받았던 명함은 천장 가까이 되었다. 명함은 생각보다 많은 것을 말해준다. 소박하지만 '주장'이 담긴 재생종이인가 세탁기에 넣어 돌려도 안 찢어지는 비닐코팅지인가, 금박을 넣은 화려하고 조잡한 디자인인가 세련되고 단순한 디자인인가, 면 단위 향우회의 총무까지를 포함해서 직함을 수없이 나열해놓았는가 간단명료하게 연락처만 적어놓았는가, 영문자 표기의 철자 중 오자나 탈자가 있는가 없는가 따위를 살펴보면 명함 주인의 성격과 정체를 어느정도 눈치챌 수 있는 것이다. 뻬뜨루 최의 명함은 짐작대로 약간 크고 뻣뻣한 전형적인 명함용지에 여섯 개나 되는 직함이 빼곡히 적혀 있었다. 브라질 한인태권도신문 발행인이라는 직함도 보였다. 물어보나마나 창간준비중일 것이다.

뻬뜨루 최는 조국의 스승이자 사장인 사진작가와 보름 전 브라질에서 처음 만났다. 사진작가는 자기 회사의 야심찬 기획인 브라질 교민대회의 진행상황을 체크한다는 명분으로 잠깐 아마존 밀림에서 나와 교민들과 양주를 마시는 중이었다. 어디를 가나 먼저 인간관계를 닦아놓는 데서 첫출발하는 그의 사업 스타일은 변함이 없었다. 그 자리에서 한 교민으로부터 "우리는 옷장사나 하고 조그만 구멍가게들 하지만 이 사람이 하는 건 진짜 비즈니스랍니다"라는 말로 소개받은 인물이 뻬뜨루 최였다. 첫눈에 서로 사기꾼임을 알아본 그들은 곧바로 '진짜 사나이'라는 명분 아래 의기투합해버린 모양이었다. 사진작가는, 나 김태성이요 잘해봅시다,라며 뻬뜨루 최의 손을 꽉 잡았다. 사진작가의 아버지는 그 아들을 봐도 알 수 있듯이 배포라면 가히 우주적이었던 듯하다. 평범한 사람이 아들 셋의 이름을 거성(巨星), 태성(太星), 대성(大星)이라고 짓기란 쉽지 않은 일이다. 아무리 앞집 영감이 못생긴 딸 셋의 이름을 선녀(仙女), 옥녀(玉女), 미녀(美女)라고 지은 데 오기가 났다고는 하지만 말이다. 그러고 보니 조선, 조직, 조국 삼형제도 이름에서만큼은 별〔星〕형제들에게 결코 처지지 않는다.

뻬뜨루 최는 말솜씨가 좋았다. 브라질의 아름다운 자연, 주로 의류업에 종사하는 교민들의 생활모습, 이민 30주년을 맞는 시점에서 이루어진 브라질 쇼의 적절한 시의성, 자신의 재력과 애국심, 김태성 사장과의 짧지만 진한 우정 등을 지칠 줄 모르고 늘어놓았는데 나처럼 남이 얘기할 때 잡념과 분심이 많은 사람도 한시간 정도는 지루한 줄 모르고 집중할 만했다. 브라질에서 파라과이로 넘어가면 국제적인 세금자유지역이 있다, 그곳의 돈을 갈퀴로 긁어모으는 게 바로 한국사람이다, 카지노도 기가 막히다, 브라질의 삼바축제 때는 한달 내내 모든 사람이 놀고 먹는다, 상파울루 사람들은 요트를 화려하게 장식하고 몇날 며칠 바다를 헤쳐 리우데자네이루로 간다…… 뻬뜨루 최는 아마존에서 채취하는 로얄젤리가 최고의 정력제라는 둥 골프가 너무 싸서 치기 싫을 정도라는 둥의 말도 빼놓지 않았다.

"제가 이번 주말에 브라질 들어갑니다. 어떻게, 안 바쁘시면 다음주라도 일단 사전조사를 하러 오시죠. 비행기표는 바로 보낼 테니까요."

"다음주에요?"

"리우에 가서 코파카바나 해변도 구경하고, 헬기 빌려 타고 이과수 폭포도 한번 돌아보죠. 저도 덕분에 오랜만에 요트를 좀 꺼내서 함께 산토스 해변에 나가 일광욕이나 해야겠군요. 브라질 친구 하나가 섬을 갖고 있는데 거기 별장에 가면 베란다에서 낚시를 할 수 있어요. 브라질에서 진짜 멋진 바다는 다 사유지예요. 그런 데 안 가보고도 브라질 좋다는 사람 많지만 그야말로 수준차 나는 거고요. 참, 시간이 많으면 카누를 타고 아마존 밀림을 돌아도 좋은데. 그 경치, 한번 보면 이제 죽어도 한이 없다는 말이 저절로 나오죠."

조국과 승주의 입에서는 신음이 새어나왔다.

뻬뜨루 최는 부자답지 않은 소탈한 면도 보였다. 사실 자신은 장사꾼일 뿐 '가방끈'이 짧다고 했다. 이민 2세들이 다 그랬듯이 자신도 어릴 때부터 재봉틀 앞에서만 살았기 때문이라는 것이다. 재봉틀질로 굳은살이 박힌 손까지 내밀어 보여주었다. 그는 대학 출신인 우리를

존경한다는 부분에서는 고개까지 앞으로 약간 숙였다. 아무리 돈이
많으면 뭐 합니까, 남의 나라에서 사는데 제대로 대접받을 수 있나요?
저도 제 사업체가 이렇게까지 커질 줄 몰랐어요, 그것만 아니라면 벌
써 내 나라로 들어와 살고 있을 겁니다,라고 말하는 뻬뜨루 최에게 우
리는 성공한 인간이 가진 개인의 우수를 느꼈다. 동포애마저 솟는 것
같았다.

또한 그는 스스로가 장사꾼임을 강조했다.

"장사꾼이 돈을 낼 때는 다 장삿속 아니겠습니까. 사실 브라질 쇼가
신문에 나고 텔레비전에 중계되면 저의 회사 홍보효과가 엄청나기 때
문에 그 덕 좀 보려고 협찬하는 겁니다. 쇼가 끝날 때까지 화면에 계
속 '협찬, 뻬뜨루 최 컨설팅'이라는 글자가 나타나도록 해줄 수 있죠?"

그의 말이 끝나자 승주가 커다란 동작으로 양손을 내저으면서 고개
를 위아래로 끄덕였다. 그런 동작을 동시에 할 수 있다니 생각처럼 운
동신경이 둔한 건 아니었다. 목소리마저 활기찼다.

"걱정 마십쇼. 언론하고 광고 쪽은 우리 김이사가 꽉 잡고 있어요."

"그럼요. 김이사는 학생 때부터 똑똑했죠. 아는 게 많아요. 참, 우리
셋은 고등학교 동창입니다. 우리 부탁이니까 김이사가 도서출판 청석
골 이사를 맡았지, 안 그러면 대한민국에서 그렇게 들어가기 어렵다
는 광고회사 차장자리를 박차고 나오기가 쉬운 일은 아니죠. 그리고
작가예요, 참. 우리야 편지 한장 쓸래도 밤을 새는데 그런 명문장이
어디에서 술술 나오는지."

승주와 조국이 하는 말에 대해 나는 굳이 부정할 필요는 느끼지 않
았다. 그런 말을 듣는 데 이력이 났다는 듯 덤덤히 앉아 있는 내게 뻬
뜨루 최가 존경이 담긴 눈길을 보내왔다.

"김이사님, 부끄럽지만 제 자서전 하나 써주실 수 없을까요. 브라질에 와서 한 보름만 저하고 함께 다니시면서 취재 좀 하시고요."

"그거 좋은 생각인데요. 출판은 우리 도서출판 청석골에서 하면 되고 말이죠."

승주의 말에 고개를 끄덕인 뒤 뻬뜨루 최는 다시 내 쪽으로 고개를 돌렸다.

"체류비용, 원고료, 다 선금을 내겠습니다. 무식한 말이지만 제가 뭐 돈밖에 가진 게 없어서요, 하하."

나는 글쎄요, 하고 애매하게 대꾸하고는 입을 꾹 다물었다. 벌어지려는 입을 다물려면 그 방법밖에 없는데 그걸 알 리 없는 조국과 승주는 "한번 생각해봐, 김이사. 아무리 바빠도 뻬뜨루 최가 부탁하시는데 말야"라며 대답을 재촉했다.

어쨌든 화기애애하고 모두에게 만족스러운 만남이었다. 조국과 승주는 뻬뜨루 최를 떡집 앞까지 배웅했다. 떡집과 세탁소에서 또 부부가 나란히 문을 하나씩 열고 내다보는 가운데 뻬뜨루 최는 열렬한 전송을 받으며 떠났다.

사무실로 되돌아온 조국과 승주는 비로소 마음놓고 흥분했다.

"우선 사람이 솔직하다!"

"인간적으로 신뢰가 가지 않나? 순수한 면도 있고 통도 크고."

"이십년 만에 만나본 진정한 남자야."

주고받는 말을 듣자하니 둘은 자기들이 순진한 교포사업가를 사기치는 게 미안하다는 착각에 빠져 있었다. 내가 보기에 뻬뜨루 최는 순진한 사업가는 아니었다. 그러나 상대해서는 안될 위험한 사기꾼 같지도 않았다. 조국과 승주처럼 홀딱 빠져들지만 않는다면 적당한 선에서 거래를 할 만한 사람이라는 게 나의 판단이었다. 나는 생각을 가다듬었다. 그가 우리들과 함께 하고 싶다는 사업계획 중에 실현될 가능성이 가장 많은 것은 쇼도 아니고 매체 창간도 아니었다. 자서전 발간이었다. 닳았다면 닳았고 세련됐다면 세련된 그의 눈이 우리 셋 가운데 나만이 제대로 일을 할 만한 사람임을 못 알아볼 리가 없는 것이다.

나는 뻬뜨루 최가 약속대로 선금을 준다면 그 일을 맡으리라 생각했다. 무엇보다 조국이나 승주 같은 사이비가 끼여들지 않고 나 혼자 하는 일이므로 마음이 놓였다. 대가도 온전히 나 혼자의 몫이다. 원고료 두둑이 챙긴 뒤 원고만 넘겨주면 그 다음에 책이야 나오든 말든 내 소관이 아니었다.

"야, 빨리 비자부터 내자. 다음주면 얼마 안 남았어."

"11월이라도 거기는 덥겠지? 이태원 가면 반바지 파는 데가 있을지 모르겠네."

"기왕 브라질까지 갔는데 펠레라도 만나고 올까."

해가 짧은 계절이라 밖이 어둑어둑해져 있었다. 정확히 다섯시가 되자 경리아가씨가 가방을 메고 일어섰다. 조국이 말했다.

"어, 그래 미스 김, 퇴근해. 우리는 오늘 중요한 구상 때문에 야근을 해야 하니까, 태화루에다 야끼만두하고 배갈 좀 시켜주고. 가만있어봐. 노 나는 판에 만두가 뭐냐, 야, 미스 김, 탕수육으로 해라. 너도 먹고 가려면 짬뽕 하나 추가하고. 양파 많이 달라고 해."

미스 김이 막 수화기를 들려는데 전화벨이 울렸다. 이어 미스 김의 짜증스런 목소리가 들려왔다.

"아이 참, 그렇다니깐요. 이사님도 안 계세요. 본사 들어가셨다구요."

내가 조국에게 물었다.

"본사는 또 뭐야?"

"협찬사 말야. 사장이 아마존 종단 떠날 때 타고 간 지프차가 쌍마자동차 협찬이거든. 사장 떠나기 전날까지 내가 본사 홍보실하고 경기도에 있는 공장 사이를 가랑이에서 쌍방울 소리가 나도록 왔다갔다 했잖아. 돈은 홍보실에서 나오고 지프차는 공장에서 나오니까."

"차까지 협찬받았어?"

조국은 김태성 사장이 다큐멘터리 사진작가로 성공하기까지의 무용담을 신나게 늘어놓았다. 물론 사장은 사진을 잘 찍었다. 그러나 그 정도로 잘 찍는 사람은 너무나 많았다. 또한 그러나 그 사람 중에 사장만큼 무모한 사람은 드물었다. 아직 젊은 나이일 때 사장은 부리부리한 눈을 빛내며 다짜고짜 쌍마자동차 회장을 찾아갔다. 경비실에서부터 비서실까지의 어려운 관문을 어떻게 통과했는지는 공식적으로 알려진 바 없다. 외디푸스처럼 스핑크스의 수수께끼를 풀었든 알리바바처럼 도둑의 주문을 훔쳐들었든 아니면 걸프전의 패트리어트 미사일로 폭파를 했든 그런 건 중요하지 않다. 그냥 무턱대고 걸었더니 그 길이 우연히 사장실로 가는 비밀통로였는지도 모른다. 아무튼 그는 아주 오래 전 신화시절에나 가능하고 위인전 혹은 할리우드 영화에나 나올 법한 일을 해냈다. 회장을 감동시키고 돈을 얻어온 것이다.

젊은 김태성으로서는 성공하면 크게 한탕 하는 것이고 실패한다 해도 경비와 비서에게 약간 야단을 맞을 뿐 잃을 게 전혀 없는 도전이었다. 최소한 이야깃거리라도 될 수 있으니 손해는 아니었다. 김태성은 그때 이미 대중을 상대로 일을 도모하는 사람은 평가가 좋든 나쁘든 무조건 화제를 모으고 봐야 한다는 사실을 깨치고 있었다.

전해진 바에 따르면 회장은 패기만만한 김태성의 모습에서 젊은날 자신의 맨주먹 창업시절을 떠올렸다고 한다. 지구촌 구석구석에 사는 인류를 지구가족의 이름으로 모조리 필름에 담겠다는 김태성의 포부는 진한 휴머니즘을 느끼게 했다. 회장은 무엇보다 '하면 된다'는 도전의식, 그리고 자신과 같은 거물을 두려워하지 않는 인간적 순수성에 점수를 주었다.

한편 김태성이 준비해간 선물에 만족했다는 설도 있다. 김태성은 도서관인지 신문사인지 어느 자료실에서 회장의 모습이 담긴 슬라이드를 대여했다. 그것을 전지로 현상한 다음 다시 여러 장을 이어붙여 초대형 브로마이드를 만들어 회장을 기쁘게 했다는 것이다. 김태성은 또 신선한 아이디어로 회장을 놀라게 했다. 식인종의 등에 쌍마자동차의 로고를 그려넣고 사진을 찍어오겠다든지, 인디오 여자에게 역시 쌍마자동차 로고를 커다랗게 뜨개질하게 해서 지프 위에 깃발처럼 붙이고 다니겠다든지 그것을 주문상품화할 수도 있다든지, 그런 것들을 모두 광고로 활용할 수도 있다든지. 그런 이야기를 들은 회장은 마치 오래 전 읽은 무협지처럼 황당하다고 재미있어했다는 뒷얘기가 있다. 수많은 고급두뇌를 거느린 회장은 유치하고 황당한 이야기를 들어본 지 너무 오래되었던 것인지도 모른다.

그 일 이후 몇번인가 회장은 김태성의 다큐멘터리 프로젝트에 협찬을 했다. 이번 아마존 건을 추진할 때도 사장의 담판은 성공을 거두었다. 쌍마자동차의 지프 두 대가 오지탐험에 맞도록 특수개조되었고 두달 동안의 취재에 필요한 경비가 협찬금으로 떨어졌다. 이제 후원사를 잡을 차례였다. 후원사란 언론이었다. 사실은 이것이 회장 혹은 홍보실을 움직인 진정한 이유일 텐데, 김태성은 언론에서 대대적인 보도를 할 거라며 방송사와 신문사에 깔린 자신의 인맥을 구체적으로 들이댔던 것이다. 텔레비전 교양프로그램의 카메라가 아마존 밀림을 탐험하는 자신을 따라다닐 테고 신문지면에서도 자신의 오지탐험은 고정 연재물이 될 것이다, 물론 그동안 자신은 언제나 쌍마자동차의 로고가 찍힌 티셔츠를 입고 쌍마자동차의 지프를 타고 있을 것이며 화면 아래로는 협찬사의 이름이 떠나지 않을 것이다,는 김태성의 말은 설득력이 있었다. 인지도 및 홍보효과, 즉 사람들 입에 한번이라도 더 오르내리는 것, 그리고 이미지 제고야말로 협찬의 진짜 이유였다. 공개적인 미담이란 것은 있을 수 없다. 계산된 이미지 메이킹이거나 순진한 사람들에게 휴머니즘을 홍보하기 위한 공익광고일 뿐이다. 회장 혹은 홍보실을 움직인 것은 광고비에 비하면 턱도 없이 미미한 돈이 들지만 그에 비해 효과는 큰 간접광고의 매력이었다.

김태성이 프리랜서 사진작가로 얼마간 일했으므로 언론사에 아는 사람이 많은 것은 사실이었다. 김태성은 첫 만남에 호감을 사버리고 두 번만 만나도 10년 위아래는 모두 다 지기가 되며 세번째부터는 모조리 친인척관계로 만들어버렸다. 가령 아들을 가진 상대에게는 자신의 일곱살 난 딸을 내세워 '사돈'이 되었고, 자신의 고향과 반경 3백 킬로미터 안에 있는 지역 출신이면 '한동네 사람'이었다. 조금 복잡한 친척 계보로는 '구멍동서'나 '기둥서방', 더 복잡한 '젊은 오빠' 같은 것도 있었다. 쇼 비즈니스를 하는 엔터테이너답게 김태성은 사진과 사업뿐 아니라 분위기 띄우는 데도 재주가 뛰어났다. 부친상을 당한 처지라 카라오께에 갈 수 없다고 사양하는 사람에게는 "그럼 가서서 '불효자는 웁니다'를 부르면 되지 무슨 문제입니까"라며 잡아끌었다.

술을 입에도 대지 못한다는 사람에게는 "일단 가십시다, 입에 못 대면 발이라도 씻으면 되죠 뭐. 별문제 아녜요"로 박력을 과시했다. 그의 입버릇대로 '노 프라블럼'이었다.

그러나 동물이 몸을 움직이는 것은 오직 먹이와 생식을 위해서이듯 사람도 이득이 없으면 움직이지 않는다. 언론도 마찬가지다. 그들이 김태성과의 야릇한 친척계보 때문에 혹은 사나이들끼리의 우정과 의리, 아니면 김태성이 무조건 멋있어서 도와주는 게 아니었다. 방송사는 제 돈을 거의 안 들이고도 오지탐험 같은 프로그램을 만들 수 있어 좋았다. 신문사 또한 출장비 안 들이는 해외취재를 빙자한 외유를 원했다. 그리고 다들 어떤 종류의 향응으로써 틈틈이 '업무로 인한 피로'도 풀고 싶어했다.

이벤트사업이란 한마디로 '엮기'였다. 별로 관계없어 보이는 것들을 서로 엮어 누이 좋고 매부 좋게 만드는 것이다. 누군가가 순전히 저 좋아서 오지탐험을 한다. 그것을 방송사에서 찍어 프로그램으로 만든다. 그 화면에 협찬사의 로고가 붙은 자동차가 등장한다. 시청자는 밀림을 누비는 그 자동차에 호감을 갖는다. 언젠가는 그 회사의 자동차를 살지도 모른다. 이처럼 눈에 보이지 않는, 즉 실물이 없는 이미지나 꿈이나 호기심 따위의 것을 가지고 야바위꾼처럼 이리저리 옮겨서 돈을 만들어내는 일, 그것이야말로 3차산업의 본질이었다. 조국은 김태성 사장의 사업방식을 통해서 자기도 모르는 사이에 매스미디어, 써비스업, 문화사업 등 현대산업 구조의 성격을 꿰뚫고 있는 셈이었다. 물론 "그 회사에서 하는 일이 뭐요?"라는 질문을 받으면 겉으로는 '사나이라면 무조건 뛰어들 만한 사업'이라고 큰소리치고 속으로는 '사기치는 거지 뭐'라고 중얼거릴 테지만 말이다.

"폼이야 나지. 해뜨는 하늘을 배경으로 지프가 깃발을 휘날리면서 사막을 넘어가는 장면이나, 아랫도리만 가린 추장에게 코리아라고 박힌 티셔츠를 벗어서 입혀주는 장면, 그런 건 정말 그림이야. 근데 협찬사는 그런 거 보지도 않아. 자기네 자동차가 화면에 몇분 나왔는지, 어디어디 협찬이라는 자막 글자가 몇 포인트인지, 테두리를 둘렀는지, 색깔을 넣었는지, 그런 거 갖고 돈을 깎네 마네 얼마나 치사한데. 폼나는 일은 사장이 하고 따까리는 이리저리 불려다니면서 깨지고, 뭐 그런 거야."

조국은 협찬사의 홍보실에 불려가 기다리는 일에 이력이 나 있었다. 글자라고는 읽기 싫어하는 그가 굴러다니는 사보를 펼쳐보았다면 얼마나 지루했는지 알 만하다. 조국은 그 사보 안에 있는 낱말풀이 문제의 빈칸이 절반 이상 채워져 있는 걸 본 적이 없다는 근거로 대기업 직원들의 무식함을 성토했다. 본사와 공장만 해도 수준차가 나더라며, 본사 홍보실에 비치된 사보에는 그래도 한두 문제 빼고는 모두 정답이 적혀 있더라는 거였다. 홍보실에는 그런 걸 풀기 좋아하는 여직원들이 있기 때문일 거라는 내 말을 강하게 부정하는 조국은 아내인 미스 박이 수준 높은 본사 출신임을 강조하고 싶은 듯했다.

배갈 기운이 오르자 조국과 승주의 얼굴이 붉어졌다. 그들의 브라질 꿈도 점점 장밋빛이 되어갔다. 승주의 여행사 친구와 마찬가지로 뻬뜨루 최도 브라질이 한국남자의 천국이라는 표현을 썼다. 자동차를 탄 채로 들어가는 러브호텔은 버튼만 누르면 천장이 열려 별이 보였으며 야자수 아래 풀장까지 갖춰져 있었다. 그곳에서는 어찌된 셈인지 예쁜 여자까지도 거만을 몰랐다. 밤새 헌신적인데다 가격까지 절약형이었다. 브라질 창녀 예찬을 승주는 철저히 믿었다. 아마 브라질

의 모든 여자들은 끈으로 묶는 형광팬티를 유니폼으로 입도록 법으로
정해져 있으며, 팬티 앞부분에 국제 공용어인 에스페란토어로 '닦고
조이고 기름 치자'라고 씌어 있다고 해도 믿었을 것이다. 남자용 팬티
에는 '최선을 다하자'라고 써 있지만 꼭 그렇게 할 필요는 없다고 허
풍을 쳐도 알겠다고 고개를 끄덕일 게 틀림없었다.

화제가 한창 무르익을 무렵 전화벨이 울렸다. 승주를 찾는 김간호
사의 전화였다. 전화를 끊고 나서 승주는 투덜댔다. 김간호사가 남편
의 사랑을 얻으려는 방면으로는 전혀 노력을 기울이지 않는 대신, 야
간에 탐정학교에라도 다니는지 날로 늘어가는 것은 허릿살과 의심뿐
이라고 말했다. 새벽에 들어가는 날에는 주머니를 뒤집는 것은 물론
이고 팬티 봉제선의 꼬인 실밥까지 일일이 풀어본다는 것이었다. 그
러고는, 당신 어떤어떤 년 만나서 무엇무엇을 먹고 마시다가 어디어
디에서 자고 들어오는 거지?라고 스토리가 꽉 짜인 문초를 하곤 했다.

"그럴 땐 정말 미치겠어."

"차근차근 설명을 해줘보지."

"그게 아니라니까. 마누라가 너무 기가 막히게 맞히는 거야. 초상집
간다고 말해놨다가 여자한테 바람맞아서 그냥 들어간 날이 있었거든.
현관문 들어서자마자 잠깐 나를 살피고 냄새맡고 하더니 대번에 이러
더라구. 당신 바람맞았지? 그년이 회사로 전화하기로 해서 한시간쯤
기다리다 그냥 오는 길이지? 오다가 포장마차에서 우동하고 소주 반
병 먹었지? 지난번에 장흥 같이 갔던 년이지? 그년 머리 길고 생머리
지? 아주 귀신이야 귀신. 틀린 게 하나도 없더라니까."

잡아떼는 데 이력이 난 승주지만 자기도 모르게 "어떻게 알았어?"
라고 할 뻔한 순간이 몇번이나 있었다고 한다. 나는 승주에게 몇가지

충고를 했다. 못 들어간다고 한 날은 숙직실에서 자는 한이 있더라도 절대 집에 들어가면 안된다. 전화를 기다리다가 바람맞았더라도 회사에서 나올 때 "여자한테 전화 오면 기다리다가 갔다고 해" 같은 말을 남기면 안된다, 혹시 마누라가 전화했는데 문제의 여자인 줄 알고 대신 그 메시지를 전할 수도 있으니까. 집앞 포장마차에서 술을 먹었으면 아파트단지 안을 두 바퀴쯤 뛰고 집에 들어가라, 그렇게 하면 시간계산에도 혼선을 빚고 술냄새도 가신다. 집에 들어가기 전 반드시 주머니를 점검하라, 영수증이나 명함은 물론이고 상호가 찍힌 성냥이나 냅킨 같은 것을 철저히 은닉 또는 폐기한다. 어깨 위도 잘 털어야 한다. 여자의 긴 머리카락 같은 건 자기 손과 눈이 닿지 않는 등쪽에 붙어 있기 쉽다. 물론 이것은 경험과는 상관없이 순전히 타고난 분석과 추리력에 의존한 내용이었다.

마지막으로 나는 승주에게 애초부터 자기의 행적을 설명해주는 버릇을 들이지 않았어야 했다며, 비로소 경험에서 비롯된 충고를 꺼내놓았다. 나는 야근이나 문상처럼 분명히 공개할 수 있는 외박까지도 운총에게 일일이 설명하지 않는다. 그래야만 진짜 외박을 할 경우 아무 설명 없어도 의심받지 않을 수 있기 때문이다. 사람이 차갑고 잔재미가 없다는 불평을 듣긴 해도 그 편이 낫다. 나로서는 늘 핑계와 알리바이를 창작해가며 피곤하게 바람을 피우는 사람들이 이해가 가지 않는다. 그러나 진짜 나쁜 놈들이 나쁘다는 소리를 한사코 듣기 싫어하는 것처럼 진짜 바람둥이들은 그것을 인정하지 않으려는 데만큼은 눈물겹도록 고지식하다. 내가 긴 충고를 해줬음에도 승주는 자기가 공처가라서 그런 정보는 필요없다고 잡아뗐다. 자기의 전문분야에 대해 충고를 듣자 자존심이 상한 듯이 보였다.

하긴 승주의 경우는 김간호사의 지갑에 의존도가 높아 일일이 변명을 하고 살아야 할 것이다. 승주가 자신을 따르는 여자들을 섭섭치 않게 하는 데는 당연히 돈이 들었고 그 돈은 어찌저찌 김간호사의 지갑에서 나왔다. 현주누나의 통장에서 나오는 수도 있었다. 승주는 영업부 시절 회사 차에 여자를 태우고 놀러 가다 경춘가도에서 접촉사고를 낸 적이 있었다. 승주의 차에 꽁무니를 부딪친 승용차 안에서 남자가 나왔다. 한국남자들은 그런 경우 취하는 몸동작이 대개 똑같다. 한 손으로는 뒷목을 붙잡고 한손으로는 옆으로 조금 튼 허리를 지탱하며 잔뜩 인상을 찌푸리고 나오는 것이다. 하는 수 없이 현주누나에게 도움을 청할 수밖에 없었다. 그런가 하면 승주는 만취된 채 삐끼에게 붙들려서 결혼반지를 잡힌 경험도 두 번이나 되었다. 그때 역시 현주누나 덕분에 위기를 모면했다. 결혼반지를 찾으러 간 날조차도 승주는 잔뜩 취해 돌아왔다. 술집에 외상을 갚으러 가면 요령좋은 마담은 으레 호들갑스럽게 반기며 공짜술을 대접한다. 그러고는 적은 액수라도 새로운 외상을 달게 만든다. 다시 또 외상이 쌓이도록 만드는 기초 정지작업인 셈이다. 한때 승주는 그 싸이클을 벗어나지 못했다.

그밖에도 여러번 승주가 사고를 쳤을 때 현주누나가 김간호사 몰래 돈을 마련해주었다. 돈을 주면서 현주누나는 제발 정신차리라고 승주에게 잔소리를 했다. 그러면서도 아직도 미모에 자신이 있는 현주누나는 일단 체급에서부터 승주를 누르고 들어가는 못생긴 김간호사하고 살자면 그럴 수밖에 없으리라고 한편으로는 승주를 동정했다. 현주누나는 착해빠진 승주가 생활력 강한 곰 같은 마누라한테 쥐여 기를 펴지 못하고 산다고 오해하고 있었다. 엄마만 살아 있었어도 인물 좋고 재주 많은 우리 승주가 저렇게 살 애가 아닌데, 하면서 하나뿐인 동생의 인생이 안타까워 때로 눈물을 흘렸다.

30대 때 남자라면 누구나 마누라 모르게 해야 하는 일이 두 가지 있다. 여자문제와 돈문제이다. 승주에게 여자가 문제라면 조국에게는 돈이었다. 비자금을 조성하려는 조국의 지략은 여느 정치인 못지않았으나 액수에 있어서는 버스 차장이 토큰 삥땅치던 규모와 비슷했다. 거기에는 온갖 속임수가 동원되었다. 책갈피나 철지난 옷의 주머니에 넣어두는 고전적인 방법에서부터 목욕탕 천장, 장롱 위 같은 높은 곳을 이용하기도 하고 양말목에 숨겨 몸에 지니기도 하고 자동차의 햇빛가리개 안에 넣어놓는 등 수많은 방법이 쓰였다. 부조금을 조금씩 덜어내는가 하면 이발비 같은 것을 두 번 타내기도 했다. 고등학생 때 책값을 속이던 경험을 유용하게 써먹은 일도 있었다. 어머니들이 그랬듯이 아내들도 책값이라고 하면 별 잔소리를 하지 않는다. 외국에 나가려면 영어공부를 좀 해야 한다며 5천원을 타서 가장 싼 EBS 방송 교재를 산 뒤 나머지 2천여원의 돈은 생맥주 두 잔으로 변신시켰다. 그런 과정 모두가 그야말로 민중의 삶이요, 민초의 비애가 아닐 수 없었다.

내가 회사 다닐 때에도 그 비슷한 일이 있었다. 당시 우리의 관심사는 마누라 슬하의 통장으로 곧바로 들어가는 월급이 아니라, 수당이나 야근비처럼 현금으로 따로 지급되는 소액의 수입이었다. 그런 수입을 월급명세서에 포함시켜 입금하겠다는 경리부의 의견이 나오자 회사가 발칵 뒤집혔다. 그러나 경리부에서는 우리가 잘 모르는 어떤 전문적인 이유로 모든 지급금을 통장처리해야만 자기네 업무가 원활해진다고 우겼다. 결국 그 문제는 해결이 잘되었다. 다들 월급이 입금되는 통장 외에 마누라 몰래 수당과 야근비를 받는 통장을 따로 하나씩 개설했던 것이다.

김간호사에게서 온 것말고도 두어 번 더 전화벨이 울렸다. 조국이 낮에 경리아가씨가 하던 업무를 이어서 계속했다. 매번 같은 말이었다. 글쎄, 지금 저를 잡아넣으면 돈이 나옵니까, 이번 브라질 건이 억 짜리예요, 계약만 되면 그것부터 해결한다니까요, 하는 식이었다.

"그런 전화가 밤에까지 오냐. 대체 너희 사장은 뭐 하느라고 빚이 그렇게 많아?"

"엮는 게 능력 아니냐. 아마존 간다고 사업을 몇개 엮어 갔는지 나도 몰라. 거기 알로에농장 지나가다가 잠깐 멈춰서서 광고사진 찍어 오겠다고. 알로에화장품 회사에서 협찬금 받아 갔고, 또 '잉카문물전' 건도 있고……"

"잉카문물전?"

"페루 지나가는 길에 거기 박물관 들러서 섭외를 하겠다고 하더라구."

조금이라도 연관이 있다 싶으면 사장은 망설임없이 재벌 못지않은 문어발 경영에 돌입했다. 한번은 다단계판매로 말썽을 빚은 적 있는 전자요회사를 찾아갔다. 회사 이미지를 바꾸는 의미에서 소수민족을 돕는 캠페인을 벌이라며, 자신이 남미에 가서 전자요를 선물받고 기뻐하는 원주민의 모습을 필름에 담아오겠다고 기염을 토했다. 그러나 쌍마자동차 때와 같은 신화는 더이상 일어나지 않았다. 알래스카에서 냉장고 판다는 얘기는 들었어도 아마존에서 전자요 쓴다는 말은 처음 들어본 그 회사 사장은, 아무리 무슨무슨 신문사 기자를 들먹이더라도 사람을 함부로 들여보내지 말라고 건물 경비에게 단단히 일렀다.

"아까는 무슨 인쇄소에서 독촉 온 것 같던데?"

"응, 그거? 방송국 간부 구워삶으려고 도서출판 청석골에서 수필집 하나 내주기로 했거든. 짜식들, 5백부 찍은 게 몇푼이나 된다고 전화질이야. 천만원 넘는 빚들이 얼마나 많은데 어디다 명함 내밀겠다고."

빚의 규모가 천만원 미만이면 통큰 조국에게 사람 취급을 받지 못했다. 빚이란 건 남에게 갚아야 할 돈이라는 생각에 앞서, 무엇이 됐든 숫자가 적은 건 무조건 깔보게 되어야 제대로 된 사업가인 모양이었다.

얘기를 들을수록 스튜디오 파인더부터 평산엔터테인먼트까지 거창한 이름을 가진 네 개의 회사에서 할 수 있는 일이란 단 한가지뿐이라는 사실만 명백해졌다. 그것은 김태성 사장이 외국에 나가 사진을 찍는 것이었다. 그외에는 아무것도 생산할 능력이 없었다. 일을 하는 것도 사장 혼자이고 빚을 지는 것도 사장이었다. 회사는 오직 사장 한사람에게만 의존하고 있었다. 즉 사장 없이는 사기극조차 벌일 수 없다는 뜻이었다. 조국이 사장과 같은 방식으로 협찬이나 후원을 따내기는 애초에 글러먹은 일이었다. 브라질 교민행사만 해도 30명쯤 되는 연예인들을 인솔하고 가서 쇼와 축구대회를 여는 그런 엄청난 일을 기획서조차 쓸 줄 모르는 조국이 이루어낸다는 건 불가능했다. 그 많은 연예인 섭외는 어떻게 하며 여권 같은 국제적 문건은 또 어떻게 다루겠는가. 게다가 경비도 한푼 없었다. 그나마 기대할 만한 건 알게 된 지 몇시간 안되는 빼뜨루 최뿐이니 말해 무엇하겠는가.

그러나 그들은 즐거운 화제 속에 계속 머물기를 원했다.

"브라질 가는 데 비행기는 몇시간이나 타냐? 엘에이에서 갈아탄다고 하던데."

승주의 물음에 조국이 바로 응수했다.

“두환이한테 상파울루로 마중 나오라고 하면 놀라 자빠질 텐데, 아직 소식 없지?”

나는 신나게 떠들어대는 조국과 승주를 물끄러미 바라보았다. 모든 일을 부분만 보고 또 자의적으로 해석하는 놈들은 대체로 행복하다. 그 행복의 이면을 예측할 수 있는 나 같은 사람에게만 피곤이 주어질 뿐이다. 그러나 나는 거기에서 일단 생각을 멈췄다. 알 게 뭐냐. 끼여들지 않으면 그만이다. 가만히 구경하고 있다가 뻬뜨루 최의 자서전 일이나 맡으면 된다. 내일은 오랜만에 김부식에게 전화를 한번 걸어봐야겠다고 생각하며 나는 잔에 남은 배갈을 삼켰다. 직장을 알아봐야 하겠지만 여기저기 찾아가 기웃거리는 것도 내키지 않는 일이다. 집에 앉아 운총의 질긴 눈총을 견디는 것 또한 마땅치 않았다. 목구멍이 쓰고 뜨거웠다.

김부식과는 다음날 바로 통화가 되었다. 그런데 뜻밖에도 그는 자매지인 스포츠지로 밀려나 있었다. 2년 전 사회부에서 정치부로 옮겨갈 때 그는 그야말로 기세등등했다. 올라간다는 것은 물론 언젠가는 내려와야 한다는 뜻이겠지만 그는 그런 격언과는 전혀 관련이 없는 것처럼 보였다. 키가 작아서 그런지, 똑같은 높이에 오른 사람보다 덜 올라갔다고 생각하는 버릇이 있는 그는 다음단계로 올라갈 준비가 되어 있다는 뜻으로 언제나 발 한쪽을 위로 치켜들고 있었다. 그러다가 누군가에게 차여서 굴러떨어진 모양이었다. 나는 조금 김이 샜지만 내친걸음이라 회사 앞 술집으로 그를 만나러 갔다.

김부식에게 브라질 건을 얘기한 것은 순전히 재미삼아서였다. 물론 내가 회사를 그만둔 뒤 일을 찾고 있다는 사실을 은근히 내비치고 싶은 마음도 조금은 있었다. 사람의 대화에는 이상한 구석이 있다. 말이란 전혀 안 통하다가도 엉뚱한 곳에서 합의점을 찾아내기도 한다. '밥 먹으러 가자' '생각해보니 술 마신 지 오래됐는데?' '근데 요즘은 통 소화가 안돼' '운동을 좀 하긴 해야 돼' '어떤 회사에서는 골프 배우라고 보조금 나온다더라' '월급이 통장으로 들어오면서부터는 월급날도 아무 재미가 없어' '삼겹살에 소주 한잔씩 하고들 들어가야 하는데 말이지' '요 앞에 삼겹살집 새로 생겼는데 괜찮더라' '그래? 나가자, 그럼'——이런 식으로 통하지 않으면서 통하는 게 바로 대화이다. 김부식과의 대화 역시 내 의도와는 전혀 상관없는 부분에서 풀려나가기 시작했다.

브라질 얘기를 들은 그는 뱀이 먹이를 발견한 듯 세모꼴 눈에 갑자기 광채를 띠더니 담배를 한대 피워물었다.

"그래? 펠레를 만나겠다고 했단 말이지……"

하고 중얼거리면서 한참 동안 생각에 잠겨 있는 그를 보고 있으려니 내 마음이 여간 불안한 게 아니었다. 바로 조국이 한 말이라고 일러줬는데도 그 말을 진지하게 듣는다면 본지에서 떨려난 충격으로 머리라도 다친 게 분명했다. 김부식이 담배를 재떨이에 짓이기면서, 눈꺼풀은 내리깔고 눈동자에는 힘을 준 채로 말했다.

"내가 밀어줄 테니까 해보라고 해."

"뭐?"

"스포츠지가 연예지 아니냐. 딴따라들 섭외는 내가 도와줄 테니까, 펠레 좀 만나라고 하라니까. 한국에 초청을 해보라고 말야."

나는 픽 웃고 말았다. 그러나 김부식은 민완기자답게 차근차근 따져가기 시작했다.

"그러니까 행사가 쇼하고 축구대회란 말이지?"

“그런가봐.”

“그럼 연예인축구단을 섭외해서 데리고 가면 되겠군. 헌팅은 언제 가는데?”

“헌팅?”

“헌팅도 안하고서 그 말 안 듣는 딴따라부대를 끌고 가려는 건 아니겠지?”

“삐뜨루 최가 이미 초대했어. 다음주에.”

나는 그것이 실현가능성이 적은 일이라는 말은 하지 않았다.

“그거 일주일만 미뤄. 우리가 후원하면 브라질 갈 때 티오 하나 줄 수 있지?”

“그게 무슨 말이야? 너도 같이 가게?”

“아니, 우리 부장.”

그제야 나는 김부식의 속셈을 알 듯싶었다.

어디를 가나 그가 원하는 것은 특종이었다. 그런데 요즘에는 그보다 더 피곤한 문제가 그를 압박해왔다. 데스크인 부장 때문이었다. ‘후생이 가외’라는 말을 알았던지 부장은 너무나 무서운 존재인 김부식 자신을 사사건건 견제했다. 그는 부장의 그런 생각을 확 바꿔줄 만한 계략을 연구중이었다. 브라질 건은 그 두 가지를 한꺼번에 해결할 수 있었다. 언론사 후원이야 어렵지 않은 문제였다. 스포츠신문이라서 일간지에 비해 지면이 많았다. 한두 번 기사를 써주는 조건으로 브라질 방문팀에 동행할 티켓을 얻어내고 그걸 부장에게 상납할 생각이었다. 김부식이 물어온 건수로 부장이 브라질에 취재 겸 관광을 다녀오면 그를 보는 눈이 약간은 고와질 것이다. 거기에다가 잘만 하면, 아니 솔직히 말하면, 잘못해서 조국이 펠레와 정말 접촉이라도 하게 되는 날에는 특종이 터진다. 다음달에 창간 3주년을 맞는 자기네 신문에 펠레 초청 특종을 내고, 그리고 다음 인사 때에는 다시 본지로 돌아갈 수 있을지도 모른다. 이상이 일류대와 해병대를 우수한 성적으로 졸업한 김부식의 머리를 빠르게 스쳐간 생각이었다.

그렇게 빨리 돌린 덕에 동력을 끈 뒤까지도 관성의 힘이 남아 있었던지 그의 머리는 조금 더 돌아갔다. 그는 내게도 꼭 원할 만한 적절한 정보를 흘려주었다. 자기 신문사에서 한두 달 후에 편집기자를 특채할 계획이 있다는 거였다. 거기에 대해 자기 부장이 얼마간의 권한을 갖고 있다는 귀띔도 해주었다. 그렇게 되면 부장의 브라질 티켓을 따는 일은 김부식뿐 아니라 나에게도 중요한 문제가 된다. 편집기자라고 한다면 두환의 지적대로 한자리만을 지키는 게 특기인 내 성격에도 맞는 자리였다.

조그만 회사일수록 대외적으로는 '전직원의 간부화' 체제가 많은 법이다. 또 조국네 경우처럼 전화가 두 대만 돼도 대표전화를 신청해서 무슨 큰 회사처럼 명함의 전화번호 앞에 (대)라는 걸 박아넣는다. 나역시 이사만으로 구성된 회사라서 이사직함을 받았을 뿐이므로 재벌회사의 이사라도 되는 듯이 회사에 몸을 던질 이유는 없었다. 하지만나를 둘러싼 정황은 점점 더 내가 깊이 개입할 수밖에 없도록 진전되어갔다. 바람이 들이닥치니 문이 열리지 않을 수 없는 정황이라고나할까. 때마침 사표를 내지 않았다면 나는 처음부터 이런 황당한 일에끼지 않았을 것이다. 뻬뜨루 최가 자서전 대필을 의뢰하지 않았다 하더라도 구경꾼에서 머물고 말 일이었다. 가장 결정적인 것은 김부식의 제안이었다. 생각하면 생각할수록 신문사의 편집기자 자리야말로내 자리였다. 사람을 만나기 싫어하고 남의 잘못된 점을 빨간펜으로 교정보기 좋아하는 내 성격에 딱 맞다는 생각이 머릿속을 떠나지 않았다.

나는 회사로 돌아와 조국에게 김부식의 구상을 전했다. 그 내용은 팩스를 통해 그대로 뻬뜨루 최에게 전달되었다. 그리고 며칠 후에는 정말로, 뻬뜨루 최가 보낸 세 장의 비행기표가 도착했다.

그날 조국의 회사에서는 사업계획을 설명한다는 구실로 온갖 사람한테 브라질 간다는 자랑을 하느라고 전화통에 불이 났다. 낙원떡집도 놀라고 말았다. 조국의 회사가 떡을 2천원어치 이상 팔아준 것은 창사 이래 처음이었다. 아내에게 그 소식을 듣고서 혹시 사장이 재작년에 맡겼던 코트의 드라이비를 받을 수 있을까 2층으로 올라와본 세탁소 주인 역시 놀랐다. 조국이 그 돈 5천원을 주기로 마음먹은 것이나 그 5천원을 승주한테 빌리자고 하자 승주가 지갑을 꺼낸 것이나, 그 속도가 너무 신속했기 때문이다. 주인은 그렇게 호흡이 잘 맞고 기민하게 돌아가는 회사인 줄 몰랐다고 아내에게 솔직히 털어놓았다.

출발날짜까지는 열흘 정도밖에 남아 있지 않았다. 비자를 내는 데만도 시간이 빠듯했다. 조국과 승주는 여기저기서 여행비를 빌려 모은다 반바지와 썬글라스를 산다 하며 흥분된 나날을 보냈다. 브라질의 특산품이 뭐라는 둥 누구누구의 부탁으로 뭐만은 꼭 사와야 한다는 둥 떠들어대는 그들에게는 이번 여행이 비즈니스라고 아무리 일깨워줘봤자 소용없는 일이었다.

헌팅이라고 하지만 그것은 꿩이나 토끼를 쏘면서 놀고 먹는 일이 아니었다. 쇼를 제대로 열 수 있는 환경이 되는지 알아보고 수지타산도 맞춰봐야 했다. 교민이 얼마나 되며 이 쇼에 얼마나 관심을 갖고 있는지 시장을 파악하는 일도 중요하다. 또 현지에서 장소와 무대장비를 임대하고 포스터와 티켓의 제작 배포를 맡아줄 사람도 물색하지 않으면 안된다. 공연할 극장의 규모와 시설은 물론이고, 팀을 이끌고 오는 일이니만큼 숙박시설과 교통편도 자세히 알아두어야 한다. 또 축구대회를 열기 위해서도 팀의 구성, 장소 임대 등 할일이 적지 않았다. 바쁜 연예인들이 브라질까지 갈 때는 개런티도 개런티지만 멋진 해외관광에 매력을 느끼기 때문이다. 그러므로 관광을 위한 답사 역시 필요하긴 하다. 하지만 그것은 어디까지나 부차적인 일인데도 조국과 승주는 주로 그것만을 염두에 두었다. 나머지 모든 것은 뻬뜨루 최가 알아서 할 거라고 태평이었다.

"뻬뜨루 최는 그냥 협찬이야. 돈 끌어주는 것만 한다구. 실무를 담당하는 기획사는 바로 우리야, 우리!"

내가 말하자 그들은 똑같이 "노 프라블럼!"이라고 말하며 어깨를 으쓱해 보였다. 그 회사에 들어오면 누구나 감염되는 '무대뽀' 혹은 무책임 바이러스라도 있냐고 비꼬았더니 이번에는 만수산 4인방의 공식 홍보시조인 '이런들 어떠하리, 저런들 어떠하리'를 중창으로 읊어댔다. 언제나 그처럼 비관적이기 때문에 내 인생이 우중충한 거라고 나를 걱정해주는가 하면 태양이 머리 위에 있을 때 두 팔 벌려 그것을 마음껏 가슴에 끌어안아야 한다고 진지한 충고까지 아끼지 않았다.

비행기표까지 보냈으니 나로서도 뻬뜨루 최에 대해서는 어느정도 믿음이 갔다. 그가 교민사회에 다리를 잘 놓으면 브라질 쪽의 일은 그럭저럭 해결될 수 있을지도 모른다. 그러나 이쪽 일 또한 큰 과제가 남아 있었다. 가장 중요한 텔레비전 방송에 아무 선도 대지 못하고 있었던 것이다. 처음 기획대로라면 브라질 쇼는 텔레비전의 설날특집 프로그램으로 방영하게 되어 있었다. 이민 30주년을 맞는 브라질 교민의 삶을 스케치로 담고 그리운 고향산천 및 친지에 대한 목메인 인사 몇마디를 보탠 다음 쇼를 내보내는 것이었다. 중간중간 브라질의 관광명소와 성공한 교민의 인터뷰를 삽입해서 프로그램을 구성하면 손색없는 특집쇼였다. 그런 쇼가 텔레비전에 방영되지 않는다면 유명 연예인이 브라질까지 갈 리도 없고 뻬뜨루 최 역시 협찬을 할 이유가 없었다. 더구나 내가 알기로 뻬뜨루 최는 성공한 교민의 인터뷰에 한인회장과 한인교회 목사들, 변호사들을 제치고 자신이 얼굴을 내밀 욕심도 갖고 있었다.

애초에 브라질 쇼를 기획한 것은 당연히 김태성 사장이었다. 방송사 간부들을 접대하는 자리에서 즉흥적으로 나온 아이디어였다. 추진해보라는 대답 역시 흔쾌하긴 했지만 술자리에서 오간 말이니만큼 '몸통' 및 실세의 책임있는 발언은 아니었다. 조국은 사장에게 이 일을 추진해보라고 했다는 방송국 간부가 누군지조차 알지 못했다. 만약 텔레비전 방송시간을 잡지 못하면 브라질 기획은 완전히 수포로 돌아간다는 것을 조국이 모를 리 없었다. 그런데도 고작 손을 쓰는 일이라고는 사장이 아마존 밀림에서 살아나와 모스부호로라도 교신해오기를 기도하기 위해 두 손을 모으는 것뿐이었다. 이국 만리에서 어떤 강력 리모컨으로 방송국 간부를 움직여 국내 텔레비전 방송시간을 따낼지 그것은 사장이 알아서 할 일이라고 하더라도 말이다.

브라질행 비행기표가 도착했다는 말에 김부식은 즉각 반응을 보였다. 다음날로 나를 자기의 부장에게 인사시켰다.

"제가 말씀드린 평산엔터테인먼트 김형준입니다. 왜 다큐멘터리 사진작가 김태성이라고, 오지탐험도 하고 텔레비전에 가끔 나오잖아요. 그분이 사장이구요, 이 친구가 이사인데 이번 브라질 프로젝트의 팀장이에요."

"아, 그래요? 앉으시죠."

부장은 자기 책상 옆의 작은 의자를 가리켰다. 나는 준비해간 기획서를 꺼내 책상 위에 올려놓았다. 조국의 허풍과 승주의 잔머리가 만들어낸 거짓말을 내 일생일대의 작문솜씨로 잘 가공한 훌륭한 문건이었다. 그러나 부장은 김부식이 자판기 커피를 뽑아오자 그것을 내려놓기 위해 기획서 표지에 가볍게 손끝을 댔을 뿐 읽어볼 마음은 전혀 없는 듯했다. 관광일정이 어떻게 되는지만 궁금해했다. 내가 자리에서 일어날 때에야 그는 기획서를 건성으로 들춰보며 자기네 기사는 이번 행사와 관계없이 이민 30주년을 맞는 교민사회 탐방기가 될 것이라고 말했다. 공짜구경을 가는 길에 현지에서 취재기사 몇가지 쓴 것을 가지고 마치 자기 회사 돈으로 출장간 기자의 의욕적인 기획물처럼 지면을 채우는 것은 신문사의 관례였다. 부장은 브라질 쇼에 관한 기사도 한두 차례 실릴 거라고 약속했다. 홍보용 포스터에는 고딕체로 이름이 크게 들어가겠지만 이른바 후원사의 일이란 고작 그 정도였다.

신문사 휴게실에서 김부식과 나는 담배를 한대씩 피웠다. 그는 펠레 건을 꼭 추진해야 한다고 말했는데 마치 영화 속에서 마피아들이 뒷거래를 할 때처럼 입술을 조금만 달싹거리며 이빨 사이로 발음을 내보냈다.

"부장한테는 말하지 마. 새나가면 꼭 초치는 놈들이 있으니까."

"알았어. 며칠 전 뻬뜨루 최한테 팩스 보냈으니까 곧 연락 올 거야."

내 입에서는 거짓말이 자연스럽게 나왔다. 그렇게 말해놓고 나 자신에 대해 은근히 놀라고 있었다. 거짓말을 했대서가 아니었다. 어떻게 그토록 적절하고 설득력있는 대답을 할 수 있는지 나의 순발력과 배짱에 그만 놀라고 만 것이었다. 치밀한 김부식도 내 말에 아무런 의심을 품지 않는 눈치였다. 적응해야 할 상황이 닥쳐오면 나도 기민하게 대처할 수 있는, 탄력을 갖춘 인간이었다. 그 사실이 나를 조금 흐뭇하게 만들어주었다. 내가 광고회사에서 빛을 보지 못한 것은 그 업무나 분위기가 성격과 안 맞아서이지 무능해서는 아니었다는 생각이 들었다. 조국과 승주에게 덜미를 잡혀 손해보는 듯했던 기분도 어느 정도 가셨다.

그러나 브라질로 출발하기까지도 순탄한 과정만 이어진 것은 아니었다.

'저도 사람인데' '사람이 하는 일인데 설마'——이런 용법에서 '사람'이란 뜻은 불완전한 구석이 있고 불합리한 인정의 여지가 있다는 뜻이다. '인간미'라는 말도 완벽함보다는 불완전함에 대한 예찬이다. 조국이나 승주 같은 놈들을 가리켜 인간적이라고 하는 것도 자신의 뻔뻔스러움을 부끄러워하지 않기 때문이라고도 할 수 있다. 그들은 끝까지 그것을 증명해 보였다. 조국의 말버릇대로라면 '인간적으로' 말이다.

브라질 출발을 며칠 안 남기고 조국은 '인간적으로' 음주운전을 하던 중 인사사고를 냈다. 어두운 골목에서 갑자기 튀어나온 자전거를 피하려다 무단횡단하던 취객을 그만 자기 차의 보닛 위에 태워준 것이었다. 조국은 '인간적으로' 한번 봐달라며 선처를 호소했다. 그의 주장에 따르면 자신은 어디까지나 정당방위라는 거였다. 역시 음주운전으로 면허취소가 된 사장이 2년이나 렌트카를 무면허로 무사히 끌고 다닌 것을 보아온 조국으로서는 '인간적으로' 억울할 수밖에 없었

다. 다른 것은 다 그만두고 당장 브라질에 가지 못하게 될까봐 그의
얼굴은 납빛이 되었다.

김부식이 내 전화를 받고 경찰서로 왔다. 다행히 피해자가 응급실
에서 간단한 처치만 받고 돌아갈 수 있을 정도의 가벼운 사고였다.
김부식은 경찰출입기자로서의 전력을 유감없이 보여줬다. 그는 조국
이 브라질에서 열리는 중요한 국제대회에 참석할 한국의 대표적인
사진작가이자 아울러 브라질 교민사회에 한국예총의 지부를 설립할
공보부의 민간사절이라고 스토리를 짰다. 그런 다음, 중요한 공무로
급히 브라질로 떠나야 할 사람을 붙잡아두는 것이 경찰의 할일은 아
닐 거라고 공갈까지 쳤던 것이다. 텔레비전의 설날특집 프로그램과
신문사의 중요한 해외 기획기사도 다 조국의 투박한 손에 달려 있는
일이었다. 조국은 담당경찰들이 약간 미심쩍어하는 한편에서, 그런
거물임에도 신분을 앞세우기는커녕 순순히 잡혀와 머리를 조아리며
선처를 호소했던 데 대해 '인간적인' 존경을 받기도 하며 일단 풀려
났다.

조국에 비하면 별것 아니지만 승주 또한 사연이 없을 수 없었다. 승
주가 블랙리스트에 올라 공항을 벗어날 수 없는 몸이라는 사실을 알게
된 것은 출발하기 꼭 이틀 전이었다. 그는 예비군훈련에 불참했고 여
러번 보충교육을 받으라는 독촉이 왔는데도 어떻게 되겠지 하면서 '개
기고' 있었다. 마침 그날 마지막 경고장이 도착하지 않았다면 자신이
비리를 저지른 정재계 거물과 마찬가지로 출국정지 상태라는 걸 모르
고 공항에 나갔다가 거기서 곧바로 집으로 되돌아와야 했을 텐데 그
나마 다행이었다. 승주는 "나는 도대체가 되는 일이 없어. 항상 일이
꼬이기만 한다니까"라고, 선량한 자신을 못살게 구는 세상을 탓하며

부랴부랴 벌금을 내러 갔다. 가까스로 공무원의 퇴근시간에 맞출 수
있었다. 출발하기 바로 전날 오후에야 수속을 마친 승주는 기쁨과 감
격이 더하는 모양이었다.

상도

승주와 조국에게 늘 돌발과 걸림돌이 생기는 까닭은 간단했다. 승주의 입버릇처럼 그들의 인생이 특별히 공교롭게 꼬여 있어서는 아니었다. 다만 대비를 하지 않기 때문이었다. 나쁜 경우를 일일이 예상하는 사람은 행동력이 떨어지는 것이 사실이다. 유비무환이라는 말 그대로 그런 사람의 인생은 기복이 적고 위험이 별로 없다. 하지만 재미가 없고 내용도 화려하지 않다. 행동부터 하고 보는 사람은 그 반대이다. 나쁘게 될 경우를 미리 염두에 두지 않기 때문에 아무 준비 없이 인생 속으로 쳐들어간다. 늘 모험이 따르고 소란스러운 무용담으로 인생이 풍요롭다. 그런 사람들이 없다면 세상은 조용하긴 하겠지만 진부할 것이다. 어쨌든 동행에게는 피곤한 일이 아닐 수 없다.

나는 그런 인간들과 함께 생면부지의 땅인 지구 반대쪽에 도착했다. 거기에서 일어난 일들은 도저히 말로 다 할 수가 없다. 상파울루 공항에 도착한 조국의 제일성이 "저 코쟁이한테 사진 한방 눌러달라고 해야 할 텐데, 근데 카메라를 영어로 뭐라고 하더라?"였다는 믿을 수 없는 이야기. 첫날 일본인 거리의 허름하고 냄새나는 호텔에 도착했을 때 빨래가 펄럭이는 창밖 빈민가의 풍경을 내다보며 실내에 망연히 서 있는 우리에게 뻬뜨루 최가 급히 창문을 닫으며 '이곳은 특별한 한국여행자를 위한 특급호텔'이라고 둘러대던 일. 소원대로 흑마와 백마를 함께 사서 러브호텔에 들어갔던 승주가 너무 취해 잠만 자고 말았다는 이야기. 그 두 애마를 양쪽에 거느리고 호텔에서 주는 아침부페를 먹으러 갔다가 사방에서 경멸의 눈총을 받은 이야기. 마늘이 정력에 좋다, 아니다 은행이 더 좋다, 아니다 구기자다 달팽이다, 옥신각신하다가 리우데자네이루로 가는 비행기를 놓친 일. 헐레벌떡 출구로 가보니 비행기가 출발하려면 아직 네댓 시간은 더 있어야 한다며 느긋하기만 한 브라질 사람들이 "비행기한테 손목시계가 있을 리도 없고, 시간 안 지키는 건 당연하지. 근데 뭐?" 하는 눈으로 의아하게 보는 바람에 그만 한국말로 "아이고, 형님!"을 부르짖고 만 일. 이름 남기기를 좋아하는 조국이 이과수 폭포 아래 어느 바위에던가 큰 글자로 '天上天下 有我독존 1992. 11. 조국 다녀가다'라는 아주 유식한 낙서를 남긴 일. 여자손님들이 모두 속옷만 입고 춤을 추는 바에서 홀딱쇼를 구경하다가 갑자기 어디선가 총알이 튀기 시작하자 엉금엉금 탁자 밑으로 기어들어간 일. 서양이면 무조건 영어를 쓰는 줄 알았다가 그것이 아니라는 사실을 안 조국이 개성있는 영어를 자신있게 구사해 전혀 의사소통이 되지 않는 바람에 귀빈 및 외계인 대접을 받은 이야기. 호텔 안에서 커피포트에 라면 끓여 먹다가 청소하는 아줌마가 들어오자 놀라 침대시트 위에 포장김치 한 봉지를 다 쏟아버린 일. 그러길래 김치봉지의 주둥이를 작게 찢으라고 신신당부하지 않았

냐며 서로 책임소재를 따져가면서 벌금을 서로 떠넘기려고 옥신각신
한 일. 그 다음날은 술안주로 방에서 오징어를 굽다가 시체를 태우고
있다는 신고를 받고 달려온 호텔 직원에게 조국의 발냄새였다고 발을
들이대서 쉽게 속여넘긴 일. 그 모든 화려하고 대담하고 주체성 강하
고 상상력 풍부한 소동을 어찌 필설로 다 하랴.

　그곳에서 우리가 참석한 공적인 행사만도 여러 건 있었다. 뻬뜨루
최가 수입해 들여오는 쌍마자동차의 모터쇼에도 초청되었다. 교민회
의 간부들도 몇명 만나보았고 한국식당 주인과도 인사를 나누었다.
그중에는 브라질항공사 홍보실 방문처럼 왜 가는지도 모르고 그냥 뻬
뜨루 최의 뒤를 졸졸 따라다닌 자리도 있었다. 나중에 알고 보니 뻬뜨
루 최는 그들에게 우리를 사실과 조금 다르게 소개한 모양이었다. 승
주는 한국에서 제일가는 광고 및 이벤트 기획사의 이사였고 조국은
텔레비전 피디였으며 나는 작가이자 신문기자였다. 사업상 필요한 일
이었다며 양해를 구하는 뻬뜨루 최를 이해 못할 동업자들은 그 자리
에 아무도 없었다. 오히려 조국은 자기의 역할이 마음에 들었는지 그
때부터는 자기 이름 뒤에 '감독님'을 붙이지 않으면 못 들은 척 아예
돌아보지를 않았다. 말 그대로 외국에 나와서 출세한 조국이었다.

　조국은 교민사회의 현황을 조사했으며 현지신문과 인터뷰도 했다.
변변한 직원 없이 자기 혼자서 타블로이드판으로 격주간 교민신문을
만드는 늙은 사장을 한국식당에서 만난 일을 두고 하는 말이다. 물론
뻬뜨루 최의 주선이었다. 늙은 사장에게 조국은 4천석짜리 극장공연
에 더해서 따로 디너쇼도 열겠다고 사업계획을 발표했다. 공관원과
주재 상사원, 교포단체장과 연예인을 한조로 해서 골프대회를 개최할
것이며 또 브라질에 왔으니 축구대회도 빠뜨릴 수 없다고 기염을 토

했다. 이 모두가 5만 브라질 교민의 애국심과 2세들의 조국에 대한 자부심을 고취시키려는 취지입니다, 라고 말한 뒤 조국은 자신의 두 손을 굳게 맞잡고 높이 흔들어 보였다. 그 손바닥 안에는 '4천석, 5만 교민'이라고 적힌 커닝용 글씨가 땀 때문에 번져 있었다. 교민신문 사장은 조국의 연설에 감동했는지 연신 고개를 끄덕였다.

"조국! 이는 듣기만 하여도 가슴이 설레는 말이오."

하며 마치 민태원이 청춘예찬을 하듯 조국을 예찬하기도 했다. 교민신문 사장에게서 조국은 30년 전 오직 가난에서 벗어나기 위해 오랜 시간 뱃멀미에 시달리며 브라질에 발을 디딘 이민 1세에 대한 이야기를 들었다. 또 교민 중에는 한국에서 말 못할 일을 저지르고 몸을 피하듯 오게 된 사람도 있었다. 그들은 한국에서 손님이 온다고 하면 한국사람다운 과시욕으로 무조건 아주 커다란 차를 구해서 몰고 배웅을 나갔다. 몇년 전까지도 수세식 변소를 구경시켜주었다는 얘기가 농담만은 아니었다. 교민신문 사장은 조국의 늠름한 모습이야말로 발전된 조국의 자랑스러운 상징이라고 추켜세웠다. 그러고는 조국의 손을 붙잡고 꼭 이미자나 나훈아를 불러와달라고 부탁했다. 조국은 시장조사는 이 정도면 다 된 거라고 득의만면이었다.

그밖의 공식일정으로는 '한국의 날' 선포식 문제로 상파울루 시장을 만날 계획도 있었지만 시간이 없어서 취소되었다. 뻬뜨루 최는 5일간의 빠듯한 일정 내내 우리의 안내를 맡아주었다. 사업체를 여러개 거느린 사장답게 끊임없이 휴대전화가 울렸고 그때마다 유창한 포르투갈말로 누군가를 야단치는 듯이 소리를 질러댔다. 한마디도 알아들을 수 없었지만 그가 바쁘고 또 높은 사람이라는 인상을 심어주기에는 충분했다.

우리를 배웅하러 공항에 나온 뻬뜨루 최는 몹시 섭섭한 표정이었다. 불편한 게 없었냐는 인사치레에 조국은 브라질에서는 영어가 공용어가 아니라서 의사소통이 잘 안돼 답답했지만 다른 것은 대만족이라고 대답했다. 그리고 뻬뜨루 최의 어깨를 두드리면서 "테이크 잇 이지!"라고 치하했다. 며칠 사이 조국과 승주는 스스로 거물이 되어 있었다. 탑승 게이트로 들어가기 전 나는 펠레를 섭외해달라고 다시 한번 다짐을 두었다. 그가 어려운 일은 아닐 거라고 대답했기 때문에 적지않이 마음이 놓였다. 펠레가 어린이를 좋아하니 어린이날에 맞춰 초청하는 게 어떻겠냐는 의견까지 내놓으며, 일단 부딪쳐봐야죠,라고 말하는 뻬뜨루 최에게 조국은 다시 한번 뜨거운 악수를 청했다.

그후 20시간 가까이 우리의 소원은 오직 허리를 펴고 누워보는 것뿐이었다. 비행기 안에서 자기 몫의 공간이란 이코노믹 클래스의 좌석 하나 크기와 높이였다. 거기 웅크려앉아 오랜 비행을 하는 것은 정말로 고역이었다. 그런데도 김포공항에 도착하자마자 조국과 승주는 벌써부터 브라질이 그리워진다고 한마디씩 주고받았다. 다시 갈 수 있다면 마누라라도 팔겠다는 조국의 농담에 그거야 백번 당연한 일이고 자신은 '마누라를 살 용의까지 있다'며 승주는 한층 비장하게 대꾸했다. 뻬뜨루 최의 헌팅작전은 '약발'이 셌다. 그때부터 둘은 이 일에 한사코 매달렸다.

먼저 연예인 섭외에 들어갔다. 그들의 머릿속에는 브라질의 자연과 그 자연의 일부인 여자들의 모습이 깊이 각인되어 그 때문에 가슴이 뜨거웠다. 한편 그때의 세상은 좀 다른 일로 뜨겁게 달아오르고 있었다. 많은 사람들의 관심이 대통령선거에 쏠렸다. 어디를 가나 그 얘기뿐이었고 세 사람만 모여도 선거법위반이라는 범법을 저지르면서까지 모의투표를 해보는 분위기였다. 군사정부가 너무 오래 지속되어 정치에 무관심해져버렸다는 둥 먹고살기에 바빠서 신문 볼 시간이 없었다는 둥 누가 뽑히든 나하고 무슨 상관이냐는 둥, 그런 사람들까지도 화제는 대선 일색이었다. 그들 중에는 정치적 소신이나 정책방향 같은 데에 관심없는 사람이 많았다. 후보와 그 후보를 당선시키려는 세력들에 대해 호감을 갖는 방식도 가지가지였다. 어떤 사람은 자기와 동향인가 동창인가 동갑인가 동호인가 하는 식으로 자기의 정체성을 보장할 수 있는 후보에게 호감을 품었다. 어떤 사람에게는 생긴 모습이나 말씨가 중요했고 넥타이 주름을 몇개로 매는가, 책을 몇권이나 읽었는가, 웃을 때 이가 몇개 보이는가가 중요하다는 사람도 있었다. 무조건 좋다든가 죽어도 싫다는 사람도 적지 않았다.

선거참모들은 '이미지 메이킹'을 위해 그런 여론을 수집했다. 후보에게 호감을 갖는 중요한 이유로 '내가 아는 사람이 아는 사람이라서' '내가 좋아하는 사람이 좋아하는 사람이라서'라는 게 있었다. 그 때문에 많은 연예인들이 선거유세에 동원됐다. 연예인들의 속마음 또한 가지가지였다. 금일봉을 바라거나 사돈의 팔촌의 친구거나 혹은 그 후보를 진짜 지지하거나 해서 자원하는 사람도 있고 간혹은 정치적 야심을 품은 사람도 있었다. 브라질 교민회장이 이민 30주년 기념쇼에 반드시 초청해주기를 원하는 중견가수 태우는 그 마지막 경우였다.

세계적으로 정치인으로서 성공한 대중스타는 꽤 많았다. 할리우드의 이류배우 레이건은 미국 대통령이 되었고 일본의 프로레슬러 안토니오 이노끼도 중의원을 지냈다. 이딸리아에서는 포르노배우가 국회의원이며 북구의 야당에는 그런 일이 예사롭게 받아들여진다. 물론 대중에게 호소력있는 정치적 주장을 갖고 있기 때문이겠지만 연예인이라서 유리했다는 점도 부정할 수는 없었다. 대중들은 그놈이 그놈 같은 후보 중에 그래도 얼굴 아는 사람을 찍기 때문이다. 우리가 섭외해야 할 태우는 연예인 선배인 한 코미디언의 성공을 통해 그 사실을 깨치고 있었다. 요즘 태우는 현역가수로서의 자신의 임기가 끝나가고 있음을 자주 느꼈다. 원로가수가 되어 이따금 '가요 반세기' 프로그램에나 출연하며 여생을 보낼 마음이 전혀 없던 그는 지금이야말로 국회의원 자리에 있는 선배 코미디언의 충고대로 변신을 꾀할 기회라고 생각했다. 태우는 다음다음의 총선 때쯤이면 혹 후보자리를 줄지 모른다는 기대에 2번 후보의 지원연설을 하느라 몹시 바빴다. 그러므로 우리를 만나줄 리가 없었다. 그 일은 나를 통해 즉시 김부식에게 보고되었다.

김부식은 코웃음을 치며 "개가 말을 안 들어? 하긴 부모 말 안 듣고 딴따라 된 애들이 누구 말을 듣겠냐"라고 내뱉었다. 연예인 팔아서 먹고사는 신문이지만 그 연예인이라는 밑천을 귀하게 여기지는 않는 모양이었다. 그는 곧바로 괘씸죄를 엄히 다스리는 기사를 써제꼈다. 가수 태우가 브라질 교민쇼에 출연하기로 한 약속을 일방적으로 파기해 기획사가 경영압박에 몰리고 국제적인 엔터테인먼트사업에 신인도가 떨어지는 등 큰 물의를 빚고 있다는 내용이었다. 그뿐이 아니었다. 태우가 약속을 파기하게 된 이유는 모후보의 선거유세에 목을 매고 있기 때문인데, 그것은 말하자면 개인적 영달에 눈이 어두워 공인으로서의 신의를 저버린 행동이었다. 나아가 그 한가지 경우만 보더라도 그 후보를 지지하는 선거캠프가 얼마나 불공정한 선거운동을 펼치고 있는지는 알 만한 일이었다. 그 후보에게 과연 대선후보로서의 양식이 있는지 의심이 가지 않을 수 없었다.

그 기사가 나가자 조국과 승주는 입이 한껏 벌어졌다. 한손으로 신문을 높이 쳐들고 다른 한손으로는 군대에서 배운 태권도 격파 때처럼 신문 한가운데를 내리치며 흥분된 목소리로 부르짖었다. 태우 섭외는 완전히 성사가 되었구만! 그런 다음 둘은 입을 모아 김부식을 추켜세웠다. 꼬마병정 걔가 의리는 좀 있는 놈이네. 음주운전 건으로 신세를 진 적이 있는 조국이 먼저 시작하자 승주가 받았다. 우리 할머니가 박정희 때부터 한 얘기가 있어. 뭐라고 하셨는데? 한국사람은 그저 작은 고추가 맵지, 그러시더라고. 야, 고추가 작다고 다 맵냐? 고추란 건 말야, 그게 또 과정이 있어요. 처음엔 단단한 뼈였다가 점점 가죽이 되었다가 흐물흐물한 살덩이가 되는 건데, 아무래도 단단할 때가 맵긴 하지. 너는 오른쪽이냐 왼쪽이냐? 조국과 승주는 별거 아닌 문제로 서로의 바지춤을 내려다보며 방향을 가리더니 내 쪽을 바라보았다. 형준이 너는 잘 구별도 안 가는구나? 방향 안 타? 나는 좌경이야. 이윽고 내가 대답했다. 야야, 문자를 쓸 데다가 써라. 이렇게 핀잔을 주면서도 기분이 기분인만큼 조국은 크게 웃어젖혔다.

그러나 현실이란 조국과 승주가 알고 있는 것처럼 그렇게 단순하고 의리가 있고 작은 고추라서 매운 것이 아니었다. 그 기사는 정치부 기자였던 김부식의 정치감각이 만들어낸 자기 사주를 위한 아부였다. 보수언론인 그의 신문사 사주가 미는 대선후보는 당연히 1번이었다. 정치면뿐 아니라 모든 지면에서 억지 기사를 기획해가면서까지 유권자들에게 1번을 외치고 있는 마당에 자매지인 스포츠지도 예외는 아니었다. 경쟁후보에게 해될 일이라면 일부러 다리품을 팔아 찾아다니는 판국인데 김부식이 2번 후보에게 흠집낼 기회를 놓칠 리가 없었다. 김부식을 움직이게 한 건 의리나 혹은 그가 가졌으리라 짐작되는 확인되지 않은 작은 고추가 아니라 욕망이었다. 남자의 야망, 본능적인 권력욕 혹은 지배욕, 골목대장 기질, 출세주의, 그중 어떤 말을 쓰든 상관없다.

김부식의 전화 한통으로 연예인축구단 단장과의 만남도 순조롭게 이루어졌다. 다음단계는 팜플렛과 포스터 등의 인쇄물을 제작하는 일이었다. 어느 오후 느지막한 시각에 우리는 독산동에 있는 작은 인쇄소를 찾아갔다. 그곳은 하도 여러번 돈을 받으러 다니다보니 제때에 돈을 받지 못하는 게 관행이 된 채로 도서출판 청석골의 주거래처가 되고 만 비운의 인쇄소였다. 사장은 급한 일로 자리를 비웠다며 경리 아가씨 혼자 난로 앞에서 여성지를 뒤적이고 있었다. 어쩌면 사장은 말하나마나 외상인 우리와의 거래를 피하는 건지도 모른다. 시간이 많은 우리는 크고 작은 인쇄소가 몰려 있는 그 일대를 뒤져, 트럭이 수시로 들락거리는 커다란 인쇄소 건물 앞에서 순대국집 하나를 찾아 냈다. 사장이 올 때까지 일단 거기에 참호를 파고 소주를 마시기로 했다. 얼마 안 가 날이 어두워졌다.

순대국집 화장실은 가게 밖에 있었다. 화장실을 다녀오던 나는 건너편 인쇄소 건물 앞에 사람들이 잔뜩 모여 웅성거리는 것을 보았다. 양쪽으로 무리를 이루어 서로 삿대질을 하고 소리를 치는 품이 편을 갈라 싸우는 것 같았다. 그들 한가운데를 가로막고 말리는 사람들은 군청색 점퍼 차림인 걸로 보아 인쇄소 직원인 듯했다. 멀리서 보기에도 싸움은 금방 몸싸움으로 진전될 듯한 험악한 분위기였다. 특히 무리의 뒤쪽에 있는 사람들이 흥분해 있었다. 서로 대통령 후보들의 이름을 들먹이며 욕을 하는 것 같았다. 좀더 구경하고 싶었지만 바람이 차가웠기 때문에 나는 순대국집 안으로 들어왔다. 경찰차가 출동하는 소리가 들린 것은 조금 뒤였다. 그리고 밖이 더욱 소란스러워지는가 싶더니 이내 조용해졌다. 그 조금 뒤에는 손님 둘이 순대국집 안으로 들어섰는데 그중 하나는 나에게 재미교포를 위한 회보를 만들라고 아르바이트 건수를 물어다주었던 대학동창이었다.

그는 올림픽 특수 이후에 갑자기 일이 끊겨 적자에 허덕이던 기획회사를 정리하고 여성지에 취직해 있었다. 소란이 벌어졌던 커다란 인쇄소가 바로 여성지를 인쇄하는 곳인 모양이었다. 그의 자리로 가서 알은척을 하자 그는 반색을 했다. 그러고는 인상을 찌푸리며 내게 하소연을 했다. 여성지는 발간날짜가 며칠 빠르고 늦고에 따라 판매부수에 큰 차이가 난다는 거였다. 12월호 잡지가 11월 중순에 나오는 것도 그런 이유였다. 인쇄에 들어갈 무렵부터 여성지들끼리는 그야말로 시간싸움이 벌어졌다. 그런데 지금 자기네 잡지의 인쇄가 늦어지고 있다는 거였다. 문제야, 문제. 안 그래도 대선 인쇄물에 밀려서 우리 책 날짜 못 맞출까봐 원고마감까지 당겼거든. 근데도 이 지랄이야. 밖에 경찰차 온 거 봤지? 양쪽 운동원들끼리 치고박고 야단도 아니었어. 상대편 홍보물에 자기네 후보를 모략하는 흑색선전이 들어 있다나 뭐라나. 그래서 인쇄 못하게 하느라고 저 난리를 치는 거야. 저런다고 그 인쇄물 안 찍을 것 같아? 순 쇼하는 거지 뭐. 저런 것들 전경 풀어서 싹 쓸어가야 돼. 정치라면 구역질이 난다니까. 아무리 돈 받고 하는 짓이지만 인쇄소까지 와서 깽판부리고, 우리 같은 애꿎은 사람 밥줄 끊을 일 있나.

조국과 승주가 있는 자리로 돌아온 나는 밖에서 벌어졌던 소란에 대해 얘기해주었다. 그들은 아까운 구경거리를 놓친 것에만 관심을 표명했다. 근데 네 동창이라는 저 친구, 왜 저렇게 흥분하나? 응. 쟤가

운동권이었거든. 빵까지 갔었어. 열을 내고 비분강개하는 걸 보니 아직도 정치에 관심이 많은 것 같더라구. 그래? 그럼 두환이 과구나. 과? 과는 3학년 때부터 갈라지는데, 쟤는 저학년 수준이니까 두환이 계열이라고나 할까. 아까 인쇄소 경리아가씨가 보던 여성지 있지? 지금 거기 기자래. 같이 술 마시고 있는 여자도 그럼 기자야? 그런가봐. 합석하자고 해봐. 지금 일이 꼬여서 기분이 안 좋아 보이던데? 그러니까 합석해야지. 내가 또 위로 전문 아니냐. 이 오빠한테 다 의지하라고 해. 나 만나는 여자들 하나같이 하는 말이 뭔 줄 알아? 나처럼 여자를 편하게 해주는 남자는 처음이라는 거야. 그거야, 네가 여자들 만나면 그저 눕히기만 하니까 그렇지, 누워만 있는데 그럼 안 편하겠냐? 근데 말야 저 여자, 어디서 앞면이 있는 것 같다. 며칠 전 테레비 아침 방송에서 본 그 여기자 아닌가. 나는 대꾸하지 않고 잔에 남아 있던 소주를 마셨다. 조국이 안면을 앞면으로 알고 있는 것을 지적해줄 마음조차 들지 않았다. 비록 같은 장소에서 술을 마시고 있지만 사람 사는 일은 정말로 제각각이었다.

회사 다닐 때 나를 닦달하던 팀장의 어법이 생각났다. 그가 멋있다고 생각해서 즐겨 사용하는 말 중에 '두 가지 인간으로 나누기'가 있었다. 내가 지각을 하면 그는 '인간에게는 두 종류가 있어. 하나는 지각하는 인간, 하나는 지각을 안해 회사로부터 신뢰를 받는 인간'이라며 질책했다. 또 점심시간에 냉면 아닌 갈비탕을 시키는 내게 '인간은 두 종류로 나눌 수 있지. 냉면 맛을 아는 인간, 모르는 인간' 따위로 말하곤 했던 것이다. 마음에 들지는 않지만 그의 비유를 잠깐 빌리자면, 인간에게는 두 종류가 있다. 정치에 관심있는 인간, 관심없는 인간. 그러나 그런 이분법은 어차피 비유의 형식일 뿐 그 내용이 진실은 될 수 없다. 인간이란 지각을 하기도 하고 안하기도 하며 냉면을 먹으러 갔다가 갑자기 갈비탕 쪽에 식욕을 느끼기도 한다. 그리고 국적이란 걸 갖고 살아가는 존재로서 정치와 무관한 사람은 없다. 그것이 정치라는 걸 모를 뿐 정치에 관심없는 인간은 없는 것이다.

펠레 건으로 빼뜨루 최에게서 팩스가 온 것은 얼마 뒤였다. 그 문건은 '좋은 소식과 나쁜 소식이 있습니다'로 시작되고 있었다. 그 표현 역시 회사 다닐 때의 팀장이 뭔가 전달할 때 즐겨 사용하던 서두였으므로 예감이 좋지 않았다. 다행히 비보는 아니었다. 펠레는 현재 브라질에 살지 않고 미국에 거주하고 있어요. 이것이 나쁜 소식이고, 좋은 소식은 곧 그의 비서가 내게 연락을 주겠다고 했다는 겁니다. 펠레가 한국에 관심이 많다고 합니다.

전화로 그 내용을 전하자 김부식은 한달음에 낙원떡집을 찾아 조국의 사무실로 달려왔다. 그는 조국이 모처럼 인절미 아닌 호박떡을 사왔는데도 먹지 않고 팩스만 손에 쥐고 돌아갔다.

그가 돌아가자 승주가 말했다.

"꼬마병정 재, 그래도 키 많이 컸다. 내 가슴까진 오던데. 근데 쪼그만 놈이 웬 인상은 그렇게 쓰냐? 안 그래도 주름살은 충분하더구만."

"그래도 동창 중에 저만하면 출세한 놈이지?"

"출세한 놈들 보면 이해가 안 가. 왜 2반에 말 느리게 하고 선생한테 고자질 잘하던 치과집 아들 있었지? 걔가 무슨 아나운서 됐다더라. 그리고 느물느물하고 거짓말만 하던 물오징어, 걔가 국회의원인가 시의원인가 됐다면서? 병따개 있잖아, 맨날 한손으로 연필돌리기 하면서 책만 파던 주걱턱 반장, 걔는 어디 종합병원 과장이래. 그리고 또 누구야, 고시합격한 애, 걔도 그렇고, 반도체 박사라는 세모돌이랑 또

무슨 기업의 경제자문이라는 홍콩안경, 개들 다 우리한테 말 붙이면
코방귀 한방에 날려주던 놈들 아니냐."

"개들이 언제 너한테 말을 붙여. 네가 누군지 알지도 못할 텐데."

나의 핀잔에 전혀 굴하지 않고 승주는 제 할말을 계속 이어갔다.

"참, 깜씨 생각나지? 거무튀튀한 얼굴에 여드름 많던 놈, 개가 그렇
게 돈을 많이 벌었다더라. 무슨 어린이학습지 회사 사장이래."

"그걸 다 어디서 들었는데? 그리고 그 얘기를 왜 지금 하나?"

조국이 화난 듯 되물었다.

"얼마 전에 고등학교 졸업 15주년 기념모임이 있다고 편지 안 받았
어? 거기 동창회 명단 들어 있었잖아."

"동창회비 나갈까봐 마누라가 안 보여줬나본데. 형준이 너도 받았
나?"

"응."

나는 고개를 끄덕였다. 동창회를 여는 시점으로 보아 분명 입당원
서를 잔뜩 들고 나타나는 동창이 있으리라는 의심이 들었으므로 그대
로 서랍 안에 처박아버린 기억이 났다.

"성공한 놈들끼리 모여서 돈자랑하고 뻐기는 자리일 텐데 우리가
거기를 왜 가."

승주의 말에 그야 그렇지만, 하면서도 조국은 아쉬운 눈치였다.

"거기 나가서 동창들한테 협찬금 받아낼 걸 그랬잖아. 이번 사업 수
익금으로 모교에 컴퓨터 몇대 기증한다고 하고. 동창들이야 이 조국
이 한다고 하면 무조건 밀어줬을 텐데. 안 그러냐?"

조국은 아직까지도 고등학교 때의 펜팔전시회가 큰 성공을 거둔 걸
로 믿고 있었다. 체신부에서 주는 상을 받은 것만 기억할 뿐 여학생들

의 우표를 강탈해서 출품했던 사실은 까마득히 잊은 모양이었다.

그러나 내가 최근에 만난 최병도만 해도 그 사실을 제대로 기억하고 있었다. 문예반 최병도에서 소설가 최병도가 된 그는 김부식네 신문에 연애소설을 연재하는 중이었다. 딱 한번 그의 작업실이라는 곳을 구경했다. 그는 친절하게도 나를 자신의 컴퓨터 앞에 있는 하나뿐인 의자에 앉혀놓고 차를 끓여내왔다. 차는 둥굴레차였다. 모니터에는 불러오기 화면이 떠 있었는데 우연히 몇개의 제목이 눈에 들어왔다. 굳히기.hwp, 털기.hwp, 던지기.hwp 등이었다. 소설 쓰는 데 필요한 자료냐고 물었더니 최병도는 웃으며 고개를 저었다. 연애를 자주 하다보면 단계별로 연애편지를 써서 저장해놓았다가 불러오기를 한 뒤 상대의 이름만 바꾸어 사용하게 되는 경지라는 게 있다는 설명이었다. 아마 '던지기' 파일은 초반에, 그 단계가 지나면 '굳히기' 파일을 프린트해서 보내는 모양이었다. 그야말로 프로작가의 세계였다.

프로 사장인 김태성 사장에게는 그동안 연락 한번 없었다. 조국은 아마존 오지에서 고립되었을지도 모른다고 짐짓 걱정이었다. 빗물을 받아먹으면서 틈틈이 연기를 피워올려 구조대를 부르고 있을 거라고도 했다. 어쨌거나 우리는 사장의 연락을 눈빠지게 기다렸다. 텔레비전 프로그램 섭외는 김부식의 힘으로도 되지 않는 일이었기 때문이다.

빚쟁이들은 여전히 찾아왔지만 덩달아 브라질 바람이 든 미스 김이 대륙적으로 거만하게 따돌렸다. 그러나 미스 김도 따돌리지 못하는 손님이 있었다. 건물 주인이었다. 그는 세 번이나 찾아왔다. 마지막으로 왔을 때는 길 건너 '광개토부동산' 주인을 대동했다. 그는 넉달이나 밀린 사무실 임대료를 그 주 안으로 내지 않으면 당장 다른 사람을 들이겠다고 통고했다. 부동산 주인은 임대료를 올려주고 들어올 세입

자가 지금도 밖에 줄을 서는 중이라고 변죽을 울렸다. 김태성 사장이 떠날 때 회사 잡비라고 주었던 돈도 거의 바닥나 있었고 사장이 일차로 빌릴 만한 곳의 돈을 모조리 긁어갔기 때문에 변통할 곳도 없었다.

방법은 한가지뿐이었다. 뻬뜨루 최였다. 조국은 협찬금의 일부를 미리 달라고 팩스를 보냈다. 비서라는 사람에게 대신 답장이 왔다. 뻬뜨루 최는 미국 출장중인데 돌아오는 대로 송금을 할 거라는 짤막한 내용이었다. 그럴 줄 알았다니까! 팩스를 돌돌 말아 흔들며 조국은 환호했다.

그러나 임대료 기한은 다가오는 주말이었다. 잠깐 내 퇴직금을 빌리는 방법은 승주의 머리에서 나왔다.

"글쎄, 내 퇴직금을 밀어넣을 정도로 나한테 중요한 일은 아닌 것 같은데?"

"중요한 데보다 급한 데를 먼저 막아야지, 넌 바둑은 프로처럼 두면서 그런 격언 하나 모르냐."

승주의 그 말에는 며칠 전 나와의 대국에서 자충수를 두어버린 뒤 사정을 했는데도 내가 끝내 물러주지 않아 불계패를 당한 데 대한 분함이 배어 있었다.

"뻬뜨루 최가 다음주면 돈을 부치잖아. 그때까지만인데 뭘 그래. 너도 겪어봤지만 뻬뜨루 최가 약속 어길 사람이냐?"

"꼬마병정까지 나서서 도와줬는데 이 마당에 사무실이 없어서 차질이 생겼다고 하면 네 입장도 좀 그렇잖아. 형준이 너, 뭔지 모르지만 꼬마병정한테 부탁한 것도 있는 모양이던데, 안 그래?"

"그럼! 투자 없이 어떻게 큰 걸 터뜨리겠어."

내가 그들을 막고 나섰다.

"너희들은 뭘 투자했는데?"

"있는 건 전부! 우리는 투자할래도 돈은 없잖아. 그래서 이렇게 온몸과 인생 전부를 걸고 뛰는 거고. 우리 중에는 솔직히 네가 뭐든지 좀 갖춘 편 아니냐. 가방끈도 그중 길고 마누라가 좀 빽이 세? 우리같이 공부 못했던 사람들이 껌뻑 죽는 선생님 아니냐."

그것이 바로 내 퇴직금의 일부가 대한민국 육군보다 더 경비태세가 철통 같은 운총의 통장을 탈출하여 나온 사연이었다.

그해 12월 17일은 평산엔터테인먼트 최대의 날이었다. 김부식이 드디어 특종을 터뜨렸다. 1면을 가득 채워 검은 바탕에 글자를 백발로 크게 뽑은 톱기사의 제목은 이러했다. 펠레, 한국 온다. 흥분한 승주와 조국은 신문에 코를 처박았다. 기사에 따르면 펠레는 내년 봄에 한국을 방문할 예정이었다. 이 초청은 평산엔터테인먼트의 기획팀인 김형준, 조국, 배승주 세 이사가 브라질을 방문하여 이루어진 것이다. 평소 한국에 각별한 관심을 가져왔다는 펠레는 수차례에 걸친 팩스를 통해 이번 방문기간의 일정을 평산엔터테인먼트와 협의해왔는데…… 기사는 길었지만 같은 말이 이리저리 표현을 바꾸어 나열될 뿐 내용은 그게 전부였다. 김부식의 작문실력과 문장력이 정말로 놀라웠다. 조국은 자신의 이름이 적힌 부분의 문장을 몇번이나 되풀이해서 큰소리로 읽었다.

"야, 스포츠신문도 해외로 나가냐? 두환이 자식, 우리도 신문에 난 거 알까?"

"뭐야, 이거? 오보잖아?"

갑자기 승주가 손가락으로 한줄을 가리켰다.

"왜 형준이 이름이 제일 앞에 오냐? 주최측의 농간 아니냐."

전혀 우습지 않은 썰렁한 농담을 해놓고 자기들끼리 배꼽을 잡고 뒹구는 둘에게 나도 별 불만은 없었다. 물론 우리들 모두 진짜로 펠레가 올 거라고 확신하는 건 아니었다. 그러나 김부식의 기사가 오보라고 생각하지도 않았다. 지난번 태우 기사를 통해 이미 학습이 된 뒤라서인지 우리는 어느틈에 신문기사를 전적으로 믿는 건 바보라는 생각을 갖고 있었다. 기자들만 그런 생각을 하란 법은 없지 않은가.

그날 우리는 유난히 바빴다. 다른 날과 달라진 것은 아무것도 없었지만 스스로 자신이 대견하고 유능해서 견딜 수 없었다. 축하전화가 몇 통화밖에 없었으므로 조국은 전화기가 잘못 놓였냐고 미스 김에게 몇번이나 물었다. 그날은 당연히 술집으로 직행하도록 퇴근시간도 앞당겨져 있었다.

막 사무실을 나가려는 참이었다. 평산엔터테인먼트 사장 앞으로 팩스가 한장 도착했다. 우리의 업무처리 능력이 그처럼 신속하지 않았더라면, 또 발신이 우리의 최대관심사와 관련된 방송국만 아니었다면 우리는 검토를 내일로 미루고 그대로 술집을 향해 발길을 재촉했을 것이다. 그랬으면 그날의 흥분을 최소한 다음날까지는 연장할 수 있었으리라. 그러나 우리는 그것을 읽었다. 세 사람이 돌려가며 몇번이나 읽어보았지만 도무지 이해할 수 없었다.

대강 이런 내용이었다. 우리 방송사는 이민 30주년 기념 브라질 쇼를 기획하여 모든 준비를 마쳤다. 출발을 3주 앞두고 있다. 평산엔터테인먼트에서 펠레를 초청한다는 기사를 봤는데 우리가 브라질에 가 있는 동안 그를 인터뷰하고 싶다. 펠레에 대한 현지정보를 보내주었으면 한다.

"우린 아직 가수 섭외도 다 안했는데 무슨 준비를 마쳤다는 거야? 3

주 후에 출발? 그건 또 뭐야. 우리하고 방송국이 같이 가는 건가? 우리 대신 그쪽에서 일을 다 해놓은 거야, 그럼?"

"그럴 리가 있어? 브라질 쇼를 자기들이 기획했다잖아. 우리는 뻗찌라고."

"무슨 소리야? 그 쇼는 처음부터 우리 거고 우리가 다 진행했는데. 그럼 방송국에서 우리 일을 중간에 가로챈 거란 말야? 그런 법이 어딨어, 방송국이면 다야?"

"나는 아직도 모르겠어. 우리는 우리대로 방송국은 방송국대로 두 군데에서 트라이를 했단 말인데, 이런 기획이 있다는 걸 대체 누가 방송국에 알려줬을까. 내년이 브라질 이민 30주년인지 아닌지 그걸 누가 알아. 어느 나라가 이민 몇주년인지 그런 것만 일일이 체크하는 부서가 따로 방송국에 있다는 거야 뭐야."

승주와 조국이 어리둥절하고 격분한 사이 나는 담배를 세 대나 피웠다. 팩스를 천천히 살펴보았다. 그제야 내 눈에 발신인이 뚜렷이 들어왔다. 방송국이 아니었다. 그 방송국의 특별사업부였다. 특별사업이라는 이름으로 방송국에 있는 사람, 있는 장비, 있는 영향력을 동원해 방송사의 내부수익을 올리는 일을 하는 곳이다. 그것은 대기업이 계열사인 광고회사에서 광고를 제작해 역시 자기 소유인 신문사의 광고지면을 사서 게재하고, 그런 한편 그 신문에 모기업에 대한 우호적인 기사가 실리는 것과 비슷한 싸이클 속에 있었다. 아마 이벤트회사와 성격이 비슷하겠지만 다른 소규모 이벤트회사와는 규모나 추진력 면에서 비교도 되지 않았다. 전문가이자 주류집단에서 하는 일이기 때문이었다. 그들은 이를테면 메이저였다.

알고 보니 그 사태의 발단은 우리가 그렇게 고마워하는 김부식의 기사였다. 김부식의 기사에 의해 파렴치한 공인으로 낙인찍힌 가수 태우가 사단이었던 것이다. 그는 잘 아는 쇼 피디에게 그 기사의 배경에 대해 털어놓았다. 그놈의 기획사라면 이가 갈리는데 그들이 한다는 브라질 쇼에 안 갈 수도 갈 수도 없게 되었다고 하소연을 했다. 쇼 피디는 브라질 쇼 아이템이 괜찮다고 생각했고 그것을 특별사업부의 친구에게 귀띔했다. 프로급 기획회사이니 평산엔터테인먼트 따위와는 비교가 되지 않았다. 기획서나 연예인 섭외, 쇼 콘티까지 한순간에 나왔다. 브라질교민회에 방송사 이름으로 연락이 취해졌고 말 그대로 그쪽 나름의 조직이 가동되어 극장이니 장비니 모든 준비가 거의 다 되어 있었다. 출발하는 팀의 명단에는 연예인협회장이니 가수분과위원장이니 하는 선심 및 예우 차원의 공적인 방문자도 포함되어 완전한 구색이 갖춰진 셈이었다. 더욱 놀라운 것은 김부식의 부장도 버젓이 후원사측으로 명단에 포함되어 있다는 사실이었다.

승주는 아직도 믿어지지 않는다는 표정이었다.

"우리가 섭외한 가수들, 비자 내려고 서류하고 여권까지 다 받아두었잖아. 그건 어떻게 되나?"

"방송국에서 더 잘 나가는 가수들로 새 팀을 짰을 텐데 뭔 걱정이야."

내가 비아냥거리듯이 대꾸했다.

"다른 사람들이 가서 쇼를 하겠다고 하면 브라질교민회에서 가만안 있을걸. 우리가 갔을 때 서로 다 배짱이 맞아서 도와주기로 한 거잖아."

"거기 누가 있다고 그래. 우리가 만난 게 고작 격주간 교민신문 사장인데. 그리고 우리가 뭐 진짜 피디냐? 진짜 피디는 쟤들이잖아. 지금쯤 교민회에서는 다들 우리보고 사기꾼이라고 욕하고 있을걸."

"김부식이가 기사 한번 써주면 안되나? 이건 다 된 밥솥을 통째로 가로챈 거니까 신문에서 때릴 만하지, 안 그래?"

"누굴 위해서 그런 수고를 해, 신문사가? 네가 사주라도 된다면 그렇겠지. 사이비 사기꾼이 아니라."

"야, 우리가 안되면 그런 기사 쓴 김부식도 곤란하잖아. 근데 어떻게 우리를 후원하다가 갑자기 저쪽을 후원할 수가 있지? 태우하고 껄끄러울 텐데."

"누가 주최를 하든간에 제 계획대로 부장은 브라질 가게 됐는데 김부식이 뭐가 곤란해. 특별사업부에서 이 일에 관심있다는 건 아마 태우가 김부식한테 흘렸을걸."

"그 자식들, 그렇게까지 짜고 치나?"

"누구나 다 자기 이익에 따라 움직이는 건데, 김부식한테는 오히려 더 좋게 된 거지. 그쪽에서 맡으면 일도 확실하고 기사에도 힘이 들어가고, 사실 우리한테 부장 접대를 맡기기는 불안했을 거야."

그 말을 하는 내 마음이 편할 리가 없었다. 편집기자 자리가 허공에서 터진 비눗방울처럼 내 눈을 아리게 했던 것이다. 그럴수록 입에서 나오는 말이 독해지는 것은 일종의 자기방어인지도 모른다. 하지만 내가 입을 뗄 때마다 승주의 두 눈이 점점 초승달처럼 가늘어졌다.

"너 지금 누구 편이냐? 지금이 어느 땐데 혼자만 잘난 척이야? 고등학교 때나 지금이나, 잘난 척하는 놈들은 꼭 그러더라. 일이 잘못되면 한발짝 물러나서 토나 달고 분석이나 하고. 너 지금 우리가 삼류라서 일이 이렇게 됐다고 말하고 싶은 모양인데, 나는 잘 모르겠다, 그 짓에 제 주머니돈까지 밀어넣은 놈이 누군지."

"빨리 뻬뜨루 최한테 연락 좀 해보자."

조국이 서두르는 척하며 의자에서 일어났다.

이제 우리가 믿는 것은 의리있는 뻬뜨루 최뿐이었다. 우리는 뻬뜨루 최가 빨리 미국 출장에서 돌아와 사태를 바로잡고 최소한 약속대로 협찬금의 일부만이라도 송금해줄 것을 기대했다. 나의 초조감은 약간 더했다고 할 수 있다.

뻬뜨루 최의 정체가 밝혀지는 것 역시 한순간이었다. 그는 애초에 브라질 쇼에는 관심조차 없었다. 협찬도 말뿐이었다. 우리를 초청한 것은 브라질항공사에 접촉하여 자기가 수입한 쌍마의 자동차를 계열사에 납품하려는 계산속이었다. 그는 김태성 사장과 쌍마자동차의 인연을 이용해 자동차 수입에 유리한 조건을 확보했다. 그런 다음 브라질 쇼를 미끼삼아 우리를 홍보요원으로 이용한 거였다. 브라질항공사에 가서 기자요 피디로 멋지게 사기를 쳐주는 것으로써 우리 역할은 끝난 것이었다. 우리에게 보낸 비행기표도 물론 브라질항공사에서 공짜로 얻어낸 것이었다. 손해배상을 하라고 소리치는 조국에게 뻬뜨루 최는 협찬을 받기 위해 방송에 출연시키겠다고 사기친 것은 너희들 아니냐며 되레 우리들에게 항공료와 관광경비를 물어내라고 맞섰다.

조국은 전화기를 소리나게 내려놓았다. 한마디 할 때마다 국제전화요금 올라갈 것을 생각하니 말만 빨라질 뿐 제대로 따질 수도 없었다.

"걱정 마. 인터폴에 의뢰해서 뻬뜨루 최를 꼭 잡을 테니까. 내 비행기표 좀 어떻게 마련할 수 없을까, 당장 브라질에 날아가서 그 자식 멱살을 잡아끌고 오게."

한참을 식식대던 조국은 김부식에게라도 따지고 싶었던지 신문사로 전화를 걸었다. 그러더니 연결이 되자 갑자기 내 귀에 전화통을 갖다대며 바통을 넘겨버리는 것이었다. 김부식의 말투에는 약한 놈이 강한 놈에게 먹히는 건 당연한 일이며 그런 일이 오늘도 어김없이 일어났다는 일상성 외에 다른 것은 느껴지지 않았다. 펠레 초청도 처음부터 성사되리라고는 생각하지 않은 게 분명했다. 그의 전문용어대로 '야마'를 처음부터 정해놓고 '작문'을 할 만한 '팩트' 한두 가지가 생기기를 기다려 '자가발전' 기사를 쓴 것 같았다.

다음날은 임시공휴일이었다. 우리는 오후에 모두 사무실에 나왔다. 유행가 가사처럼 '약속도 없이' 만난 것이지만 이유는 제각각이었다.

승주는 이번 브라질 행사 때 자비를 들여 따라가겠다고 잔뜩 기대에 부풀어 있는 김간호사가 그곳 여자들이 핫팬츠를 즐겨 입는지 미니스커트를 입는지 물어대는 바람에 똥 마려운 강아지처럼 방안을 빙빙 돌다가 나와버렸다. 일이 깨졌다는 걸 말해주고 나오려 했는데 김간호사가 도무지 입을 닫지 않는 바람에 아무리 기다려도 말할 기회가 오지 않았다는 것이다.

나는 회사 임대료로 들어간 돈을 못 받게 될지도 모르므로 운총 앞에서 일부러 고뇌에 찬 표정을 짓고 다녔다. 운총은 매사에 덤덤해 보이고 지구전에 강해서 부부싸움에 유리한 면을 갖고 있었다. 그러나 '마누라들이 다 그렇지'와 '여자가 남자들 세계를 어떻게 이해할 수 있겠어'라는 말에는 꼼짝없이 수그러들었다. 스스로를 진보적이고 포용력있는 양질의 인간이라고 생각하기 때문에 상투적인 여자나 마누라 같다는 말에는 자존심이 상하는 모양이었다. 그날 아침 나는 엄청난 존재의 고뇌에 부닥친 고독한 인간처럼 줄담배를 피우다가 더이상 괴로움을 이길 수 없다는 듯 겉옷을 손에 들고 어깨를 격하게 떨며 집을 나온 길이었다.

조국은 좀 다른 이유였다. 아내가 친정에 내려가 내일이나 돌아오므로 집에 있어도 되지만 그는 특이하게도 '회사일이 걱정되어서' 가만있을 수 없었다는 것이다.

4인방이 처음 맺어지던 날처럼 군만두와 짬뽕과 배갈로 시작된 그날의 술자리는 호프집으로, 그리고 조국의 집으로 이어졌다. 현관문 안으로 들어서며 우리는 고등학교 때처럼 저도 모르게 숨을 죽였다. 가족이 없는 빈 집에 몰래 숨어들고 짱깨집을 찾아다니고 펜팔부 써클룸에 둥지를 틀고…… 무엇엔가 잔뜩 짓눌린 채 마음놓고 활개를 펼 공간을 찾아헤매기는 그때나 지금이나 마찬가지였다. 우리는 밤새도록 마셨다.

거실 한켠에 들여놓은 빨래건조대에 여자 팬티 몇장과 양말, 조국의 바지가 널려 있었다. 바지는 짧게 잡아 예상했던 것보다 훨씬 짧았다. 조국은 '태음인' 스타일인지 상체가 발달한 데 비해 하체가 무척 짧았다. 거기 놀란 것은 누구보다 조국의 아내인 미스 박이었다. 조국이 얼굴이 크고 어깨가 벌어진데다 앉은키가 크기 때문에 미스 박은 그다지 왜소한 체격이라고는 생각하지 않았던 모양이다. 결혼 후 어느 오전 미스 박은 빨래를 해서 널어놓고는 커피를 마시며 음악을 듣고 있었다. 미스 박은 감상적이고 분위기에 약했다. 불현듯 사랑하는 남자의 아내가 된 자기의 모습을 실감하면서 잔잔한 행복을 느꼈다. 기분에 취해 살짝 눈을 감았던 미스 박이 다시 눈을 뜨자 빨래건조대 위의 바지가 보였다. 미스 박은 생각했다. 저 짧은 건 누구의 바지일까. 그것이 백설공주인 자기를 위해 일을 하러 나간 난쟁이의 바지라는 걸 깨닫고 미스 박은 깜짝 놀랐다. 결혼의 현실적인 면을 빨리 깨달았다고나 할까. 그 뒤로도 미스 박은 바지를 개킬 때나 다릴 때 뭔지 모르게 일을 다 하지 않고 중간에 끊은 것만 같은 '길이의 허전함'

을 느끼곤 했다. 그런데도 조국의 체격이 한국남자의 표준이라는 생각에는 변함이 없었다.

조국이 말했다.

"우리 이럴 게 아니라 방송국 앞에 뭐 써들고 가서 시위라도 해야 하는 거 아니냐?"

그는 아까부터 이번 일이 정치사건이라고 주장하는 중이었다.

"그렇잖아. 대선만 아니었다면 태우 섭외하기도 쉬웠을 테고, 꼬마병정이 그런 정치성 강한 기사를 써서 서로 꼬이게 만들 일도 없었을 거 아냐. 이건 어디까지나 정치사건이야. 우리만 희생된 거라고."

"그러니까 네 말은, 브라질 기획이 무산된 것은 대선과 관련한 후보들간의 힘겨루기에서 대리전을 펼친 언론에 의해 자행된 정치탄압이다, 그 말이야?"

"그게 그렇게 되나?"

"방송국이 더 뻔뻔스럽지."

나는 승주가 뱉은 그 말도 그가 싫어하는 어려운 말투로 바꿔주었다.

"자회사를 통해 내부거래를 한데다가 또 동종업자간의 기업윤리를 무시하고 자본의 장악력으로 시장을 독점하는 불건전한 경제행위다, 그거지?"

조국과 승주는 못 들은 척 김부식에게로 화살을 돌렸다.

"그나저나 꼬마병정 불쌍해서 어떡하지? 펠레 온다고 기사 썼는데, 우리도 그건 좀 알지만, 펠레는 안 오지 않냐?"

김부식이 얄미운 조국은 혹시 그 일로 화를 입힐 수 있을까 기대하는 말투였다.

"불쌍하긴 뭐가 불쌍해. '펠레 온다'고 써서 특종했지만, 이번엔 '펠레 안 온다'라고 쓰면 또 특종인데. 그런 게 바로 사실을 사실대로 쓰는 '사실보도'라는 거야."

"공부 늘었네. 하긴 수업료 별로 안 들이고 우리도 공부 많이 했으니 밑진 장사는 아니야."

"밑지기는, 브라질 구경 한 것만도 얼마나 남는 장사였는데."

브라질에서의 화려한 모험이 떠올랐는지 둘은 킬킬댔다. 조국이 늠름하게 말했다.

"거기서 두환이한테 연락이 됐으면 좋았을 텐데. 그나저나 두환이 자식 왜 연락이 없냐, 편지 한장 없는 걸 보면 고생이 심한 거 아냐?"

시장기를 느낀 조국이 냉장고에서 동태찌개를 꺼내 데워왔다. 생선 대가리를 향해 전진하던 승주의 젓가락이 조국의 젓가락에 의해 제지를 당했다. 그들이 생선 대가리를 두고 다투는 것은 자주 보는 풍경이었다. 그 장면을 두고 조국이 쓰는 사자성어는 '어두육미'가 아니었다. '머리싸움'이었다. 조국은 옛날 중국에서 생선 대가리를 서로 먹으려던 친구들의 싸움이 전쟁으로 번진 사건이 있었는데 거기에서 머리싸움이란 말이 유래했다고 알고 있었다. 우기는 일에야 그를 당할 사람이 없었다.

그처럼 좌절과 슬픔에 잠겨 서로를 위로하고 있는 우리를 지켜주듯 아파트마다 밤새도록 불을 켜놓은 집이 많았다. 다들 커튼 뒤로 푸르스름한 불빛이 움직이는 걸로 보아 텔레비전을 보는 것 같았다. 우리는 떠들어대며 부지런히 잔을 비워갔다. 술이 완전히 올랐다 싶을 때쯤 나는 그대로 쓰러져서 잠이 든 모양이었다.

깨어보니 새벽이었다. 나는 조국의 짧은 다리를 밀치고 일어났다.

소파 위에서 잠든 승주를 흘낏 본 뒤 외투를 찾아 걸치고 구두를 신었다. 현관문 밑에는 조간이 배달되어 있었다. 그것을 집어서 손에 쥐고 조국의 집을 나섰다. 신문에는 대통령 당선자의 얼굴이 1면을 크게 장식하고 있었다. 문민정부가 탄생했다고 야단인가 하면 한켠에서는 침통한 은퇴선언을 하고 있었다. 거리로 나서자 내 입에서는 허옇게 입김이 날렸다.

새벽바람은 몹시 차가웠다. 내 앞으로 청소차가 한대 와서 멈춰섰다. 짐칸 뒤쪽에 가로로 질러진 발판을 딛고 서 있던 몇명의 환경미화원이 차에서 내렸다. 무겁고 냄새가 지독한 쓰레기봉투를 힘겹게 청소차에 옮겨싣기 시작했다. 그들이 올라타자 청소차가 다시 출발했다. 그때 내 눈에는 동작이 약간 굼뜬 청소부의 모습이 들어왔다. 그는 신참인 것 같았다. 선배 청소부들은 발판을 차지하고 나란히 짐칸에 서 있는데, 뒤늦게 올라탄 그는 미처 두 발을 얹을 자리가 남아 있지 않았으므로 간신히 한 발만을 올려놓고 가고 있었다. 마치 뛰어가다가 순간정지한 사진처럼 그의 다른 한쪽 발은 허공을 향해 떠 있었다. 한 발만을 바닥에 딛고 서 있는 그의 몸은 청소차가 흔들릴 때마다 균형을 잡지 못하고 앞뒤로 비틀거렸다. 두 손으로 손잡이를 꼭 붙들고 있는 그의 입에서는 유난히 많은 입김이 날렸다.

청소차가 사라질 때 아주 역한 냄새를 남겼으므로 나는 그 자리에 쭈그리고 앉아서 토하기 시작했다. 내 손 안에 있던 신문이 땅으로 미끄러졌다. 대통령 당선자의 얼굴로 토사물이 튀어올랐다.

태평성대

우리는 차에서 내려 걷기 시작했다. 도시에서만 살다보니 맨흙을 밟아보는 것이 꽤 오랜만의 일 같았다. 1월인데도 햇살은 봄날같이 따뜻했고 코에 스미는 공기 또한 차갑지만 맑았다. 공원묘지 특유의 묘한 정적이 마치 긴 여로를 거쳐 종착역에 닿았을 때처럼 기분을 가라앉게 만들고 있었다.

"아직 분양중인가보지? 입주자가 반도 안 찼어."

승주가 터만 잡아놓고 봉분은 없는 묏자리를 건너다보며 말했다. 삼천리가 묘지강산이라고 근심하는 사람이 많던데 이것도 부동산이라고 변두리 쪽의 경기는 아직 한산한 모양이었다. 앞장서서 걷던 조국이 걸음을 멈추고 나를 돌아보았다.

"여기쯤인 것 같은데…… 이제부터는 형준이 네가 찾아라. 저기 저 비석들에 너 좋아하는 한문 잔뜩 써 있다. 이름을 보고 찾아야지 못 찾겠어."

그렇지 않아도 나는 묘석을 눈으로 훑어가며 걷던 참이었다. 조국의 뒤를 별생각 없이 따라가다가는 엉뚱한 묘소 앞에다 눈물을 뿌려놓고 돌아온 뒤 '그 산이 아닌개벼' 하게 될지도 모를 노릇이었다. 브라질 사건 이후 대통령이 한번 더 바뀔 만큼 시간이 흘렀지만 나는 아직도 조국과 승주의 말이라면 내 눈으로 확인한 것 외에는 믿지 않았다. 어쩔 수 없이 말려들 때 말려들더라도 일단은 의심을 해두는 편이 충격완화에 도움이 된다는 생각에서였다.

두환의 묘는 어렵지 않게 찾을 수 있었다. 혼자 능선이 시작되는 지점에 자리잡고 있어서 마치 발치에 수십기의 묘를 거느린 것처럼 보이는 늠름한 무덤이었다. 조국이 종이봉투에서 부스럭부스럭 소주와 북어를 꺼냈다. 코가 빨갛게 언 채 구부정하게 서 있는 승주의 등뒤로 멀리 하늘이 마치 얼어 있는 푸른 물처럼 투명했다. 우리는 무덤가에 소주 한병을 몽땅 부어준 다음 우리 몫으로 새 병을 땄다.

두환은 총에 맞았다. 피혁업계의 해외시장을 개척하다가 그렇게 된 것은 아니었다. 코스타리카에 얼마 있지 않아 그는 이내 미국으로 흘러들어가서 불법체류자가 되었다. 처가의 도움이란 게 기대한 만큼 대대적으로 그리고 무한정 얻어지는 것은 아니었다. 그는 영주권을 얻기까지 우리가 흔히 들어본 이민사연들처럼 배달원, 세탁부, 주유원, 접시닦이까지 안해본 것이 없었다. 약간의 망설임이 없지 않았지만 결국에는 보디가드에나 어울릴 덩치로 베이비씨터까지 해보았다. 그의 마지막 직장은 슈퍼마켓이었다. 새벽 두시에 강도의 방문을 받은 그는 어린 강도를 한수 가르치고 선도하겠다는 정의감이 솟구친 나머지 '손들어!'라는 강도의 영어를 못 알아들은 척하고 짐짓 소림사 18동인의 기본자세를 취했다. 그러자 동양인이 두 팔을 엇갈려 쳐들

면 무조건 태권도 동작인 줄 알고 겁을 먹은 강도는 얼결에 총을 발사
했다. 두환은 2000년 겨울 먼 타국의 슈퍼마켓 계산대 옆에 쓰러져 눈
을 감았다. 피를 흘리고 죽어가면서 십중팔구 시시하게도 늙어서 죽
을 우리들을 생각하고는 잠깐 득의의 웃음을 지었는지도 모른다.

돌이켜보면 두환은 우리의 삶에 깊게 얽혔다고는 할 수 없다. 만수
산 4인방 시절에도 그는 늘 외곽으로 돌며 다리를 떨었을 뿐 우리가
추진하는 일종의 사업에 깊이 관여한 일이 없었다. 또한 엄밀히 말하
면 26년 전, 고등학교 2학년 때 이미 우리 곁에서 사라졌다고도 할 수
있다. 그때 이후 그를 만난 것은 딱 두 번뿐이었다. 그러나 그가 나타
날 때마다 우리 4인방의 삶은 새로운 국면에 휘말렸다. 두환과의 이상
한 인연이 우리의 인생을 원격조종하고 있다는 기분마저 들었다. 우
리의 삶이 자신의 의지가 아니라 어떤 낯모르는 힘에 의해 이끌려진
다는 생각은 사십이 넘어서 느끼게 되는 인생에 대한 체념이나 무기
력증 같은 건지도 모른다. 설마 겸손함이나 철학 같은 건 아닐 것이
다.

셋이 무덤 앞에 나란히 앉아서 종이컵에 든 소주를 홀짝이다보니
아닌게아니라 두환의 죽음이 슬픈 것 같기도 했다. 두환의 죽음만 그
런 게 아니었다. 우리 셋의 그저그런 삶도 마찬가지로 허전하고 무망
했다.

조국은 몇년 전 김태성 사장으로부터 독립하여 '조국프로덕션'이라
는 이름으로 사업을 시작했다. 오랫동안의 꿈을 이루었다면 떡집 따
위가 아닌 피자집 3층에 사무실을 얻었다는 점이다. 이름에 비해 하는
일은 자질구레했다. 칼국수집이나 조개구이집, 돼지갈비집의 신장개
업 전단에 넣을 사진, 혹은 주로 베트남 같은 개발도상국 쪽에 화장붓

쎄트나 모조보석을 수출하는 군소회사의 팜플렛 사진을 찍었다. 주된 수입원은 회갑, 돌, 유치원 졸업식 같은 데 출사 나가는 것이었다.

처음 시작할 때는 고생을 많이 했다. 일거리는 별로 들어오지 않는데도 유지비는 수월찮았다. 오랜 직장생활을 통해 모은 미스 박의 쌈짓돈을 보태고 융자를 받아 마련했던 13평짜리 아파트를 담보로 은행에서 돈을 빌렸지만 그 이자만도 만만찮은 액수였다. 결국 반지하 셋방으로 이사를 하게 되었는데 그 겨울 유난히 추운 날씨에 보일러가 고장나 집안이 냉동창고가 되었다. 집에도 회사에도 돈의 모습은 보이지 않았다. 우울한 심사를 달래려고 조국은 김태성 사장이 퇴직금 조로 선물한 낡은 코란도를 끌고 무작정 집을 나섰다가 너무나 천천히 운전을 했던 탓에 성질 급한 뒤차에게 추돌을 당했다. 작은 사고였지만 조국은 신속한 동작으로 입원했다. 소식을 들은 미스 박은 그 길로 병원으로 뛰어와 울며 말했다. 아이고, 미연이 아빠, 그래도 사람이 죽으란 법은 없나봐요. 그런 연유로 조국네 보일러는 보상금을 받던 날 바로 가동하기 시작했다.

조국은 교통사고 장기환자로 붐비는 그 조그만 외과병원에 보름 정도 입원해 있었다. 그 무렵 환자복 위에 코트를 걸친 차림으로 근처 시장골목의 술집에서 소주를 마시는 조국의 모습이 자주 목격되었다. 조국이 다친 곳이 다리란 말은 듣지 못했지만 그의 탁자에는 목발 한짝이 기대어져 있기도 했다. 그 다음단계로, 밤에 집에 돌아왔다가 아침에 환자복을 입고 병원에 출근하는 생활을 일주일쯤 하다보니 퇴원 날이 되었다.

그의 사업은 상냥하고 붙임성있는 아내의 도움을 받아서 사무실과 가정 한 쎄트 정도는 그럭저럭 꾸려나갈 수 있었다. 조국프로덕션의 경리로서 결혼 전처럼 다시 '미스 박'이 된 그의 아내는 고객들 앞에서 조국을 언제나 "우리 사장님, 우리 사장님" 하고 떠받들었다. 역시 그 아내의 협조에 힘입어 조국은 딸 밑에 아들을 하나 더 두었다. 그의 가정이 여러가지를 갖추는 대신 그는 예술가와 사업가로서의 자유, 그리고 영혼을 잃고 말았다고 탄식했다. 악마에게 팔려고 해도 없어서 못 판다는 거였다. 따라서 '혼을 담은 시공' 따위의 심각한 일은 하지 못하게 된 모양이었다. 애초에 조국에게 영혼 같은 것이 있었는지 모르지만 만약 있었다면 그것은 아마 미스 박이 가져간 듯했다. 미스 박이 자기의 영혼뿐 아니라 다른 남자들의 영혼에까지 관심이 있는 모양이라 조국에게는 요즘 그것이 새로운 고민이었다. 미스 박은 운전을 잘해 기동력이 있고 모든 돈관리를 맡고 있으니 경제력도 갖추었으며 무엇보다 가장 큰 능력은 조국과 나이차가 많아 아직 30대라는 점이었다. 게다가 남자가 오해할 수 있을 만큼 잘 웃었다. 조국은 '사람이란 준 만큼 돌려받는다'는 말을 두려워하고 있었다. 체격이나 배짱, 인간성 등 여러가지 면에서 자신이 대한민국 남자의 '에프엠'이라고 우기는 그는 대한민국 남자의 평균치 이상으로 외도를 한 적은 없었다. 그런데도 자기가 한 만큼 미스 박이 바람을 피운다면 인간이 어떻게 그런 일을 할 수 있는지 상상만 해도 치가 떨렸다.

승주는 그동안에도 세 군데나 직장을 옮겼다. 모두 영업, 즉 외판이었는데 현주누나를 비롯한 측근 몇사람에게 정수기나 옥침대 몇개를 팔고 나서 때려치우는 식으로 근근이 용돈을 벌었다. 회사에 다니는 동안 그는 돈버는 일보다는 여직원들 사이에서 행해지는 남자직원들의 인기투표 순위에 더 관심을 두었다. 이 직장에서 저 직장으로 건너가는 사이의 휴식기에는 주로 집앞에 있는 '허송세월'이라는 이름의 비디오대여점에서 비디오테이프를 빌려보며 몸과 마음을 충전했다. 그는 모텔까지 따라들어온 여자가 막상 옷을 안 벗겠다고 버틸 때말고는 시간이 아깝다는 게 무슨 뜻인지 생각해본 일이 없었다. 구조조정 바람에 퇴출당한 매형이 무슨 벤처기업을 차렸으므로 다음달부터는 그곳으로 출근하게 되어 있는 몸이었다.

김간호사는 몸무게가 더 늘었지만 수간호사가 되어 월급도 늘었다. 또한 김간호사는 성장이 늦은 둘째아이를 장애인학교에 보내느라 너무나 바빠졌으므로 아무리 키워도 성장이 되지 않는 승주에 대한 보육에는 얼마간 손을 뗀 처지였다. 아주 가끔이지만 요즘도 승주는 와이셔츠에 립스틱을 묻힌 채 들어가는 일이 있었다. 그런데 김간호사의 태도는 전 같지 않았다. 핑크색 자국을 초고추장이라고 주장하는 데도 더이상 따지지 않는 거였다. 승주의 얼굴을 빤히 보면서 이렇게 담담히 말할 뿐이었다. 그럼 입술에 묻은 것도 초고추장인가? 승주가 거울을 보니 초고추장이라고 하기에는 너무 넓게 번져 있었다. 아니, 이건 깍두기 국물. 그 설렁탕집 깍두기가 하도 맛있어서. 그렇게나 어처구니없는 변명을 하는데도 김간호사는 그냥 넘어가더라며 승주는 서운해했다.

그러나 조국과 승주는 내심 자기들이 꽤 괜찮게 살고 있다고 생각하고 있었다. 그런 일은 없겠지만 만약 누군가 자신을 멋진 놈이라고 말해주면 망설임없이 '사람 볼 줄 안다'며 대견해할 것이다. 그들이 딱하게 생각하는 사람은 자기들이 아니라 나였다. 고등학교 때부터 지금까지 그렇게 꾸준히 '개폼'을 잡고 갖은 인상 써가면서 살고 있으니 얼마나 노고가 많냐며 아낌없는 동정을 보냈다.

조국이 내 잔에 새로 소주를 채웠다.

"요새도 자서전 많이 쓰냐? 너 학교 때부터 편지 대필하고 군대 가서도 그러더니 결국 남의 인생 대필해서 먹고사는구나."

"형준이 재 고등학교 때는 소설도 꽤 썼는데, 왜, 생각 안 나냐? 늘 '녀석'으로 시작하잖아. '녀석은 그날도 겨드랑이 밑에서 터져나오는 재채기를 참을 수 없었다' '녀석은 염소가 힘이 센지 돼지가 더 센지 오늘만은 기필코 알아볼 작정이었다' 뭐 그런 거."

"재가 안 써서 그렇지, 쓰기만 하면 윤동주나 서정주 소설보다 나을걸?"

조국과 승주는 자신있는 목소리로 계속 떠들어댔다.

마누라가 요새 이혼하자고 덤벼. 아무래도 남자가 있는 것 같아. 하면 되지 뭐가 문제야. 애들까지 다 데려가겠다는데? 그래? 더이상 좋을 순 없네? 야, 난 짤랐단 말야. 예비군훈련 갔다가 짜르고 들어오던 날 내가 마누라한테 큰소리로 뭐라고 했는지 알아? 네가 겁도 없이 마누라한테 큰소리를 다 냈어? 뭐라고 했는데? 눈 내리깔고 그랬지. 야, 자리 깔아! 근데 이제 와서 마누라가 자식새끼 다 데려가면 어디서 뿌리를 찾냐? 뿌리? 네가 웬일이냐? 그런 데라면 기를 쓰고 벗어나려고 하지 않았냐? 너도 내 나이 돼봐라. 그러서? 너는 마누라하고 별탈 없냐? 요즘은 주변에 이혼한 사람들이 하도 많아놔서. 그거야 끼리끼리라고 네가 그런 놈들하고만 어울려다니니까 그런 꼴을 많이 보지 나야 끄떡없어. 원래부터 가정적 아니냐, 내가. 사업상 자주 가는 룸쌀롱이 있는데 거기 아가씨들 사이에도 나는 가정적이라고 소문났어. 왜, 팬티 색깔 알아맞히기 게임이나 입으로 전달하는 회오리주 릴레이 같은 건 안하나보지? 그게 아니고, 절대로 한 번 옆에 앉힌 아가씨를 두 번은 안 앉히잖아. 뭐라고? 아가씨를 돌아가면서 골고루 끼고 앉는 게 가정적인 거냐? 그럼. 늘 한 아가씨만 찾다보면 행여 정들까봐 미리 경계하는 건데 그 자제력이 참 대단하지 안 그래? 너 룸쌀롱도 가고 경기 좋은가보다. 그럼 이 나이 돼갖고 영등포에 가서 뛰랴? 요새는 1라인이 한 6만원 하냐? 요즘 시세는 나도 몰라. 미아리는 여자 서장이 눈에 불을 켜고 캐는 통에 찬바람 돌걸. 미아리든 천호동이든 난 안 가. 웬일로? 한 10년쯤 됐나? 친구놈하고 술 먹다가 새벽에 영등포에서 차를 타려고 서 있는데 말야, 날씨도 추웠다고, 근데 화장이 떡이 된 늙은 여자가 와서 그러더라. 둘에 5천원요, 아저씨 같이 가요, 예? 그 말을 듣는 순간 야, 이거야 원, 눈물이 핑 돌아서 말이지. 오호, 그래서 그 슬픔을 잊어보려고 룸쌀롱에 가서 노시는구나? 너, 그런 데서 주사 같은 건 안 찔러봤어? 주사라니, 카메라출동에 나오는 거? 그래, 언제였지? 박지만이도 그거 하다가 영등포에서 잡혔잖아. 그 뉴스 보니까 참, 그래도 대통령 아들인데, 기분이 좀 그렇더라. 또 우리하고는 남이 아니잖냐. 남이 아니면? 동갑 아니냐고. 우리랑 같이 커왔잖아. 형준이 네가 말해줬던가? 70년대 통기타 가수들 대마초로 들어간 것도 사실은 대통령 아들 기타 가르치면서 대마초까지 가르쳐주다 그렇게 됐다고. 그때 맛들여서 저렇게 된 거 아냐? 그건 모르지. 아무튼 세월 많이 흘렀다. 나 늙는 건 잘 모르겠는데, 오랜만에 친척 동생들 만나서 걔들 나이가 사십 언저리라는 걸 알면 깜짝깜짝 놀라게 돼.

　참, 몇년 전에 졸업 20주년 기념이라고 망년회 했을 때 너네들 다 안 왔었지? 야, 20년 만에 가보니까 진짜 웃기더라. 담벼락이 왜 그렇게 낮고 교실은 무슨 사과궤짝 같애. 변소도 원, 그 옹색한 곳에서 우람한 물건들이 어떻게 큰일들을 치렀는지 몰라. 참 한심하더라니까.

그런 걸 보고서 아름다운 추억 어쩌구 하는 놈들은 혓바닥이 어떻게 생겨먹었을까. 근데 우리 동창 중에 벌써 죽은 애들이 스무 명이나 된 대. 암으로 죽은 놈, 뭐 교통사고, 자살한 놈도 있어. 사업하다가 부도 난 모양인데, 왜 사업이란 게 아랫돌 빼서 윗돌 막고 윗돌 빼서 아랫 돌 막는 거 아니냐. 더이상 그 장난도 칠 수가 없게 되니까 약을 마셔 버린 모양이더라구, 그때가 아이엠에프 때잖아. 그 자식도 참. 사는 게 다 그렇지. 저만 뭐가 그리 힘들다고, 때 되면 어련히 죽을 걸 힘들 게 일부러 자살까지 하냐. 그리고 참, 땡칠이 소식 들었는데. 물리선 생 말야? 그래. 오십이 넘었는데 아직도 교감 못 되고 평교사로 있다 더라. 학교도 어디 시골이래. 뭐야? 땡칠이가 오십밖에 안됐어? 우리 하고 별 차이 안 나네? 학교 다닐 때는 한참 어른이라고 생각했는데 같이 늙어가는 처지야. 야야, 우리가 그만큼 늙었다는 거지.

　동창놈들은 누구누구 만나봤는데? 꼬마병정도 왔어? 요즘 잘 나가 는 것 같던데, 정치분가 사회분가 차장 됐지? 그래? 어쩐지 어깨에 힘 이 너무 들어가서 몸이 뒤로 막 넘어가더라. 그래도 기자질 하기가 5 공때만 못하다고 인상쓰던데. 그나저나 걔 고향이 어디냐? 왜? 구미 에서 전학왔던가? 무슨 말이야, 아침 저녁 땀 뻘뻘 흘려가며 자전거 통학하던 그 저수지 마을에 자기네 선산이 있는데. 거 참, 인간성 묘 하데. 제 말만 하고 남의 말은 전혀 안 듣더만. 신문사에서 출세한 놈 들은 다 그런가 몰라도 기자가 아니라 기관에서 나온 사람같이 뻣뻣 하더라니까. 정치부 기자들은 무슨 당에 출입하다가 그 당에 입당해 서 국회의원 되기도 하고, 문화부 기자들은 대변인도 되고 또 장관 되 고 그렇던데, 나도 아는 걸 걔가 왜 모르겠어. 목에 힘줄 만하지. 다른 동창놈들은 어때? 돈 많이 번 애들도 많지? 그런 애들은 동창모임 같

238

은 데는 안 나온다고 하더라. 재계 동창회, 관계, 정계 이런 식으로 따로 모여 호텔 같은 데서 점잖게 노는 모양이야. 그게 노는 거냐, 암거래지. 아마 놀 때는 우리하고 똑같을 거다. 나는 장안평 룸쌀롱이고 걔들은 강남 그 차이밖에 더 있어? 그 차이밖에라고? 나는 육이오 때 같이 또 한강다리 끊어질까봐 무슨 일이 있어도 강남에 살고 싶은 사람이야. 근데 결혼한 지 15년 만에 겨우 정릉에서 청량리, 혜화동, 광장동 거쳐 옥수동까지는 왔다만 한강다리 넘기가 쉬운 일은 아니야. 너 사는 신도시는 어떠냐? 살기 좋다며? 전에는 교통이 불편해서 좋았지. 서울에서 술 퍼마시고는 차가 끊어져서 못 들어간다고 하면 비싼 택시 타고 오라고 할 수는 없고 마누라도 할말 없거든. 요즘도 놀기는 좋아. 신도시 사람들은 신도시에서 안 놀지만.

동창회에서 어떤 놈이 그러던데 우리가 뭐, 베이비붐 세대라면서? 치열한 경쟁사회를 살아왔다고 하던데, 그랬냐? 그러고 보니 우리는 참 여러가지로 장한 인생이야. 그럼, 잘 태어났지. 유엔데이가 내 생일이라 늘 학교 안 가고 놀았는데, 참, 우리가 유엔 가입했던가? 어제 미연이가 숙제한다고 물어보던데 알아야 말이지. 그런 걸 왜 나한테 물어봐, 형준이가 알겠지. 1991년일걸. 남북한 동시가입했잖아. 한창 북방외교에 주력해서 헝가리, 루마니아, 체코, 소련, 중국 다 국교수립했지. 소련한테는 30억달러나 경협차관을 주기로 했는데 돈 주고 수교를 했다고 지금까지도 비판여론이 많아. 그러냐? 너 요새도 신문 열심히 보는구나. 그런 거 모른다고 불편한 줄 몰랐는데 자식새끼들 크니까 체면문제가 좀 있긴 하더라. 참, 나 저번에 단체로 중국여행 갔다가 죽을 뻔한 얘기 했던가? 중국? 너 혹시 여자 샀다가 들켜서 여권에 ‘색마’라고 찍힌 거 아냐? 거긴 그렇다며? 더 묻지 마라. 아무튼 그건 그렇고, 거기서는 자식을 하나밖에 못 낳게 돼 있더라고. 더 낳으면 벌금을 내야 한대. 호적에도 못 오르고. 그 말 들으니까 우리도 개들처럼 가족계획 외쳐댄 게 불과 얼마 전인데 싶더라. 맞아. 셋째애부터는 의료보험에도 안 올려줬지. 불임수술한 사람에게만 아파트 신청자격을 주고. 지금 생각하니까 진짜 웃긴다. 두환이도 아들놈이 있다면서? 응. 나 만날 때 두환이 마누라가 데리고 나왔더라구. 근데 두환이 마누라 말야, 장례 치르고 안장할 때 우리한테 왜 연락 안했대? 몰라, 아무 말 안하더라. 우리가 소희 옆에다 묻어주자고 할까봐 그랬는지도 모르지. 뭐? 우리가 왜? 그랬다면 두환이 마누라 정말 뭘 몰라도 한참 모르는 거다. 둘이 나란히 누워 있는 꼴을 우리가 두 눈 뜨고 어떻게 봐. 그러게 말야. 야, 조국! 방귀 좀 가려가면서 뀌어라. 안돼. 성능이 좋아서 때와 장소를 가리지 않고 터지거든. 소중한 순간에는 잠시 꺼두어도 좋아, 인마!

그래서 너는 사는 게 재밌냐? 이 나이에 재미는 무슨 재미야. 술 맛있는 줄도 모르겠고 마누라가 목욕을 해도 돌아누워서 자고, 진짜 뭘 해도 재미있는 줄을 모르겠어. 돈도 얼마 못 벌어놔서 노후를 생각하면 한숨나고. 뭐 이 타령으로 살다가 끝나는 거겠지 별거 있겠냐. 지친 건지 노쇠한 건지 아무튼 의욕이 별로 없어. 나이들수록 부부가 서로 의지하면서 친구처럼 함께 늙어간다는 말도 다 헛말이야. 마누라가 나한테 하는 얘기라고는 딱 세 가지밖에 없어. 돈 얘기, 시댁 얘기, 자식 얘기. 그러니 무슨 재미가 있어야지. 바쁘긴 또 뭐가 그렇게 바쁜지! 맞아. 나도 집에서 저녁 혼자 먹을 때 많아. 그나마 조금 재미있다 싶은 건 월드컵하고 박찬호지, 안 그래? 야, 박찬호 대단해. 올해 연봉이 얼마? 990만달러? 그게 말야, 우리 돈으로 126억이래. 작년에

타이거 우즈가 번 상금보다 더 많다더라. 한국에서 기껏 받아야 3억인데, 40배를 더 받는 거 아냐? 그래, 한 게임에 보통 100개 정도 던지니까 공 한번 던지는 데 한 4백만원 한다는 얘기야. 야, 난 그것보다 우리나라 프로선수들 전체 연봉을 다 합쳐도 박찬호 한사람 연봉의 75프로란 말이 더 기가 막히더라. 우리나라 프로야구 선수 자리만 해도 얼마나 높은 고지야. 그 밑에는 엄청난 마이너 선수들이 있을 거라고. 그런 선수들은 진짜 살맛 안 날 거야. 그게 다 인생이 다른 거라고 생각해야지 그런 데에 비교하면 어떻게 살아? 잘난 놈들은 태어날 때부터 따로 있는 거야. 네가 그런 철든 말을 다 하냐. 너 요즘은 세계에 조국의 이름을 떨치는 사업은 그만둔 모양이다? 그럼 내가 요새도 너 같은 놈하고 4인방이나 조직하고 있는 줄 알았어? 야, 그때가 언젯적 얘기냐, 20년도 넘었지? 얘가 세월을 모르네. 20년이 뭐야, 30년이 다 돼가는데. 그런 거 생각하면 사는 것도 정말 별거 아니야. 말하자면 내가 세월과 함께 닳아가고 있구나 하는 사실을 받아들이면 돼. 산에 한번 가봐. 전나무숲, 대나무숲, 소나무숲, 이름은 그렇게 붙이지만 어디까지나 그건 전나무 대나무 소나무 입장에서만 본 거지. 사실 숲을 울창하게 만드는 것은 이끼 같은 거, 그리고 드렁칡 같은 하찮은 식물이더라고. 뭐? 착생식물? 그래, 김형준 너 유식해서 좋겠다. 근데 우리 나이에는 칡즙이 좋다던데 먹어봤냐? 보릿고개 시절 얘기하고 있네. 누가 칡즙 같은 걸 먹어. 요새는 고로쇠물이지. 이제 곧 나올 때가 됐다. 작년에도 지리산에 가서 먹어봤는데 그거 괜찮아. 나무에 빨대를 박고 마시는 거냐? 병에 담아서 팔기도 하고. 야, 그럼 우리가 그 사업 한번 해볼까. '변강쇠'라는 상표를 붙여서 팔면 잘 나갈 것 같지 않아? 작년에 내가 지리산 가서 사온 게 바로 그거야. 변강쇠표 고로

쇠물. 이미 어떤 놈이 해먹었어.

　오래 앉아 있었더니 술이 들어갔는데도 바람이 차게 느껴졌다. 빨갛게 상기된 승주의 얼굴은 이마가 벗겨지기 시작하고 눈시울이 처져 미소년의 퇴락을 알리고 있었다. 언 귓불을 비벼가며 쭈그려앉아 소주 한병을 새로 따고 있는 조국의 옆모습에도 세월은 느껴졌다. 저 다리로 어떻게 살아왔나 싶게 다리가 짧기도 했다. 무슨 일이든 분석하고 결론을 내리는 것이 4인방에서의 내 역할이었으므로 나는 그들이 두서없이 지껄인 말들을 머릿속으로 정리하고 있었다. 인생이 뭔가.

　지식인들은 언제나 자기의 시대를 위기라고 말해왔고 애국자들은 하나같이 자기의 시대를 국난이라고 했다. 그들처럼 간뇌도지를 부르짖으며 간과 뇌수로 바닥을 칠하는 사람들은 따로 있다. 우리는 그런 인생이 아니다. 그래서 잘못될 것은 아무것도 없다. 그들은 그들대로 살고 우리는 우리 식으로 살면 되는 것이다. 운전을 하다가 산속에서 기름이 떨어져간다면 잘난 놈들은 남은 연료로 연비를 계산하거나 지도를 펴놓고 주행거리를 줄일 궁리를 하거나 혹은 그 자리에서 도움을 기다리며 기름을 비축해둘 것이다. 그러나 우리는 그냥 기름이 떨어질 때까지 주유소를 찾아 돌아다닐 뿐이다. 차가 움직이지 못하게 되면 차 안에 누워 있다가 굶어죽거나 얼어죽으면 그만이다. 오리털 파카에 오리털이 몇올밖에 안 들어 있다고 불평하면서, 가늘고 길게 살고자 했던 소박한 꿈을 이루지 못해 분해하면서.

　"춥다. 일어나자."

　"그래. 두환이한테 술이나 한잔씩 더 부어주자. 할말 있으면 한마디씩 하고."

　"그럼 내가 먼저."

조국이 목청을 가다듬었다.

"호랑이는 죽어서 가죽을 남기고 사람은 죽어서 이름을 남긴다. 두환아, 편히 쉬어라."

승주가 받았다.

"소희한테 전해라. 내 영원한 첫사랑은 소희뿐이라고."

말을 마친 두 사람은 재촉하는 눈길로 내 쪽을 빤히 쳐다보았다. 둘다 이마에 주름살이 깊었고 코끝이 빨갰다. 입에서는 소주냄새와 함께, 겨울 들녘으로 끌려나온 소처럼 연신 허연 입김이 뿜어져나왔다. 나는 아무 말도 하지 않은 채 봉분을 내려다보며 가만히 서 있었다. 이상한 일이었다. 두환의 죽음이 아니라 내가 끌고 가는 삶의 시간이 불현듯 뻣센 가시처럼 목구멍을 깊숙이 찔러왔다.

농담의 위장막 뒤에 숨은 것

이성욱

문인들을 거의 만나지 않는 이즈음과 달리 몇년 전에는 그래도 가끔 이런저런 자리에 끼여 술추렴을 했던 듯하다. 그때 은희경씨는 새로운 기대주로 문단에 강력 추입하던 작가였고 나는 그 이전이나 그때나 말류 평론가였다. 곧 '메이저급' 작가가 될 것임이 예상되는 소설가와 말석 보존을 일로 삼는 평론가의 동석은 물론 예상되다시피 '문학적 담론'으로 차고 넘칠 그런 자리는 아니었다. 그의 작품 자체보다 작품에 동원되는 6,70년대 풍속 정보에 대한 잡담을 교통호 삼아 이야기가 오갔다. 그와 나이가 비슷하니 경험했던 풍속의 요목들과 기억 속의 그림들도 얼추 아귀가 겹쳐졌다. 이후 몇번인가 자리를 같이할 때마다 그런 이야기가 반복되었다. 반공드라마 「실화극장」에서 인기연속극 「새엄마」가 어떠했으며, 「쇼쇼쇼」라는 당대 최고의 쇼 프로그램을 쥐고 놀던 김추자의 감창 소리 같은 콧노래가 어떠했고, 싸구려 황색잡지의 흥미를 더해주던 '고민남' '고민녀'의 사연이나,

244

'외로운 밤 사연을 같이 나누실 분'을 찾는 펜팔란에 대한 각자의 회고와 '문화적 분석' 등이 보태졌다. 물론 팝송의 각종 '올드 넘버'를 비롯해 혼분식 정책, 고등학교의 교련대회에 대한 기억담 등도 가세했다. 그런 가운데 그에 대한 이미지는 이런 언어로 모양이 잡혔다. 유쾌, 농담도 즐기는 유연함 그리고 견고.

6,70년대 '한국적 근대경험'의 조각들은 그의 첫 장편 『새의 선물』에서 적절하게 모자이끄되었다. 그후 상재된 그의 작품 전반에서 또한 예의 이미지는 어렵지 않게 발견할 수 있었다. 한데 실제 작품의 저변에는 일상의 자리에서 만나는 그의 이미지가 아닌 '작가 은희경'의 목소리와 태도가 따로 있었다. 그의 글쓰기 전략일 수도 있고 혹은 세계에 대한 그만의 해석과 태도의 소산일 수도 있는 그것은 내게, 뾰족한 펜싱 검을 쥔 날씬한 여검객으로 요약된다. 그를 '가차없는 시선'의 소유자라 불렀던 논평도 있거니와, 그의 작품에서 언제나 감지할 수 있는 것은 비정하리만치 냉엄한 그리고 냉소적인 시선이었다. 겉으로는 농담기와 유연한 '풋워크'를 보이지만 그의 시선이 끝까지 쫓아가서 찍어누르는 것은 시종 급소였다. 허위의식, 주관적인 정당화, 관성화된 감성이나 통념 등등, 거기에 은근히 합류해 살아가는 편안함에의 들척지근한 욕망, 그러므로 그것의 정체에 대해서는 애써 모른 척하는 일상의 모순, 분열적인 감정, 태도, 사고 등을 그의 예리한 검끝은 꾹 찔렀다. 깊이 찌르지는 않았다. 찌른 곳이 급소라는 사실을 자명하게 보여주는 정도로 그치면서 다만 급소 위에 핏방울이 돋아나게만 했다. 그의 검이 한번 돌아간 곳에 여기저기 돋아난 핏방울들. 그 핏방울들이 이어져서 만들어내는 문양은 허위의식의 지도 같은 것이었다. 우리가 그 지도에 대한 독법을 어느정도 익힐 무렵이

되면 우리는 우리 자신의 허위의식이 바로 그 지도의 전사(傳寫)라는 사실 앞에서 소스라치곤 했다.

그런 여검객의 새로운 소설 한편이 내게 날아왔고, 그리고 붙임글을 써야 한다는 사실을 알게 되었을 때 나는 그가 또 이 소설을 통해 백주에 전시하고 모멸의 손가락으로 가리키고자 하는 것이 무엇인지 궁금하지 않을 수 없었다. 한데 이상하다. 그가 붙임글을 쓸 인사로 나를 '지목'한 것은, 이 소설 역시 70년대의 풍속을 배경으로 거느리고 있는 것으로 보아, 그와의 예의 잡담 경력을 감안한 것이겠거니 추측은 된다. 그러나 '마이너 인생'이 모인 '마이너리그'라는 제목의 작품을, 다름아닌 '마이너 평론가'인 나에게 넘긴 것은 무슨 까닭인가? '깊은 뜻'이 있는지, 아무려나 긴장할 만한 일이 아니겠는가.

소설 텍스트 표면에는 농담의 기운이 흔들거리고 웃음의 서사장치 또한 이곳저곳 돌아다닌다. 소설의 걸음은 경보에 가깝고 경쾌하기까지 하다. 그러다 소설은 이따금 표나지 않게 웃음 유발장치의 이면을 보여준다. 그런데 그렇게 들여다보이는 것은, 끔찍한 세상이다. 아무에게나 끔찍한 것은 아니다. '비주류'에게 그렇다는 말이다. 그래서인지 소설이 소설로만 읽히지 않는다. 소설을 읽는 즐거움에 앞서 그 끔찍함으로 인한 울렁증이 올라온다. 우리 사회에서 '마이너'라는 표지를 걸머진 존재는 평생 이마에 도(盜)자를 찍어넣고 살아가야 하는 '방외의 인간'처럼 그 '마이너'라는 글자를 낙인으로 받고 살아가야 하는 강요된 운명, 그 이외의 존재가 아니다. 한번 마이너가 되면 영원한 마이너인 것이 우리 사회의 게임의 법칙 아닌가. 가끔 예외가 등장하기도 하지만 그 예외는 언제나 '메이저 독식구조'의 알리바이로

기능할 뿐이라는 점에서 고려할 사항이 아니다.

그런 점에서 형준의 짐작은 짐작 이상이거니와, 나아가 진실이다. 그가 "세상에는 하찮은 인연이 끝까지 따라다니며 알게 모르게 그 사람의 인생을 잠식해 들어가는 경우가 많다"고 짐작하는 것은 기실 마이너 인생의 본능적 통찰이자 적확한 진실이다. 실로 '우연찮게' 얽힌 형준, 승주, 두환, 조국 4인은 학창시절부터, 말하자면 '마이너'라는 열외의 표본집단이라 할 만하다. 그런데 문제는 그 '마이너'의 표본성이 학창시절로 그치지 않고 그들의 전 운명을 거머쥐고 있다는 점이다. '패자부활전'은 없다는 우리 현실의 철의 법칙을 생각하면 당연한 결과이다. 한때, 공부보다 '감수성 고양 및 자기 적성 탐색'(?)에 육신을 맡기는 일은 정말 우연찮은 일이다. 하지만 그 우연찮은 투신이 가져다주는 결과는 참혹하다. 일생을 규율과 명령에 역류 없이 양육되어온 친구들의 수하로 살아가야 하는 결과를 부여한다. 그 근거 없는 차별의 질서를 참아내야 한다. 4인방과 김부식의 관계는 그런 문맥을 전달한다.

근자 소설과 관련될 만한 사사로운 경험이 있었다. 고등학교를 졸업한 지 20여년이 넘어 처음으로 동창회라는 모임에 가게 되었다. 이제 중년이 된 동창생들의 얼굴을 보는 일은 물론 즐거운 일이었다. '추억은 인생행로의 한 토막'이라는 예전 흑백사진 하단에 박힌 글귀처럼 오래전 친구들과의 만남은 기쁨과 관대로움이 미만하던 시간이었다. 그러다 반별로 인사 및 자기소개를 하는 시간이 되었다. 1반부터. 그때나 지금이나 매한가지겠지만, 우리 때도 이른바 서울대반, 연고대반과 기타대반 그리고 직업반(말하자면 열외집단)으로 반이 편성

되어 있었다. 그 노골적인 서열의 강조가 욕지기나는 역겨움이었지만, 그러나 놀랍게도 그 서열의 질서화는 한국에서 살던 ‘어른’들의 빛나는 통찰력의 산물이었다. 서울대·연고대반 출신들의 현직은 대개 의사, 교수, 대기업 간부 등등, 기타대반은 중소기업 혹은 소규모 사업(정확하게 말하면 조그만 가게), 그리고 직업반 출신들은 ‘환경미화’ 비롯해 소설의 두환이처럼 오로지 육신 하나로 버티는 인생이라는 중간결산표가 인사 시간을 통해 공람되었다. 그리고 그 중간결산이 아마 인생의 최종결산으로 이어지리라는 예감은 예감으로 그치지 않을 법하다. 철이 조금씩 들 무렵 어릴적 공부하지 않은 바, 후회하면서 열심히 그것도 지나치게 열심히 애를 썼지만, 우등반 이외의 친구들이 확인한 것은 결코 만회되지 않는 우리 사회의 불가역적 서열 불변 법칙이었다. 메이저는 메이저로, 마이너는 마이너로 갈지어니.

다시 말하자면 이 소설은 심각하지 않다. 4인방의 행각은 실소를 자아내기도 하거니와, 때문에 마이너 인생으로 사는 것이 그에 마땅한 세상의 배려라는 생각을 불러오기도 한다. 그래서 문면으로만 봐서는 사회적 문제와 별 연관이 없는 서사로 읽힐 수도 있으며 동시에 심각한 읽기의 자세가 비약으로 여겨질 수도 있다. 하지만 그들의 생이 자꾸 우리 현실의 문제상황과 얽히는 것으로 보인다는, 자못 심각한 상상력의 발동은 맥락없는 비약이 아니다. 계급문제보다 오히려 학벌문제가 더 문제적으로까지 여겨지는 우리 현실을 상기할 때 김부식과 달리 끈 떨어진 연으로 살 수밖에 없는 4인방의 인생행로는 단지 그들을 웃음의 대상으로 놓아두지 않는다.

그러므로 이 소설을 읽는 독자는 조심해야 한다. 작가에 의해 짐짓 풍자의 대상으로 조형되고 있는 4인방을 서술의 목소리에 속아, 독자역시 풍자의 마음으로 그들을 바라보아서는 곤란해진다는 것이다. 소설에서 승주는 승주대로 형준은 형준대로 또 두환은 두환대로 각자는 4인방 중 다른 세 친구를 항상 자기보다 아랫길로 여긴다. 그들은 모종의 인물을 자기보다 윗길의 인사로 대접하는 세상의 처사에는 적절히 분노하지만, 자기는 적어도 4인방에서 다른 세 친구보다는 차별적인 인정과 대우를 받아야 한다는 신념으로 일관한다. 말하자면 다른세 친구는 각자에게 풍자 대상인 것이다. 소설의 문면을 무심히 따라가면 4인방은 어느덧 우리에게 풍자의 대상이 되기 쉽다. 그런 풍자적수용기제의 가동에 전제되는 것은 그 4인방보다 소설을 읽는 우리가윗길이라는 자긍심과 안도감이며, 해서 우리의 삶은 4인방과는 다른대접을 받아도 문제될 것 없다는, 그러나 무근한 통념이다. 이 통념의핵심은 서열화에 대한 내면화이다. 우리가 타자보다 차별받는 것은용납할 수 없지만, 동시에 4인방 같은 인사들처럼 여겨지는 것도 용납할 수 없다는, 요컨대 그들과는 다른 대우를 받아야 한다는 이유가 어디서 나오는가. 그런 태도는 결국, 독자로서의 우리가 만약 마이너라면 4인방을 우리보다 더 못한 하급 마이너로 삼아야 위안된다는, 그래서 같은 마이너라고 해도 우리는 4인방 같은 인사들보다는 상위의 마이너로 인정받아야 한다는, 실로 조롱거리가 될 만한 허위의식의 다른 모습이다. 소설을 풍자의 마음으로 읽는 독자에게 작가는 이렇듯이 검끝을 가차없이 겨누고 있는 셈이다. 그럴 경우 이 소설은 독자에게 전언의 임무를 띤 사자라기보다 독자의 읽기 태도에 대한 비판적검열의 분신인지도 모르겠다.

일찍이 이문구 선생이 형상을 입혀놓은 '기타등등 여러분'의 계보인 4인방의 행로는 그러므로 풍자적 사건의 계열이 아니라 우리 사회의 슬픈 급소가 되어 가동중이다. 그러니 이 소설의 외양을 덮고 있는 농담의 위장막에 가서 안기는 일보다 한심스러운 일은 없을 터이다. 그런 실험을 하고 있는 작가 은희경은, 한데 메이저인가 마이너인가?

이성욱/문학평론가

마이너리그

초판 1쇄 발행 / 2001년 4월 10일
초판 30쇄 발행 / 2026년 2월 9일

지은이 / 은희경
펴낸이 / 염종선
편집 / 염종선 박신규 김명재
펴낸곳 / (주)창비
등록 / 1986년 8월 5일 제85호
주소 / 10881 경기도 파주시 회동길 184
전화 / 031-955-3333
팩시밀리 / 영업 031-955-3399 편집 031-955-3400
홈페이지 / www.changbi.com
전자우편 / lit@changbi.com

ⓒ 은희경 2001
ISBN 978-89-364-3339-0 03810